目录

01　序：为什么要读童话

05　黑羊的哀歌
　　　附：黑羊（意大利 伊塔洛·卡尔维诺）/ 07

10　幸福的条件
　　　附：沙皇和衬衫（俄罗斯 列夫·托尔斯泰）/ 12

14　教育目的与布头娃娃
　　　附：布头娃娃（德国 米歇尔·恩德）/ 16

22　一阵神秘的风来了
　　　附：骑扁马的扁人（中国 王立春）/ 24

27　"我会把你治好的！"
　　　附：我会把你治好的（德国 雅诺什）/ 29

38　一封发烫的信
　　　附：邮差的故事（捷克 卡雷尔·恰佩克）/ 40

46　白猫和黑猫
　　　附：白猫和黑猫（俄罗斯 鲍·谢尔古年科夫）/ 49

50 重复就是祈祷
    附：我爱你（中国 萧袤）/ 53

56 土里有什么
    附：土拨鼠（中国 顾城）/ 58

59 死亡的意义
    附：活了一百万次的猫（日本 佐野洋子）/ 61

67 谁都逃不过的那只手
    附：长生不死之地（意大利 伊塔洛·卡尔维诺）/ 70

74 知识和行动
    附：老鼠开会（日本 立原惠理佳）/ 77

80 玩具里的智慧
    附：儿童玩具的故事（波兰 莱谢克·柯拉柯夫斯基）/ 84

89 影子，我猜想
    附：影子（丹麦 汉斯·克里斯汀·安徒生）/ 92

106 驴子、自我与差异性
    附：驴家族（中国 汤素兰）/ 109

116 你想要什么？
　　附：快乐王子（英国 奥斯卡·王尔德）/ 119
　　附：少年国王（英国 奥斯卡·王尔德）/ 129

144 从笔尖驶来的火车
　　附：一个故事（中国 耿占春）/ 147

149 给手表上发条的蟋蟀
　　附：蟋蟀（法国 朱尔·勒纳尔）/ 152

154 不能再飞的凤凰
　　附：不死鸟（意大利 达·芬奇）/ 157
　　附：哀歌（二）（德国 萨拉·基尔施）/ 159

160 谎言有一个长鼻子
　　附：豌豆翁（波兰 民间童话）/ 163

172 绵羊和山羊
　　附：宙斯与绵羊（德国 高特荷特·埃·莱辛）/ 175
　　附：山羊（德国 高特荷特·埃·莱辛）/ 176

178 权威教育与笨蛋
　　附：四大名蛋（中国 肖定丽）/ 181

186　纯朴无价
　　　附：纯朴的割草人（印度 民间童话）／189

193　活在地狱里的人
　　　附：鞋匠师傅（德国 格林兄弟）／196

200　灰：几乎就要黑
　　　附：黑色的国王（法国 杰侯姆·胡里埃）／203

205　爱的悲伤
　　　附：我来，是要给大家幸福（中国香港 谢立文）／208

211　通向艺术之路
　　　附：诗人的帽子（瑞士 赫尔曼·黑塞）／215

221　宫泽贤治的猫
　　　附：规矩特别多的饭店（日本 宫泽贤治）／225

234　我们的诺亚方舟在哪里？
　　　附：八点钟的诺亚方舟（内容梗概）（德国 尤利西·哈勃）／237

240　真假裤子
　　　附：红斑点（波兰 莱谢克·柯拉柯夫斯基）／243

249 那时人人都是国王
　　附：三把盐（英国 安吉拉·卡特）/ 252

258 傻子和天真
　　附：小傻子伊凡奴希卡（苏联 高尔基）/ 261

267 泪水和孩子的诚实
　　附：金龟子作画（德国 阿希姆·林格尔纳茨）/ 271

272 别出卖你的无价之宝
　　附：出卖笑的孩子（内容梗概）（德国 詹姆斯·克鲁斯）/ 275

278 月亮和熊，生日快乐
　　附：月亮，生日快乐（美国 法兰克·艾许）/ 281

283 一封信和一篇童话
　　附：姑娘和三个朋友（俄罗斯 鲍·谢尔古年科夫）/ 286

288 普通人和国王谁伟大？
　　附：几乎什么都有国王（中国 陈诗哥）/ 291

295 发现命运的奇妙方式
　　附：黎巴嫩的三棵雪松（巴西 保罗·科埃略）/ 298

300 尝一下青葡萄的滋味

附：一只小鸡去天国（中国 汤汤）/ 303

313 最大的敌人是谁？

附：无畏的小乔万尼（意大利 伊塔洛·卡尔维诺）/ 316

序：为什么要读童话

——童话，不就是给孩子们写的幻想故事嘛！

如果一个人这样对我说，我会哈哈一笑，并感到深深的悲哀。

我喜欢童话。我六七岁的时候开始读童话，后来我又读了很多很多童话。但直到我四十岁的时候，我才恍然明白一个重要的道理——想要真正读懂一篇童话，你得拥有长到九十九岁的智慧。

这并非耸人听闻。

一篇杰出的童话，十岁时读它和五十岁时读它，你会感觉你读的不是同一篇童话。没错，童话是一个神秘的套盒，你几乎永远不知道下一次你再打开它时，它会有什么样熟悉又陌生的面孔。也就是说，在漫长的人生里，在你浑然不觉中，它悄悄地和你一起成长。它永远和你同龄——但同时，它有五岁孩子的天真，也有九十九岁老人的睿智。

拿我自己来说，我上初中一年级时读到安徒生《海的女儿》，但直到很多年后一个下雪的深夜，我才忽然明白，原来小人鱼真正寻找的并非是一个王子，而是要寻找灵魂的不朽，安徒生写下的不仅是一个童话故事，而是对于救赎与神学的思考。小时候读《吹牛大王历险记》，我会被敏豪森男爵揪着自己头发从沼泽泥潭里拔出自己的故事逗得哈哈大笑，但直到很久以后我才会思索其中蕴含的想象力、悖论和语言逻辑之间的关系。

有位儿童教育学家说过这样一句话:"把一个孩子人生的前七年交给我,我就能拥有他的一生。"我在想,如果在我童年读到这些童话时,就有人从更深的精神层面引导和启发我,我该少走多少人生的弯路、少做多少蠢事呵!

——那么,这本书正是想做这样的事情。

它是给孩子们编著的一本童话,但更是为给孩子们讲故事的人——父母、老师、叔叔阿姨、外公外婆、爷爷奶奶们所编著的,因为安徒生曾说过:"每一个童话后面,都隐藏着一个成年读者。"

书中所选的作品,并非图书市场司空见惯的那些童话。书中的作者是大名鼎鼎的哲学家、诗人、作家、艺术家,还有科学家、博物学家、戏剧大师、演员,当然也有像安徒生、格林兄弟、宫泽贤治这样的伟大童话作家。他们中有"机器人"一词的命名者,最早预言人类会掌握原子能的幻想家;有隐居森林多年、至今也不为更多人所知的思想家;有哲学家和宗教史学家莱谢克·柯拉柯夫斯基;有获得过诺贝尔文学奖的作家赫尔曼·黑塞;也有诸如莱辛、托尔斯泰、达·芬奇、高尔基、卡尔维诺、玛格丽特·尤瑟纳尔、王尔德、萨拉·基尔施、谢尔古年科夫等诗人、作家和画家;当然也有几位我们中国本土的杰出作家。个别篇什则选自希腊、印度和波兰的民间童话。

我是一个诗人,但我从未停止阅读童话。我知道,童话写作是一项伟大而值得骄傲的事业,因为它是面向未来的写作,是给孩子们以信心和快乐的写作。那些漠视童话的人或许自以为无所不知,但我举手说:"这绝不会是真的。"童话写作的衰落,标志着想象力的衰落;而想象力的退化,势必导致文学艺术的死亡,导致人类生活质量的下降和人性的悄然减退。优秀的童话和所有杰出的诗歌一样,能够培养人的想象力和敏感。经过了这样的文学浇灌的灵魂,绝对无法忍受野蛮和粗暴的生活,也无法忍受一切反人类、反人性的行为。

我花了十多年时间编选这些童话，其中一部分文字应《南方都市报》之邀，在"智慧树洞"专栏刊发，其余从未发表出版。我自己曾给我的双胞胎女儿们讲过书中的很多童话。用安徒生的一句话可以形容她们听过这些童话后的情形——

"她会终生记住这件事的。我可以向您保证，她的心绝不会像那些没有经历过这则童话的人那样容易变得冷酷无情。"

——这也是我想对读到这本书的朋友们说的。

2015年7月于北京西三旗初稿

2023年6月修订

黑羊的哀歌

"从前有个国家，里面人人是贼。"

——这是意大利作家卡尔维诺的一篇小说的开头。我把这篇千把字的小说同时也看成是童话，或者，换言之，好童话都是现实主义小说，正如我读了开头这句话后，就会想到人类在什么时候开始有了道德感，有了偷盗和抢劫别人东西是罪恶的观念；人类又是在什么时候开始决心构建法律社会，用法律来约束全体民众，不能去做坏事，不能去做伤害别人情感、剥夺别人财产的事情。很多孩子在刚懂事的时候，父母便会对他们进行最基础的教育，譬如不能打人，不能抢别人的玩具，要懂得分享，要有礼貌等等，这也是人类早期道德感萌芽时期就会有的意识。人类学家玛格丽特·米德曾提出人类开始进入文明的标志并不是做出了铲子、鱼钩等工具，而是她在考古活动中发现的某个远古人类大腿骨折断，后来又被治愈的迹象。这是因为在当时极为残酷的环境中，这个断了大腿骨头无法狩猎的人，不仅没有被饿死，而且有人花了很长的时间帮助照料他，最终使他康复。这便是人类学家的文明观——感受别人的痛苦，并能做出利他的行为，使人类脱离野蛮的状态。按照这个定义，一个人们相互欺瞒偷窃的地方，自然也是一个野蛮之地。

因为每个人都从别人家偷东西，所以"该国贸易也就不可避免的是买方和卖方的双向欺骗。该国政府也是个向臣民行窃的犯罪机构，而臣民也仅对欺骗政府感兴趣"。多么可悲，一个人人都是贼的国家！我读着，悲叹道。然而，当我从某种道德感的衡量中得出悲哀的结论，定神后才发现，事实上，在卡尔维诺笔下，这个国家的人们一直过着幸福的生活：互相偷窃，互不指责，互不亏欠，相互满意，相安无事。没有谁要站出来破坏这里的和谐安定，因为他们每个人都是这一"偷盗社会"的受益者。这种美妙的情形一直维持到那个孤零零的诚实人的到来，很快，一切全改变了。

"黑羊"，是这篇小说的题目。在西方国家，一只黑羊在白色的羊群中是刺目扎眼的或者说是不吉利的。一些词典对"黑羊"的解释是：败家子。通常意义上，"黑羊"等同着中文里的"害群之马"。这只"黑羊"，就是那个不幸的诚实的人，作者把话反着说，自有其深含的讥讽和幽默。自从诚实的人来到这个国家，看似坚不可摧、沿袭了多年的国家民众的习俗，便遭受到了致命的挑战，一个不偷盗的人开始威胁并破坏了全民做盗贼的规则。很快，盗贼国家开始了一系列变化：贫富开始分化，出现了雇主和雇工，警察和监狱。当然，这个公然挑战庞大的公共伦理、公共道德的诚实的人，最后的下场唯有饿死。因为在这样残忍无情的畸形社会里，他不可能活下去，于是，卡尔维诺诚实地告诉我们：这是他唯一的结局。

在一个偷盗、抢劫和其他一切卑鄙言行都被视为合理的国家，稍有羞耻心的人就会像那只黑羊一样，虽然仅仅依靠诚实就能顶破那不堪一击的"盗贼规则"，同时却也意味着他要付出生命的代价。实话说，这篇文章使我惊出一身冷汗，不禁四下环顾，一方面清点着自己身上那属于"贼"的一部分，一方面搜寻着周围出没的贼影贼形。我无法不去忍着心中绝望的痛苦，无法不去咽下那苦涩的尴尬和悲哀，盖因我既不是一只令人尊敬的黑羊，也绝不愿意当麻木变态的羊群中一只寡廉鲜耻的白羊。所以，我经常忧心忡忡地给身边的大人、孩子们讲这个故事：

——从前有个国家，里面人人是贼……

意大利 | 伊塔洛·卡尔维诺

黑羊

从前有个国家，里面人人是贼。

一到傍晚，他们手持万能钥匙和遮光灯笼出门，走到邻居家里行窃。破晓时分，他们提着偷来的东西回到家里，总能发现自己家也失窃了。

他们就这样幸福地居住在一起。没有不幸的人，因为每个人都从别人家里偷东西，别人又再从别人家里偷，依次下去，直到最后一个人去第一个窃贼家行窃。

该国贸易也就不可避免的是买方和卖方的双向欺骗。该国政府也是个向臣民行窃的犯罪机构，而臣民也仅对欺骗政府感兴趣。所以日子倒也平稳，没有富人和穷人。

有一天——到底是怎么回事没人知道——总之是有个诚实人到了该国定居。到了晚上，他没有携袋提灯出门去偷，而是待在家里抽烟读小说。

贼来了，见灯亮着，就没有进去。

这样持续了有一段时间。该国的人感到有必要向他挑明一下，纵使他想什么都不干地过日子，可他没有理由妨碍别人干事。他天天晚上待在家里，这就意味着有一户人家第二天没了口粮。

诚实人感到他无力反抗这样的逻辑。从此他也像他们一样，晚上出门，次日早晨回家。但他不行窃。他是诚实的。对此，你是无能为力的。他走到远处的桥上，看河水打桥下流过的情形。每次回家，他都会发现家里失窃了。

不到一个星期，诚实人就发现自己已经一文不名了；他家徒四壁，没有任何东西可吃。但这算不了什么，因为那是他自己的错。不，总之是他的行为使其他的人很不安。因为他让别人偷走了他家的一切却不从别人家那儿偷任何东西。这样总有人在黎明回家时，发现家里没被动过——那本该是由诚实人进去行窃的。

不久以后，那些没有被偷过的人家发现他们比别的人家富了，就不想再行窃了。

糟糕的是，那些跑到诚实人家里去行窃的人，总发现里面空空如也，因此他们就变穷了。

同时，富起来的那些人和诚实人一样，养成了晚上去桥上的习惯，他们也看河水打桥下流过的情形。这样，事态就更混乱了。因为这意味着更多的人在变富，也有更多的人在变穷。

现在，那些富人发现，如果他们天天去桥上，他们很快也会变穷的。他们就想："我们雇那些穷的去替我们行窃吧。"他们签下合同，敲定了工资和如何分成。自然，他们依然是贼，依然相互欺骗。但形势表明，富人是越来越富，穷人是越来越穷。

有些人富裕得已经根本无须亲自行窃或雇人行窃就可保持富有。但一旦他们停止行窃的话，他们就会变穷，因为穷人会偷他们。因此他们又雇了穷人中的最穷者来帮助他们看守财富，以免遭穷人行窃，这就意味着要建立警察局和监狱。

因此，在那个诚实人出现后没几年，人们就不再谈什么偷盗或被偷盗了，而只说穷人和富人；但他们个个都还是贼。

唯一诚实的只有那个诚实的人，但他不久便死了，是饿死的。

（毛尖 译）

幸福的条件

1887年，俄罗斯作家列·尼·托尔斯泰用了整整一年时间，写下了一部有关幸福与生死的沉思之作《论生命》。但是，当此书就要发行的时候，却被检察机关查封并销毁。据说那一二十年间，托尔斯泰的每篇论文几乎都要遭到被查封、被删节的厄运，甚至有一位妇女因为传播托尔斯泰所写的《我的信仰在哪里？》而被判刑流放。

托尔斯泰在写这部书的前后几年里，曾经在农村为孩子们开办学校，亲自编写《启蒙课本》《俄语读本》等教材。其中有一篇他撰写的小童话：《沙皇和衬衫》。

病重的沙皇需要找到一个幸福的人，只要穿上此人的衬衫，便可免于一死。于是，寻找幸福的人就成了大臣们第一重要的工作。说起来似乎很容易，但看看我们自己身边的人们，就知道这该有多难。无论有钱人、贵族，还是身体健康的人，总之，所有人都在抱怨自己命运不好，没有得到自己想要的东西。就在皇太子和大臣们感到绝望的时候，他们终于找到了一个幸福的人。那是一个农夫，他自言自语："谢天谢地，干活儿干了个够，也吃饱了，现在躺下睡觉吧！我还需要什么？"

幸福的人找到了，皆大欢喜。但是，当差官想脱下他身上的衬衫时才发现，幸福的人穷得身上连一件衬衫也没有。

读到这里，我不禁感到既幽默又心酸。照一般人理解，追索幸福的人从高贵的沙皇陛下，忽然转到卑微的农夫，已经十分荒诞，而童话的结尾更是出人意料，完全颠覆了人们常识中对幸福的价值判断。贵为一国之君的沙皇，"普天之下，莫非王土"，可谓应有尽有。托尔斯泰为什么让他独独没有得到幸福——哪怕是得到幸福的人的一件衬衫呢？我能想到的答案是：贪婪让他拥有得太多了，以至于不可能给幸福留下位置。

伯特兰·罗素曾说："一个很容易得到自己想要的东西的人，他会认为，欲望的实现并没有带来幸福。他忘记了缺乏我们所需要的某些东西，正是幸福必不可少的一个条件。"换句话说，幸福与对物质及权力的放弃有关。穷人不可能像皇帝那样"将别的人和事物作为自己幸福的条件和手段"。知足于靠自身勤劳得来的简单温饱，是打开幸福山洞的神秘魔咒。所以，托尔斯泰在《论生命》中说："人只有承认了幸福不在个体的生命之中，才能释放出自己内心中人性所固有的对人类的宽厚友善，爱的活动才成为可能。""对这样的人来说，生命的幸福就在于爱。"这便是沙皇到死也不会得到幸福的原因。

我感到快乐的另一个原因是，各种各样的皇帝都会害怕这样的故事，假如他们还没有愚蠢到读不懂它的地步。

俄罗斯｜列夫·托尔斯泰

沙皇和衬衫

有个沙皇病了，他说："谁能治好我的病，我就把一半国家分给他。"

所有的贤明之士都来了，研究怎样治好沙皇的病。谁也想不出什么办法。只有一个聪明人说，他能治好沙皇的病。他说："如果能找到一个幸福的人，把他身上的衬衫脱下来给沙皇穿上，沙皇的病就能好。"

沙皇派人到全国各地去找幸福的人。但是，沙皇派出的使者在全国各地找了很久，也找不到一个幸福的人。没有一个人对一切都满意。有的人很富，但是病魔缠身；有的人身体健康，但是很穷；有的人身体健康，而且有钱，但是妻子不好；有的人孩子不好——总之，所有的人都在抱怨什么。

一天晚上，天很晚了，皇太子走过一所小木房，听见有人说："谢天谢地，干活儿干了个够，也吃饱了，现在躺下睡觉吧！我还需要什么？"

皇太子大喜，下令把这人身上的衬衫脱下来，他要多少钱，就付给他多少钱，把衬衫给沙皇送去。

差官来到幸福的人家里，想把他身上的衬衫脱下来。但是，幸福的人穷得身上连件衬衫也没有。

（王汶 译）

教育目的与布头娃娃

读到张曙光先生翻译的塞弗尔特一首短诗,题为"哲学":

想起了那些聪明的哲学家:
生命不过是瞬间。
然而在我们等待女友时
它就是永恒。

这首诗确定哲学是关于爱如何超越时间的学问,古希腊语"哲学"的原意是"爱智慧",我以为爱是最大的智慧,所以完全同意诗人的看法。同时,我还读到了另外一篇很短的童话,同样是关于这个命题的。它和一个用破布头做的娃娃有关。

我从来不会把自己想象成没有人要的破布头,我相信没有人愿意成为这样的破布头。小时候,我把自己想象成故事里的公主、好人、英雄,会飞,能做任何事情。长大后才发现,我有时也会做坏事,撒谎,胆小,竭尽全力跳起来也绝对不会摸到篮圈。我开始心平气和,接受自己仅仅是个普通人这样的事实。对,即便是普通人,我也绝对不想成为被人抛弃的破布头娃娃。但是,德国作家米歇尔·恩德写了《布头娃娃》,他改变了我的想法。

一个破布娃娃和一个男孩。一个有关抛弃和无怨无悔执着于爱的故事。即便是对于心肠较硬的成年人，这个故事也过于让人感到辛酸。被抛弃的布头娃娃置身于肮脏的垃圾堆中孤独无助，我们知道，这就是所有被抛弃者真实的处境。然而，在可以改变自己悲惨命运的机会来临时，它居然拒绝了，因为它始终没有忘记自己唯一认真对待的职业，那就是为小男孩"开玩笑逗乐"。通常一个人遭受无情抛弃时的愤怒，以及主持正义者的道德谴责，在这篇童话中毫无踪影。我目瞪口呆地看到，对于忘恩负义者唯一的惩罚就是：让他失去这个破布娃娃。——"我失去"和"我抛弃"完全是两种不同的概念。当人们意识到真正失去了被他们抛弃的东西时，那种感觉就像被夺走了什么一样。是的，被他们的"抛弃"所夺走了。

布头娃娃一直走着它漫长如人生的道路，"……干什么呢？开玩笑逗乐！逗谁呢？小男孩呀！"这个句式在不到两千字的童话里，居然重复了整整十二次！就像信徒们不断重复的祷告，它推动着命运拐了弯，神秘地走向必然的目的地。"上帝永远在爱者那里"——诚哉斯言。

据说桑蚕出生后要蜕四次皮，才能抽丝作茧；螃蟹要脱五次壳，才会成为真正的螃蟹；小龙虾一生要蜕十一次壳，才能变为成虾。布头娃娃终于和小男孩再聚到一起，我们知道，十二次波折经历，比心脏在头部的龙虾还多了一次！这是爱，也是哲学。

我提醒某些如我一样自大愚蠢的成年人，千万不要小觑童话，因为童话是高智慧的教育方式，在我看来成年人更需要这样的教育。事实上很少有人真正懂得，"教育系统最后只有一个目标，就是教每个孩子如何与他人交往以便自我建构"，这句话是法国遗传学家阿尔贝·雅卡尔的名言。恩德在《布头娃娃》里的说法，比这个更加感人。

德国 | 米歇尔·恩德

布头娃娃

　　从前，有一个布头娃娃，它是用彩色布头做成的。这个娃娃的主人是一个小男孩，有这个娃娃做伴，他很开心。

　　布头娃娃总是嘻嘻哈哈的。在生活中，它唯一真正认真对待的事，只有它的职业。

　　那么，什么是它的职业呢？

　　开玩笑逗乐！

　　逗谁呢？

　　小男孩呀！

　　有一天，小男孩在一个橱窗里看到了许多新奇有趣的玩具：有更大、更漂亮的布偶娃娃——上了发条后能真正吹响喇叭的那种；有能到处走动的小机器人；有手工精巧、会说话，还有真头发的娃娃。此外，还有各式各样的小汽车和飞机。

　　于是，小男孩一点儿也不想要自己手里的这个布头娃娃了。他觉得别的玩具比自己的娃娃要好看得多，而且比它好玩多了！

　　那么，别的玩具为什么好呢？

　　开玩笑逗乐！

　　逗谁呢？

　　小男孩呀！

　　布头娃娃使出所有看家本领，尽了自己最大的努力，来讨好小男孩。但是，男孩对它玩的把戏瞥都不瞥一眼。不管娃娃变出什么稀奇花样，他都不满意，一副闷闷不乐的样子。最后，他干脆拿起布头娃娃，一把扔出窗外。

这下，可怜的布头娃娃彻底没戏了。

那么，什么事彻底没戏了？

开玩笑逗乐！

逗谁呢？

小男孩呀！

布头娃娃被扔到了水沟里。这时，一位狗妈妈走了过来，她在娃娃身旁嗅了嗅，便把它叼走了。因为，她家有七只小狗，她想把娃娃拿回去，给孩子们玩。

布头娃娃虽然无法反抗，但是它绝对不愿落到小狗的手里。

那么，它到底想干什么呢？

开玩笑逗乐！

逗谁呢？

小男孩呀！

小狗像玩别的东西那样，把娃娃折腾来折腾去：一会儿用尖利的牙齿咬它；一会儿拼命摇晃它，不让它安宁；一会儿把它扯来扯去，从这边拖到那边。娃娃害怕极了，十分惊慌不安。这样，它很快便彻底地忘了自己到这个世界来，本来是为了什么。

那么，它到底来世上干什么呢？

开玩笑逗乐！

逗谁呢？

小男孩呀！

有一天，当这群狗的主人看见布头娃娃时，不禁叫道："哎呀，多恶心的一堆破布啊！赶紧把它扔了！"说完，他用手指尖轻轻夹起布头娃娃，把它扔进了满是灰尘和空罐的垃圾桶里。

就这样，布头娃娃一副脏兮兮、破破烂烂的样子。谁也无法再想起它以前风光的模样。

那么，以前为何风光过？

当然因为会逗乐！

逗谁呢？

小男孩呀！

第二天，来了一个捡破烂的人，他在垃圾桶里寻找破布和废纸。当他看见布头娃娃后，就把它拽了出来，扔进装破烂的手推车里。

他倒没什么恶意。他是个穷人，不得不靠捡破烂和卖废品为生。这些废品将被送进大型造纸厂轧碎，然后重新生产出细白的新纸。

假如他能问一问布头娃娃，它是否愿意被轧碎做成细白的新纸，它肯定会说："不，我想做其他的！"

那么，它到底想做什么呢？

开玩笑逗乐！

逗谁呢？

小男孩呀！

然而，当这一切发生的时候，小男孩却待在家里，他的日子也很不好过，成天哭哭啼啼的，因为，他特想玩布头娃娃。

他根本就不再想什么别的玩具。什么能吹喇叭的大娃娃；什么能四处走动的机器人；什么能说话的、有真人头发的玩具娃娃——所有这些东西，小男孩都不喜欢，因为它们都不会布头娃娃的拿手好戏。

那么，它们到底不会干什么呢？

开玩笑逗乐！

逗谁呢？

小男孩呀！

在被送去造纸厂的路上，捡破烂的人碰巧经过小男孩的奶奶家。

"您有破布头吗？"他问。

"有，"奶奶说，"我有满满一袋子呢。但是，我想用这袋布头换您那只布头娃娃。"她一眼就看见了这只娃娃，因为它正好放在小推车的最上面。

捡破烂的人很痛快地答应了这个条件，并把娃娃给了小男孩的奶奶。

"好吧，现在我们来好好收拾收拾，打扮一下。"奶奶对布头娃娃说。

她想把它打扮好干什么呢？

开玩笑逗乐！

逗谁呢？

小男孩呀！

奶奶把娃娃洗了又洗，直到它身上的布头又露出了鲜艳的色彩。破了的地方，她便给打上补丁，最后，布头娃娃变得比以前更漂亮了。

"好吧，"奶奶满意地说，"现在，我把你寄走，因为有人正急需你呢。"

那么，急需它干什么呢？

开玩笑逗乐！

谁急需呢？

小男孩呀！

于是，有一天邮递员送来了一个巨大的包裹，上面写着：寄给小男孩。寄件人写着：奶奶。

小男孩非常激动，因为他真的猜不出，这个巨大的包裹里装的是什么。嘘！我们也先别告诉他！

那么，那包裹里到底装的是什么呢？

当然是逗乐的布娃娃！

逗谁呢？

小男孩呀！

布头娃娃 | 19

当小男孩打开巨大的包装盒后，发现里面还套着第二个盒子；打开第二个，又发现还有第三个；后来从第三个里面又拽出了第四个；第四个里还有第五个；打开第五个里面又有第六个；在第六个盒子里小男孩最后发现还有第七个，这是最小的一个。就这样，小男孩的房间里堆满了盒子。

那么这个最小的，也就是第七个盒子里到底装的是什么呢？是布头娃娃！现在它看上去像新的一样。它马上开始表演它的绝招。

那么，它到底有什么绝招呢？

开玩笑逗乐！

逗谁呢？

小男孩呀！

小男孩在干什么呢？

哈哈大笑！

（何珊 译）

一阵神秘的风来了

《西游记》里的孙悟空，有一种神奇的能力。他将自己的毫毛嚼碎后，吹一口气，那些毫毛就变成和他一样的猢狲，同样具有莫大的本领。那一口气无疑是仙气，也就是说，作为肉眼凡胎之人，无法知晓其中的神秘来历。在我看来，那一口气是文学魅力中最本质的元素——想象力。宛如一阵神秘的风来了，凡被其掠过之处，一切便超越现实的笨拙，变得轻盈而神奇。于是，有了安徒生的《海的女儿》，有了卡尔维诺的《寒冬夜行人》，有了《山海经》《聊斋志异》，还有了牛顿和爱因斯坦。

我一向痛心于中国儿童诗创作的沉重与急功近利，拘泥于现实目的的教化，是其"沉重"下坠，而不能让孩子想象力飞翔的原因。简单的善恶道德判断倾向，同样也禁锢着孩子们活泼心灵的飞升。在读了多得让人感到腻味的、空洞的词汇排列的"儿童诗"后，终于在翻开一本童诗集时，我迎面感到了那一阵阵清凉而又神秘的风——它来了！

我们小时候大都剪过纸人。那些薄薄的白纸、花纸，在剪刀的左右翻飞下，被赋予了灵动的身形。等我们慢慢把它展开，小小的纸人便获得了生命的特征：有鼻子、耳朵，有胳膊和腿。他们有男有女，有的愁眉苦脸，有的喜笑颜开。

那天，扎羊角辫的王立春看见骑着扁马的扁人又来了。扁人身背皮口袋和剑，骑着马一上一下地，从西山坡上下来，像每天一样经过了她家门口，地上是月光铺好的一条白毯子。扎羊角辫的王立春忽然发现这个扁人骑的扁马，和妈妈剪的纸马一样，比如高高的马鼻子也会缺一个碴儿；风一吹，扁人的腿软软的。扎羊角辫的王立春偷偷趴在窗台上，把脸紧贴在窗口，等着那嘀嗒嘀嗒的马蹄声由远而近，再经过她家大门口。她想的是："扁人啊，请你的扁马停一下，请你看一眼这个孩子吧。"

很显然，王立春看到的骑扁马的扁人不是妈妈剪的纸人纸马，而是从山那边走过来的真实的人和马。这首诗使我们也一下子回想起童年时似乎也看到过这样的景象：在村口，在白晃晃的月光下，打麦场或者大柳树下，一个什么人过来了，骑着马，有点孤单。但作为成年读者，我们的理智说，那就是纸人纸马。不过……我们不确定。我们有些怀疑来自常识的判断，因为在扎羊角辫的王立春的眼睛里，在那个已经长大了的诗人王立春的笔下，这一切都是如此真实，毋庸置疑。只有当我们合上诗集，我们才恍然惊醒。原来，我们走进了王立春的童年之梦，我们走进了想象力的世界中。在那个世界里，一切都是真实的，甚至比我们当下的世界更真实。想象力就是创造现实的能力。康拉德就说过："每一个时代都是靠幻想养育的，以免人们过早地放弃生活，使人类走向死亡。"王立春笔下的"大蓝花""大眼贼"，巨人一般的蒿子，乡下来的老鼠，像老母鸡一样蹲着往土里下蛋的土豆，嫁给了蛤蟆的狗尾巴草，等等，这些极其普通的植物动物，通过诗人未被污染的、孩子般飞扬的想象力而获得了和我们一样的生命。这样的书是最让我惊喜的书，因为只要翻开王立春的诗集，那一阵阵神秘的风就忽然来了。

说真的，我很少被这样干净美妙的风所吹拂。

中国 | 王立春

骑扁马的扁人

骑扁马的扁人又从大门前
走过了
月光已经为他铺好了
一条白毯子

我能听到嘀嗒嘀嗒的马蹄声

他是从山后过来的
身上背着皮口袋
还有剑 一上一下
闪着亮光
当他从西山坡上刚下来
身子总是要摇晃一下
每天都这样

妈妈你看那匹马多像你剪的马
前腿抬着
高高的鼻子
也缺一个碴儿
风一吹

扁人的腿软软的

他慢腾腾走过
每个孩子的门前
孩子们赶紧把梦放下
从窗里往外看

扁人啊 你骑着扁马
到哪儿去
什么地方让你
这样神往

马蹄声消失了
他已经走了很远

今晚 我不睡觉
等着

当嘀嗒嘀嗒的声音响起
我紧贴在窗上
扁人啊 请你的扁马停一下
请你
看一眼这个孩子吧

"我会把你治好的!"

德裔美籍哲学家和心理学家艾里希·弗洛姆在《爱的艺术》一书中,分析了关于爱的给予所反映出的人格特点。在他看来,人格的发展会经历获取性、剥夺性、贮藏性的阶段,然后发展至交易性,最后才会升华为生产性。生产性的人格意味着拥有了成熟的爱的能力。一般而言,"交易性人格乐于给予,但其条件是交换。对他来说,无所获取的给予等于上当受骗。"他指出,唯有生产性个人才能在无条件的给予中体会到自身的博大伟力,在给予他人的同时,"他不可避免地会激活他人身上的某种东西,后者反过来又会作用于他。"这种无条件给予的作用与反作用,即是爱的教育过程。

他的德国同胞、当代著名的童话作家雅诺什,用另一种文字形式,同样阐述了对爱的深刻理解。在他的《我会把你治好的》这本薄薄的童话绘本里,主人公小老虎生病了,原因是长错了一条斑纹的位置。这种幼稚可笑到几乎可以忽略的小毛病,在它所有的朋友眼里,却是非常严重的事情。故事中几乎所有的人都为小老虎开始忙碌,它们为小老虎包扎、做饭、送水;抱着小老虎到动物医院;不厌其烦地给它检查、洗澡、演奏舞曲……为了小老虎,几乎动用了一个国家的人力物力,每个人都在无条件地满足小老虎的愿望,无论这愿望在我们看来是多么天真可笑。没有人表现出厌倦,没有人指出小老虎的心思仅仅是想让所有的朋友来看望它、宠爱它、精心地照料它。它的好朋友小熊令人放心地告诉它:"我会把你治好的！"

  小老虎终于要出院了，小动物们带来了喇叭和鼓，吹吹打打把它接回家。小熊对它说："明年，该轮到我生病了。"充分享受到无条件关爱的小老虎，立刻快乐地做出保证，它也会来给小熊治病，和大家照顾自己一样，无微不至地照顾小熊。

  在谈论这本童话书的文章里，我读到过一些观点，作者大多都把故事的宗旨划归到友情的范畴中。当然，这没有错。在我看来，作者的用意不仅仅在刻画小老虎和小熊之间的友谊。作者通过这个令人深深感动的故事，阐述了无条件的爱培育出的后果。显然，小老虎患的是渴望爱的"疾病"，而能够治愈这种病症的方法，唯有无条件的爱。对于故事里所有的人物来说，这是一场严峻的考验，而小老虎周围的每一个人都经受住了考验，因为它们的身上都拥有着"生产性人格"，它们用自己的爱的能力，克服了自我与他人之间的孤独感和隔离感，它们为小老虎所做的"舍弃、牺牲、付出"并没有导致自己的"亏损"，反而通过自己的奉献，深化和丰富了自己对于生命的感受，并经由这种爱的教育，向小老虎传递了爱的能力，因为爱的建设永远是以他人（更是以自身）为对象的。

  我期望着，当我们身边出现了"生病的小老虎"时，我们也能对他说："放心吧，我会把你治好的！"

德国 | 雅诺什

我会把你治好的

有一天，小老虎一瘸一拐地从森林里走出来。

他再也走不动了。

他甚至站不住了，于是就跌倒在半路上。他躺在地上，躺在草地中间。小熊马上跑来，喊道："怎么了，小老虎你病了？"

"是的，我想我病得挺厉害，"小老虎说，"我几乎动不了了。"

"别害怕，"小熊说，"我会把你治好的。"

小老虎这天没有采蘑菇，没有在路上给小熊写信，出门的时候也没拉着他最心爱的小老虎车。

"你觉得哪里疼？"小熊问，"指给我看。"

"这儿。"小老虎先是指着一只爪子对小熊说，然后，"另一只爪子也疼，还有所有的腿，还有，前面，后面，左面，右面，上面，下面。"

"哪儿都疼啊？"小熊问，"要是这样，我得抱着你。"

小熊说完，抱起小老虎往家走。

"你得把我包扎起来。"小老虎说。

"当然，我一定这么做。"小熊说。回到家，小熊把小老虎放到桌子上，就像在医院里那样。

"先包这只爪子。"小老虎说。

小熊就替他先把一只爪子包上了。

先包一只。

然后再包另一只。

"现在把腿也包上吧。"小老虎说。

小熊于是就把小老虎的腿给包上了。

"还包哪儿？"小熊问。

"后背。"小老虎说。要是把后背包上，也得把前胸包上。

所以，小熊就一圈一圈地把小老虎的前胸后背都包上了。因为还剩了很多绷带，小熊索性从上到下把小老虎都包了起来。

"头别包，"小老虎说，"因为我必须咳嗽咳嗽。"

包扎好了之后，小老虎觉得好一点儿了。可是，不一会儿，他又觉得不好，因为他饿了。

"我给你做点好吃的。"小熊说，"告诉我，你现在最想吃什么？"

"我想吃杏仁酱煎鳟鱼，土豆和面包渣儿。"

"这些我们都没有。"小熊说，"你再点点儿别的。"

"那就吃鸡蛋面加杏仁酱得了。再来点儿面包渣。"小老虎说。

"这些我们也没有。"小熊说，"再说点儿别的吧。"

"那我只能吃面包渣了。"小老虎说。可是面包渣他们也没有。

"你干吗不点一个肉汤？"小熊说。

"对，对，肉汤，"小老虎喊道，"我也正要点肉汤呐。"

"再用园子里的草莓做个甜点，好极了。"小熊补充说。小熊为小老虎做了一锅味道鲜美的肉汤，肉汤里面放了土豆，胡萝卜，还有芹菜。

肉汤上面还闪着几个油星儿呐。

小老虎吃完饭后，又觉得好了一点儿。可是没一会儿工夫，他又觉得不舒服了，因为他想好好睡一觉。

"那就上床睡吧。"小熊说。

"不，我要在丝绒沙发上睡，枕着那个软垫子。"小老虎说，"上面还要给我盖那条豹皮被子。"

小熊把小老虎抱到舒服的沙发上，又给他垫好垫子，盖好被子。

小老虎睡着了。

睡醒之后，小老虎觉得好些了。

可是不久，他马上又觉得难受，因为他希望有人来看望他。

小熊来到园子里。

通过园中地下电话网，又通过鼹鼠接线中心，终于接通了鹅阿姨的电话。

"喂，谁在那儿说话，是鹅阿姨吗？"小熊说。

"是的，我是鹅。我听得很清楚，您是谁啊？"

"熊。我是小熊啊。小老虎病了，但是我能把他治好……"

"请问是哪个老虎啊？"鹅阿姨问。

"就是我们的小老虎啊。"小熊喊道。

"是吗？那我马上就去你们那儿……"一眨眼，鹅阿姨就到了。

鹅阿姨飞过了田野，游过了小河。从小河到小熊家的最后十一米，鹅阿姨是屁股一撅一撅走来的，简直不容易。

"我给小老虎带来一瓶好喝的天然水。"鹅阿姨说，"这水什么病都治，而且，一点坏作用也没有。"小老虎喝了鹅阿姨的水之后，感觉马上好了起来。可是，过了几分钟，他又觉得不好，因为他想更多的人来看他。穿跑鞋的兔子来了。兔子边跑边喊："听说，小老虎病了！"

小老虎病了的消息，兔子是听鼹鼠说的。

"你哪儿不舒服啊？"兔子问。

"你哪儿不舒服，老虎？"小熊又替兔子问了一遍。

"我不知道。"小老虎说。

"我们不知道。"小熊又对兔子说了一遍。

"他应该去医院检查一下。"穿跑鞋的兔子说。

"你应该去医院检查一下。"小熊又对小老虎说一遍。

"去找牛蛙大夫。"穿跑鞋的兔子说。

"去找牛蛙大夫。"小熊又对小老虎说一遍。

"他在动物医院当大夫,到那儿去。"穿跑鞋的兔子说。

"他在动物医院当大夫,到那儿去。"小熊对小老虎重复着。

"明天去吗?"小老虎问。

"明天去!"小熊、穿跑鞋的兔子还有鹅阿姨异口同声地答应了小老虎。这时候,小老虎又觉得好些了,因为动物医院是个好玩的地方。

这天夜里,小熊和小老虎一起挤在沙发上睡了。

他想,这样可以让小老虎好得快点儿。

第二天,小老虎觉得好点儿了。

于是,小熊就把他身上的绷带拆开了。没多久,小老虎又觉得有一点儿不好,因为他想去动物医院。

然后就来了一只强壮的狼和一只同样强壮的山羊。

他们带来一个担架。

因为谁要是病了,谁就得被担架抬着。

"小心。"小熊说,"你们抱他的时候一定得小心,别让他摔了,他是我的好朋友。"

但是,小熊放心不下别人抱小老虎,最后还是他自己亲自抱了。

那条豹皮被子无论如何得带上。

鹅阿姨把被子取来了。

他们没走多远,碰到了好心肠的大灰象。

"哎,我说,伙计们,你们去哪儿啊?"大灰象问。

"去动物医院。"小熊说,"小老虎病了,我们去给他治病。"

"那我得陪你们走一段路,"好心肠的大灰象说,"说不定我还能帮点什么忙呐!"

然后，他们又碰到了黄鸭子、森林里的野兔子、一只老鼠、一只狐狸、一条狗、一只刺猬和一头背着背包的驴。他们都跟小老虎一块儿去动物医院了。

"还远吗？"小老虎问。

"精确地说，还有八百米左右，直线距离。"有力量的狼说，"已经能看见它了。"

"在哪儿啊？"小老虎问。

"那下面。"有力量的狼说。

"我什么都没看见。"小老虎说。

"从这儿往左，往远看。"有力量的狼说。

这时，小老虎也看见医院了。现在，没有问题了，小老虎也放心了。

"小心别把小老虎摔着，"小熊说，"他是病人啊。"

他们小心又小心地把小老虎抬进动物医院。先进了大门。然后又穿过了一条长长的走廊。

"五号病房。"护士小姐露西说，她是一只善良的鸭子。

在五号病房里还住着一只狐狸，他的一只胳膊断了。他说，胳膊是跟狮子打架时弄断的，不过他打赢了。他这么说可是骗人的。

他的胳膊是偷鸡时，被门夹断的。现在，狐狸住在医院里。胳膊打上了石膏。一切都够他受的。自作自受。

"在医院里，"护士露西说，"每个人都得穿干净的睡衣。"小老虎试了试，正合适。

"然后呐，"露西接着说，"为了有一个好气味，每个人都得洗澡。"

"给您，护士小姐，"小熊说，"请您试试这块有玫瑰花儿香的肥皂。"

把小老虎洗干净了以后，就开始给他检查了。

"深呼吸。"牛蛙大夫说。

我会把你治好的 | 33

"啊。"小老虎做深呼吸。

"再深一点儿。"牛蛙大夫说。

"啊，啊。"小老虎做了再深一点儿的深呼吸。

"再再深一点儿。"牛蛙大夫说。

"啊，啊，啊……"

"好，就这样。"牛蛙大夫说。

牛蛙大夫接着用听诊器听了小老虎的前胸，然后又听了听他的后背。检查就这样完事了。

"小老虎先生，"牛蛙大夫说，"我给您开的处方是每天三餐都吃您最爱吃的饭菜，还有您最爱吃的甜食。您最想吃的是什么啊？"

"煎鳟鱼加杏仁酱，还有面包渣。"小老虎说。

"批准。"牛蛙大夫说，"当然了，小熊可以跟您吃一样的。"

小老虎一听马上高兴起来。他又觉得好一点儿了。

下一个检查：X光。

"什么是X光？就是透视。"牛蛙大夫说。

牛蛙大夫也是一名X光大夫。"透视就是，让小老虎走到这个箱子里，让他后面的一盏灯照着他。这盏灯能把小老虎照透。而我呐，就站在前面。我可以看穿小老虎的身体，看到他哪儿有毛病。"

"啊，我看见了，"牛蛙大夫接着说，"他的一条斑纹错位了。"

现在我们知道了，小老虎到底有了什么毛病，居然是一条斑纹错位了。

"不用担心，"牛蛙大夫说，"动一个小手术，小老虎就能好了。"

"什么是小手术？"小熊问。

"一个手术就是，给小老虎打一针麻醉针，让他睡着，做一个美梦。等他醒过来，手术就完成了。小老虎就好了。"

但是，先动手术的却是狐狸。

"打一针对你们这样的小动物来说可不是闹着玩儿的，"狐狸装模作样地说，"要忍住需要很大的勇气。扎针可是太疼了。"

"那么疼吗？"小熊说，"不过，狐狸先生，扎针对我们来说可算不了什么。"

你看，老虎就是老虎，熊就是熊。他们什么都不怕。

护士给狐狸打了一针，狐狸睡了一个好觉。等他醒来时，手术完成了。狐狸一点都没觉得疼，胳膊已经接好了。

接下来该小老虎手术了。同样给他打了麻醉针，他睡着了，做了一个美梦。醒来时，手术完成了。小老虎没觉得疼，已经恢复健康了。

"后天，"牛蛙大夫说，"老虎先生，您就可以出院了。我恭喜您，您痊愈了。现在，做个好梦。"

第二天，来了很多人探望小老虎。鹅阿姨给小老虎带来了一瓶好喝的天然水，她说："等你出院了，我给你烤蛋糕吃。"

"蜂蜜蛋糕。"小老虎叫道，嘴里涌出了口水。

黄鸭子带来了手风琴，她给小老虎演奏了一曲华尔兹舞曲。

长毛兔子从森林里带来了两朵蘑菇给小老虎。

这天晚上，小老虎和小熊快睡着的时候，小熊对小老虎说："你出院以后，我给你做你最爱吃的东西，小老虎。"

"噢，太好了，"小老虎说，"你已经知道，我要吃什么……"

小老虎还没把话说完，就睡着了。

第二天，所有的朋友都来接小老虎出院。他们还带来了喇叭和鼓，欢迎小老虎回家。

"还有多远啊？"小老虎问。他想家想得不能忍受了。

"准确说，还有八百米左右。"好心的大灰象说，"当然是直线距离。"

"现在，告诉我你想吃什么？"他们回家后，小熊问小老虎，"我给你做。"

我会把你治好的 | 35

"煎鳟鱼加杏仁酱,还有面包渣。"小老虎说。

"再说一个别的。"小熊说。

"鸡蛋面条加杏仁酱,还有面包渣。"小老虎说。

"再说点儿别的。"小熊说,"你干吗不说要吃肉汤?!"

"对啊!"小老虎喊道,"我正要说这个。"

当然,他们喝了肉汤。肉汤上面浮着油星,肉汤里面还有从园子里采来的芹菜和胡萝卜。

"明年,"小熊说,"该轮到我生病了,然后你来给我治病,照顾我,怎么样?"

"没问题,"小老虎说,"那还用说嘛?!"然后,他们就睡觉了。

一觉就睡到第二天天亮。

(皮皮 译)

一封发烫的信

捷克著名作家、现代戏剧大师卡雷尔·恰佩克，一个在死后还遭到德国纳粹通缉的反法西斯爱国者，最早预言人类会掌握原子能的幻想家，"机器人"一词的发明者，他几乎所有的作品——不论是戏剧还是小说、童话或者科幻作品，都充满着光芒四射的想象力。他感知事物的方式既是对常识和物理世界的挑战，也是对我们麻木心灵的挑战。

在他的短篇童话《邮差的故事》中，面对无数封各种各样的邮件，他告诉我们一种破解这些信件秘密的方法：负责分拣信件的小矮人依靠触摸信件感到的温度来确定信件的价值，换句话说，他们依据写信人的感情来判断每封信是冷是热，有没有价值。感情深的信件是温暖热烈的，没有感情的信则是冷冰冰的。

他将信件的价值按照扑克牌的点数排列大小，其判断标准如下：

最没有价值的牌就是撒谎的信。其次是一些例行的公文和宣传单。然后是礼貌性的应酬信。J是朋友间充满友爱的信。衷心想帮助别人的信是皇后。爱人之间的情书是国王。而妈妈写给孩子的信，这种牌是压倒一切的牌。

一个看似轻松随意的游戏里，居然蕴藏着这样巨大的秘密！当然，一个原本感觉生活无聊透顶的邮差，因为发现了这个秘密而喜欢上了这份工作，并且用小矮人的方法，历经辛苦，把一封只有收信人姓名，但却没有地址的求婚信，送到了姑娘的手中，成全了一对儿热烈相爱着的年轻人。

我被恰佩克寻找到这样一种奇特的感知人性和情感的方式深深迷住了。在我看来，杰出的诗人和作家，在描绘他们身边的生活和世界时，都能够具有一种能力，那就是找出他们自己和各种事物之间的联系。只有找出了这些联系，才能真正知道一个生命在宇宙和万事万物中的位置，才能知道自己生存的真实状况。人何以确定自己的存在？——在具体的关系中。也就是说，我们对于事物的感受力，与我们和事物之间的联系成正比。我们的感受力愈强，我们和事物之间的联系愈深。感受力带给我们最直接的就是对于事物和人的情感——这就是邮差最终热爱上自己工作的重要原因，也是使那对恋人终成眷属的根本原因。

卡雷尔·恰佩克把抽象的感受力具体化，把艰深的哲思转化为可以被孩子们的想象力捕获的童话故事，充分体现了一个天才作家了不起的创造力。在开辟了感知事物的"通道"后，他所写的故事文本本身，又开辟了表达情感和智慧的"通道"。在读完这篇神奇的童话后，我是多么希望在今天这个金钱至上、冷漠麻木的时代，每一个读到《邮差的故事》的人都能透过这些文字看清楚——它同样是一封神秘的来信，一封由恰佩克写给我们的、充满深沉感情的滚烫的来信。

捷克｜卡雷尔·恰佩克
邮差的故事

哎！王子、公主、巫婆的故事多得不得了，老掉牙了，但我敢打赌，你一定没有听过邮差老柯的故事——神奇、曲折的一段爱情故事。

说实在的，邮差本来就是一个顶神秘的行业，就拿邮局来说，到处贴满告示："禁止吸烟""禁止携狗进入""禁止大声喧哗"……连巫师和牧师的屋子里都没那么多规矩。而且一到下午五点半就锁上所有的门：铁门、大门、小门、保险柜门，不准任何人进入。夜晚的邮局简直是个充满秘密与未知的地方。

老柯是个老邮差，他每天在大街小巷送信，鞋子不晓得穿破了几双，脚跟不知道起了多少水疱！天天要走二万九千七百三十五步，上下八千二百四十九级楼梯，更可悲的是，大部分都是一些印刷品、宣传单和一些乱七八糟的东西。"真无聊！我的工作一点意义也没有。"这天老柯又在邮局里抱怨，不知不觉睡着了，错过了下班时间，一个人被锁在邮局里。

半夜，老柯被一阵窸窸窣窣的声音吵醒。

他睁眼一看，一群留着白胡子的小矮人在邮局里跑来跑去。他们戴着红色的邮差帽，穿着红色的制服，神气极了。其中一个把明早要送的信叠成一堆，第二个分邮件，第三个称邮包、贴标签，第四个捆邮包，第五个坐在窗口数钞票，第六个发电报……天啊！跟白天的邮局一模一样。

工作完毕，小矮人围成一圈叫着："打牌喽！"说着抽出一沓信像洗牌似的搓弄，然后发给每人几封。一个小矮人抽出一封信丢在地上说："出牌！"另一个小矮人则压上一封信叫："哈！比你大！"

老柯看得好惊讶，忍不住叫了起来。

小矮人像老朋友似的招呼老柯说："对不起，吵醒您了。"一边拉着老柯一起打牌。老柯迷惑地说："这些信上面没有点数，怎么比大小？"

小矮人神秘地笑着说："每封信的价值有大有小，全靠写信人的心意来决定。"

"最小的牌，二点，是那些对人撒谎的信。次小的牌，三点，是一些例行的公文和宣传单。四点则是一些礼貌性的应酬信……至于J，是好朋友之间充满友爱的信。衷心想帮助别人的信是王后。国王则是爱人之间的情书。而最大的牌A，是掏出整颗心写成的呢！像妈妈写给孩子的信，这种牌是压倒一切的牌。"

"可是，你们怎么知道信的内容？偷拆别人的信可是犯法哟！"老柯紧张地说。

小矮人说："别担心，我们只是摸一摸信，就知道它是哪一种信。没有感情的信是冰凉凉的，相反，感情越深摸起来越热。而且，我们只要把信贴在脑袋上，就可以一字不漏地读出内容。"老柯这才明白，并且高兴地和小矮人打起牌来。打着打着居然睡着了。

第二天醒来，小矮人都不见了，从此以后，老柯老是好奇忍不住摸摸要送的信，看看它是冷还是热。

有一天，老柯发现一封忘了写姓名、地址的信，连邮票也没贴呢！其实，这种糊涂信不少，因为无法投递，通常都放在邮局待领。可是这封信摸起来滚烫滚烫的！

老柯叫起来："这封信是用整颗心写的呢！我该把它送到哪呢？"这时，老柯想起小矮人能用脑袋读没拆开的信，于是等邮局关门后，他偷偷躲在里头。到了半夜，小矮人又出来工作和打牌。小矮人你一张我一张地出牌，老柯猛地跳出来，把那封信压上去。

"你赢了，老柯！"小矮人说，"没有比这张牌更大的了！"

老柯故意问："你怎么断定的呢？"

小矮人说:"因为这封信是一个小伙子写给姑娘的求婚信。不信的话,我把信念给你听。"小矮人把信贴在脑门上。

"亲爱的玛莎,我得到一份思机的公作。如果你同义的话,我们可以马上结昏。请你可邻我织热的心,竟快来信给我答案。中实的法兰克上。"

"哎!这个法兰克紧张得居然写错八个字。"

第二天一早,老柯把小矮人的事一五一十告诉局长,并且把信的内容复述了一遍。局长听了,呆了好一会儿,才叫道:"天啊!我当局长这么多年,一点也没有发觉邮局里藏着小矮人,这封求婚信非常重要,你一定要送给那位小姐才行。"老柯苦着脸说:"要是我知道玛莎小姐住在哪个城、哪条街,门牌号码是多少就好了。"

"如果真是这样,任何人都可以把这封信送到玛莎小姐的手中,也用不着邮差了。"局长拍拍老柯的肩膀说,"去吧,不论花多久的时间,你一定要把这封信送到,当然也别忘了收回应交的邮资。"

于是老柯就把那封信装进邮袋中出发了。他走啊,走啊,到处打听有没有一个叫玛莎的小姐,正在等着一个叫法兰克的司机的信。

结果,他走遍了捷克,一共找到了四万九千八十个玛莎,可是没有一个是他要找的。有几个玛莎确实在等某位司机的来信,不过这些司机都不叫法兰克,而是叫奇巴、高斯基……也有几个玛莎是在等法兰克,不过这个法兰克不是司机,而是裁缝、理发师等等。

老柯整整找寻了一年零一天。他走过城镇和乡村、田野和森林、云雀飞舞的春天、李子红似火的夏天……却始终无法把信交出去。他难过地坐在路边,为收不到信的玛莎流泪,为等候回音的法兰克伤心。

这时,远远来了一辆派特小轿车。据说它有八个汽缸,跑起来风一般快,怎么这会儿像蜗牛爬?老柯好奇地往车上看,只见开车的司机挂着一张苦瓜脸,后座上坐着一位绅士,也挂着一张苦瓜脸。绅士看见也是一副苦瓜相的老柯，便叫他上车，顺道载他一程。

车子哼哼唧唧往前走，老柯忍不住问："先生，车子坏了吗？为什么慢得像个苦恼的小老头？"

绅士说："那是因为开车的是一位苦恼的司机。"

老柯问司机："您为什么这么苦恼呢？"

司机说："因为我一年零一天前，寄了一封求婚信，却一直没有回音。"说着都快哭了。

"请问您是不是法兰克？"老柯几乎整个人跳起来，"您的爱人可是玛莎？"

"是啊。"

"哈，原来你就是那个粗心鬼！你把信扔进邮筒却不写收信人的姓名和地址，也不贴邮票，玛莎怎么能收得到？又怎么能回信呢？"

"我的信在哪儿？"司机法兰克激动地叫了。

"放心，你的信平平安安地放在我的邮包里，你把地址告诉我，我立即把信送过去。"

绅士插嘴说："干脆直接把车开过去，这样会快一点。"法兰克一听，猛踩油门，小汽车像风一样往前奔，绅士还得用双手压紧帽子不让它飞走呢！不过几个小时，就到了玛莎住的村庄。

法兰克把小汽车停在一个街角，小声说："到了，我的玛莎就住在前面那栋小房子里。"

"你亲自去把心里的话告诉玛莎不是更好吗？何况你在信里还写了八个错字呢！"老柯说。

"我不敢去。"法兰克说，"我整整一年零一天都没有写信给她。她一定把我忘得干干净净了。"

"好吧，那我去！"老柯整整衣服帽子，精神抖擞地走进小房子。那儿有一扇明净的小窗，里头坐着一位脸色苍白的姑娘，正在缝衣裳。

"小姐，您在缝您的嫁衣吗？"老柯问。

"不，我在缝我的丧服。"玛莎捂着胸口说，"我的心已经碎成片片，就快要死了。"

"老天爷啊！"老柯惊叫道，"您为什么心碎？"

"因为我一直在等一封信，"玛莎幽幽地说，"可是已经一年零一天了，这封信还是没来。"

"真巧！我的邮袋里躺着一封信，整整一年零一天，却找不到收信的人，不知是不是您在等的信？"老柯说着把信交给她。

玛莎颤抖着双手，把信拆开，才读了两个字，她苍白的脸颊就泛起两朵小小的红晕。她快乐地叫："就是这封信让我等了一年零一天，心碎了一年零一天。天啊！我真不知道应该怎么感谢你才好。"

老柯哈哈大笑："您只要付我两块钱的邮资就好了！因为啊，有个笨蛋加白痴不但忘了在信封上写地址、姓名，还忘了贴邮票！现在他正傻傻地在街角等您的答案呢。"

玛莎听了脸更红了，连忙丢了两块钱给老柯，像小鸟一样飞出门，奔到街角，投入法兰克的怀抱。

老柯也跟着回到街角。"看吧，这种事情当面谈不是比寄没有姓名地址的信清楚多了？"

玛莎听了，脸像火一样红；法兰克听了，笑得眼睛像弯弯的月亮。

绅士说："上车吧！让我们把带来幸福的邮差老柯载回邮局吧！"于是四个人跳上车，法兰克一踩油门，小汽车发出幸福的呜呜声，像风一样跑起来——当然喽，因为开车的是世界上最幸福的司机。

（任溶溶　译）

白猫和黑猫

提起白猫和黑猫，相信很多中国人都会想起几十年前那场改革，"不管白猫黑猫，会捉老鼠就是好猫"，成了改革开放探索阶段的一个比喻。但我要讲到的白猫和黑猫，却和这个意思没有任何关系。《白猫和黑猫》是俄罗斯伟大作家鲍·谢尔古年科夫的一篇很短的童话，这篇不起眼的童话，不到一千字，却展现了作者奇特的想象力。

一个老婆婆养了两只猫——一只白猫，一只黑猫。黑猫专抓白老鼠，白猫专抓黑老鼠。黑老鼠专吃白面包，白老鼠专吃黑面包……作者从黑白面包说到了黑白炉子，又从黑白炉子说到了房屋、河流、树林、白昼和夜晚。一切白色的事物都和黑色的事物紧密相关，正如我们开头读到的故事。到了结尾，作者写道："老太婆从屋里放出白猫——白天到了，而放出黑猫——夜幕降临了。"

一开始，我们仅仅以为作者是在讲白猫和黑猫的故事，末了我们才知道，这个故事充满巨大的隐喻。

这样一个简单到不能再简单的故事，会有什么意义？

你可以说，它没有什么意义。你也可以说，它就是一个简单的、哄孩子玩儿的故事。但我从不这么看。

谢尔古年科夫在中国鲜有人知道，翻译过来的他的作品也少得可怜。我曾在《世界文学》1986年的某一期，读到了由许贤绪先生节选翻译的他的《五月》，一万多字，全部在描写作为护林员的作者，在森林里每天看到、想到的一切。树木、风声、雨滴，野草和野花，天空和大地的变化。他曾写道："也许再过一百年将会有孩子不知道什么是蒲公英，不知道什么是山、天空。根据我无知而又过分主观的看法，不知道二二得四，这还不算灾难，不知道什么是山或者蒲公英，则要可怕得多。但是我且不做报凶的乌鸦，我宁可相信，人们将知道什么是蒲公英和什么是山。因为如果孩子们不知道什么是蒲公英或山，或者两者都不知道，那么他最终会知道些什么呢？"他对于人类失去和自然万物的联系充满忧虑，因为这意味着我们将不知道自己的存在。

我们靠什么才能存在于这个世界？恰恰是人类对其他事物的感受力和想象力，建立起了我们与世界的联系。或许，"白猫和黑猫"这个故事，也是通过一个奇特的隐喻，唤醒我们已经麻木的想象力，使我们从一个司空见惯的事物出发，忽然引导我们平庸的思维习惯来了个巨大的转弯——那个神秘的老婆婆，在放出白猫和黑猫的同时，也放生了我们关在"心灵密室"中的想象力，使它突然置身于辽阔的天地、时间、当下的经验之中。而所有白色的事物中都蕴含着黑色的事物，反过来亦如此。这种朴素的世界二元结构的互相转换，使我们在看待事物的时候，不再会非此即彼地进行简单的判断，因为任何事物都不是单纯的存在，它必须通过与其他事物的"联系"才得以存在。善与恶、黑与白、爱与恨、幸福与痛苦……事物的矛盾统一之互相转换无处不在，这种辩证法的基本道理，谢尔古年科夫用最天真的故事进行了描述。事物自身所包含的既相互排斥又相互依存，世界由此变得奇妙而丰富，认识到这一点，人类心灵的土壤才会萌发宽容和理解的种子。

作为一个常年待在森林中的作家，谢尔古年科夫有的是足够的安静和寂寞来考虑人在世界中的位置，这种孤单的生活，也为他提供了丰富的想象力。他曾有一本薄薄的童话集在中国出版，书名叫《狗的日记》，里面是数十篇美妙的童话作品。而本文所选的童话，则是选自 2003 年为庆贺圣彼得堡建城三百周年，由上海译文出版社出版的圣彼得堡当代作家作品选《星耀涅瓦河》。从作者照片看，谢尔古年科夫须发皆白，深邃的目光向右后方注视，神色严肃又充满悲悯。这完全符合我对这位伟大作家的想象。他根本不会知道，在遥远的中国，有一个诗人在她二十多年的写作生涯中，曾深深受到过他的影响，并且这影响一直持续至今。

俄罗斯｜鲍·谢尔古年科夫
白猫和黑猫

从前，有一个老太婆，她养了两只猫。一只是白猫，另一只是黑猫。黑猫捉白老鼠，而白猫捉黑老鼠。黑老鼠偷吃白面包，而白老鼠偷吃黑面包。白炉子烤黑面包，而黑炉子烤白面包。黑炉子放在白屋里，而白炉子放在黑屋里。黑屋子位于白河边，而白屋位于黑河边。黑河的水从白森林里流出，而白河的水从黑森林里流出。黑森林在白天的阳光下生长，而白森林在黑夜的月光下生长。

老太婆从屋里放出白猫——白天到了，而放出黑猫——夜幕降临了。

（陆永昌 译）

重复就是祈祷

当过父母的人总会有这样的体验，那就是孩子会不厌其烦地让父母讲一个不断重复的故事，每晚都讲。而且他会在每一个令人发笑的地方再次哈哈大笑，在某一个恐惧或伤感的地方再次抓紧爸爸妈妈的手。很多父母不清楚孩子们为什么会这样喜欢重复听一个老故事。一位儿童教育学家告诉我："孩子之所以这么要求，并不是为了听这个故事，而是通过父母重复的讲述，来一次又一次验证父母对他的爱。"

似乎为了呼应孩子们这种奇特的心理，很多民间故事和童话，都有着重复的情节和话语。而事实上，重复的叙事并不是一成不变，每一次重复都会存在着小小的变化。这些小小的变化对于孩子非常重要，但却常被父母忽略——他们跳开，直接讲到结尾。这样一来，孩子们不断期待的推进过程就被自以为是的父母毁掉了。父母这么做的理由是：重复毫无意义，一次就足够了。但儿童文学作家和孩子肯定不会这么认为。

前年，我读到了萧袤撰文的一本图画书《我爱你》："长颈鹿阿姨教会小獾一句话：我爱你。爱要说出来，不要憋在心里哦，憋在心里会发霉的。今天的作业是练习说一百遍'我爱你'。小獾马上练习了一遍：'我爱你，长颈鹿阿姨。'"

接下来，小獾对所有看到的东西都说了"我爱你"，这三个字几乎就是这篇童话的全部内容。小獾的这句"我爱你"重复了整整四十九遍！在对长颈鹿阿姨说完之后，他对幼儿园说"我爱你"。接下来我们从图画中看到小獾要回家了，在路上他对小路、小树、小草、小花和小鸟说"我爱你"，当他抬头看见天空时，他对太阳、云朵和风儿说。到家了，小獾说："我爱你，我的家。"接着是"我爱你，妈妈"。

和所有忙碌而不耐烦的父母一样，妈妈的回答是："好了好了，洗手吃饭去。"

即便得到这样的回答，小獾却依然坚持说了下去："我爱你，爸爸。"爸爸的回答是："小獾，我好忙。"——好吧，忙碌的爸爸妈妈无视小獾对他们的爱，小獾并没有泄气，继续着他的"功课"：我爱你，窗台。我爱你，墙壁……他对电视、沙发、椅子、饭桌、勺子、木碗、米饭和土豆丝都一一郑重地说："我爱你。"

愚笨的父母感到了惊讶，他们说："这孩子烦不烦哪！""是不是有毛病了？"

小獾吃完饭后到了洗手间，继续坚定地对他看到和接触到的东西说："我爱你，镜子。我爱你，毛巾……"他甚至对马桶也说"我爱你，马桶"。"我爱你，短裤""我爱你，洗澡水"……

睡觉的时间到了，小獾对台灯、布熊说过"我爱你"之后，他对故事里的小矮人、白雪公主，还有他枕的枕头乃至故事都一一说了"我爱你"，然后便睡着了。

当一切都安静下来的时候，作者写到了小獾的爸爸和妈妈。他们在做什么呢？

爸爸对妈妈说："我爱你，亲爱的。"妈妈也对爸爸说："我也爱你。"他们两个对睡梦中的小獾悄声说："我们爱你，宝贝。"

瞧，在小獾坚定地重复下，爸爸妈妈改变了！笔者在还未读完这篇童话时，就已经感动得泪眼模糊。在写这篇短文时，基本就是按照本雅明的想法，做了一次"用引文写作的"实验，这是因为这篇杰出的童话本身

重复就是祈祷 | 51

就已非常圆满。它对爱的不断重复，实践着"重复就是祈祷"这一伟大的观念。

《圣经》里"沙仑的玫瑰"里提到沙墨兰在灰心绝望时，看到小蚂蚁背负着谷子向墙壁上拖爬的故事，蚂蚁从墙上掉下来六十九次，但在第七十次时它奇迹般地爬到了墙顶。在这里，重复——祈祷的力量终于显现了，就像小獾的"我爱你"，终于使麻木的父母慢慢觉醒，使"我爱你"变成信心、理解和行动，并使我心怀感动地写下了这篇文字。

中国 | 萧袤

我爱你

长颈鹿阿姨教会小獾一句话：我爱你。

爱要说出来，不要憋在心里哦，憋在心里会发霉的。今天的作业是练习说一百遍"我爱你"。

小獾马上练习了一遍："我爱你，长颈鹿阿姨。"

"我爱你，幼儿园。

我爱你，小路。

我爱你，小树。

我爱你，小草。

我爱你，小花。

我爱你，小鸟。

我爱你，太阳。

我爱你，云朵。

我爱你，风儿……

我爱你，我的家。"

咦，真的到家了。

"我爱你，妈妈。"

"好了好了，洗手吃饭去。"

"我爱你，爸爸。"

"小獾，我好忙。"

"我爱你,窗台。

我爱你,墙壁。

我爱你,电视。

我爱你,沙发。

我爱你,椅子。

我爱你,饭桌。

我爱你,勺子。

我爱你,木碗。

我爱你,米饭。

我爱你,土豆丝。"

"这孩子烦不烦哪!"

"是不是有毛病了?"

"我爱你,镜子。

我爱你,毛巾。

我爱你,牙刷。

我爱你,短裤。

我爱你,洗澡水。

我爱你,马桶。

我爱你,美人鱼。

我爱你,台灯。

我爱你,布熊。

我爱你,小矮人。

我爱你,白雪公主。

我爱你,枕头。

我爱你,兔子。

我爱你,故、故事……"

(小獾睡着了)

一切都安静下来。

(爸爸对妈妈说)

"我爱你,亲爱的。"

"我也爱你。"

"我们爱你,宝贝。"(他们对小獾说)

土里有什么

"世界上有一种鸟是没有脚的,它只可以一直地飞呀飞,飞得累了便在风中睡觉,这种鸟一辈子只可以下地一次,那就是它死的时候。"这是电影《阿飞正传》中张国荣说过的著名的台词,据说是来源于民间关于一只无足鸟的传说。很多人在引用或重复这句话,我猜想一定是因为无足鸟的悲剧性就像是他们自己的一生。我知道加缪在《西西弗神话》中专门辟出一章,来讨论西西弗是如何不停地把巨石推上山顶,巨石由于自身的重量又滚下山去。"诸神认为再也没有比进行这种无效无望的劳动更为严厉的惩罚了。"

加缪认为西西弗是个荒谬的英雄,因为西西弗永远重复的劳作本身,已经变得比那块巨石还要坚硬,他超越了自己的命运。就像那只无足鸟,它的命运就是永远飞翔,直至死亡落地的那一刻。看来,世界上这种荒谬的事物随处可见,只不过一部分人没有意识到荒谬的存在,他们以肤浅的、浑浑噩噩的快乐而随波逐流地生活着;而另一部分人则洞悉到荒谬中存在的巨大秘密。意识到自己的命运时时面临着苦难的时刻,同时也是一个孕育着有可能为自己开辟真正的快乐和幸福的时刻。

我读到过诗人顾城的一首短诗,这位顶着"童话诗人"桂冠的短命天才,写下过题为《土拨鼠》的五行诗:

土拨鼠在挖土
有人问

土里有什么

土拨鼠说：

土里有土

  这首诗被收入1993年3月第1版的《顾城童话寓言诗选》中。七个月后的10月8日，他在新西兰激流岛杀妻后自尽。这是一本薄薄的小书，《土拨鼠》这首诗排在整本诗集的第一页，从这一点可以看得出顾城本人对这首诗的重视。他在"后记"中谈到了对虫子们顺应大自然法则的看法，还指出只有人有"幸运技巧"，之所以让这些虫子们做童话寓言的主角，是为了让读者随着虫子们也领略一下做人的不易。诗集中这只有幸被诗人安排第一个出场的土拨鼠，显然也隐喻着诗人对于人生的看法，一如加缪笔下的西西弗，以及张国荣台词中的无足鸟。只不过这三个故事的主角身份不同，一个是诸神中的英雄，一个是高高在上的飞鸟，唯有土拨鼠离人类最近——在人们的脚下，在黑暗的、深深的泥土中。飞鸟自然高远，诸神的地位也能俯瞰人类世界，而土拨鼠就是生活在低处的人类的影子吧。即便是这样生活在黑暗泥泞中低贱的生命，居然也能够像诸神，以及连接大地和天空的飞鸟一样夭天，敢于承担着不停地挖土、哪怕"土里只有土"的荒谬的命运。令人唏嘘不已的是，写下这首精彩短诗的诗人，和那个想做"无足鸟"的张国荣一样夭天，没有抗拒住巨石的重负和尘世的引力，没有承受住尘世生活里泥土的沉重，而做了被压在荒谬黑暗之下的失败者。顾城更是举起了冷酷的利斧，把别人无辜的生命连同他自己，还给了死神。

  然而，土拨鼠自这首诗中诞生后，便再也不会死去。那就像西西弗和无足鸟面对着滚滚的巨石、猎猎狂风，它默默埋首在沉重漆黑的泥土中，不停地挖掘着自己的泥土，沉思默想于其中的痛苦和秘密的快乐，并把周围每一粒沙土化作命运，牢牢地抓在自己手中。

中国 | 顾城

土拨鼠

土拨鼠在挖土
有人问
土里有什么
土拨鼠说：
土里有土

死亡的意义

在我们的教育系统里，对儿童谈论死亡始终是一个禁忌。正如谈论性的问题，成年人会含糊地用"你是树上结的""你是路边捡的"等这样的话语来搪塞儿童。对死亡的恐惧，也会使成年人用"人死了就是上天了"来回避我们从哪里来、到哪里去这样重大的问题。因此，多数儿童对于生死的概念是模糊不清的，以至于当身边的亲人或者其他人忽然辞世，会给他们造成相当的震撼和难以抹去的心灵创伤。

在儿童教育中是否真的不能涉及死亡的话题？儿童是否不能理解死亡对于人生的意义？日本作家佐野洋子的《活了一百万次的猫》，则通过直接讲述一只猫的故事，为儿童，也为成年读者表明了自己对于生、死、自由和爱的看法。

西方有着"猫有九条命"说法，佐野洋子的笔下却是一只活过一百万次的虎斑猫。它的世世代代曾分别属于国王、小女孩、水手、小偷、老太婆等人，每次轮回都备受豢养者们的宠爱。而这只被人豢养的虎斑猫，越来越觉得活着无聊。和那些一辈子追求长生不死的人相比，这只可以永远活下去的猫感到活着是如此无足轻重，它根本不怕死，甚至感到对"什么都厌恶、对所有的一切都漠不关心"。对于它来说，"活着"变成了诅咒和酷刑，因为没有什么可以使它留恋，没有什么可以使它珍惜。时间变成了漫漫无期、令人绝望的无底深渊，"活着"便悬在这深渊的半空中，不知所终，不知所以，而生命也变得不再有任何意义。终于，这只猫在活了一百万次后，终于不再被人豢养，成了一只只属于自己的野猫。也就是说，它获得了自由。这次，虎斑猫居然爱上了一只自尊又美丽的白猫，它们在一起生育了很多小猫。在这些生命过程中，虎斑猫有了爱和责任的体验，有了被爱和被需要的幸福。到后来，那只不能像它一样"复活再生"的白猫死去后，虎斑猫悲痛欲绝，号啕大哭。没有了爱，活着也不再有任何意义。这只虎斑猫终于死去了。

法国哲学家弗拉基米尔·扬克雷维奇曾指出："只有能够死亡的才是有生命的。""不死亦不会有生。"死亡是活着的参照，它为活着的生命提供意义。不能设想无生无死的生命，那样的"生命"就是死亡。当虎斑猫简单地重复着自己的生命时，荒谬却使它陷入了真正的死亡。而当它开始主动经历"爱"和"自由"时，生活的意义便开始彰显，直至最后的死亡降临，它的生命才算真正完整地完成。

这是一个在死亡之处寻找生命意义的故事。佐野洋子显然深谙如何直接进入儿童心灵之道，她的丈夫、日本鼎鼎大名的诗人谷川俊太郎，就是家喻户晓的《铁臂阿童木》主题曲的词作者。似乎为了呼应佐野洋子这篇杰出的童话，他亦著有诗集《死去的历史遗留下的东西》，其中有一首短诗《活着》，可以和这篇童话互相参照对比着阅读：

六月的百合花让我活着
死去的鱼让我活着
被雨淋湿的狗崽
和那天的晚霞让我活着
活着
无法忘却的记忆让我活着
死神让我活着……

（田原 译）

日本 | 佐野洋子
活了一百万次的猫

有一只一百万年也不死的猫。

其实猫死了一百万次,又活了一百万次。

是一只漂亮的虎斑猫。

有一百万个人宠爱过这只猫,有一百万个人在这只猫死的时候哭过。

可是猫连一次也没有哭过。

有一回,猫是国王的猫。

猫讨厌什么国王。

国王爱打仗,总是发动战争。而且,他还把猫用一个漂亮的篮子装起来,带到战场上。有一天,猫被一支飞来的箭射死了。

正打着仗,国王却抱着猫哭了起来。

国王仗也不打了,回到了王宫,然后,把猫埋到了王宫的院子里。

有一回,猫是水手的猫。

猫讨厌什么水手。

水手带着猫走遍了全世界的大海和全世界的码头。

有一天,猫从船上掉了下来。

因为猫不会游泳,水手连忙用网子捞了上来,可猫还是淹死了。

水手抱着湿得像一块抹布似的猫,大声地哭起来。然后,把猫埋到了遥远的港口小镇的公园的树下。

有一回，猫是马戏团魔术师的猫。

猫讨厌什么马戏团。

魔术师每天把猫装到一个箱子里，用锯子锯成两半儿，接着再把完好无损的猫从箱子里取出来，换来一片拍手声。

有一天，魔术师失手了，真的把猫锯成了两半儿。

魔术师两手拎着两半儿的猫，大声地哭起来。

这次，谁也没有拍手。

魔术师把猫埋到了马戏场的后面。

有一回，猫是小偷的猫。

猫讨厌什么小偷。

小偷和猫一起，在漆黑的小镇上，像猫一样轻轻地转来转去。

小偷只偷养狗的人家。趁着狗冲猫叫的时候，小偷撬开保险箱。

一天，猫被狗给咬死了。

小偷抱着偷来的钻石和猫，在夜晚的小镇上一边大声地哭，一边走。然后，回到家里，把猫埋到了小小的院子里。

有一回，猫是一个孤零零的老太太的猫。

猫讨厌什么老太太。

老太太每天抱着猫，从小窗户看着外面。

猫整天在老太太的腿上睡大觉。

不久，猫老死了。摇摇晃晃的老太太抱着摇摇晃晃的死了的猫，哭了一整天。

老太太把猫埋到了院子的树底下。

有一回，猫是一个小女孩的猫。

猫讨厌什么小女孩。

小女孩有时把猫背在背上玩，有时紧紧抱着猫睡觉。她哭的时候，还会用猫的后背来擦眼泪。

有一天，猫被小女孩后背的带子给勒死了。

小女孩抱着耷拉着脑袋的猫，哭了一整天。然后，她把猫埋到了院子的树底下。

猫已经不在乎死亡了。

有一回，猫不再是别人的猫了。

成了一只野猫。

猫头一次变成了自己的猫。

猫太喜欢自己了。

怎么说呢，漂亮的虎斑猫终于变成了漂亮的野猫。

不管是哪一只母猫，都想成为猫的新娘。

有的送条大鱼当礼物，有的献上新鲜的老鼠，有的送来了少见的木天蓼，还有的去舔猫那漂亮的虎斑纹。

可猫却说：

"我可死过一百万次呢！我才不吃这一套！"

因为猫比谁都喜欢自己。

只有一只猫连看也不看他一眼，是一只美丽的白猫。

猫走过去说："我可死过一百万次呢！"

"噢。"

白猫只说了这么一声。

猫有点生气了,怎么说呢,因为他太喜欢自己了。

第二天、第三天,猫都走到白猫的身边,说:"你还一次也没活完吧?"

"噢。"

白猫只说了这么一声。

有一天,猫在白猫面前一连翻了三个跟头,说:

"我呀,曾经是马戏团的猫呢。"

"噢。"

白猫只说了这么一声。

"我呀,我死过一百万次……"

说到一半的时候,猫问白猫:"我可以待在你身边吗?"

"行呀。"

白猫说。

就这样,他一直待在了白猫的身边。

白猫生了好多可爱的小猫。

猫再也不说"我呀,我死过一百万次……"了。

猫比喜欢自己还要喜欢白猫和小猫们。

小猫们很快就长大了,一个个走掉了。

"他们都成了漂亮的野猫啦。"

"是啊。"

白猫说,然后她的嗓子眼儿里发出了温柔的"咕噜咕噜"声。

白猫已经成了一个老奶奶了。

猫对白猫更温柔了，嗓子眼儿里也发出了"咕噜咕噜"声。

猫多想和白猫永远地一起活下去呀！

有一天，白猫静静地躺倒在猫的怀里一动也不动了。

猫抱着白猫，流下了大滴大滴的眼泪，猫头一次哭了。从晚上哭到早上，又从早上哭到晚上。哭啊哭啊，猫哭了有一百万次。

早上、晚上……一天中午，猫的哭声停止了。

猫也静静地、一动不动地躺在了白猫的身边。

猫再也没有起死回生过。

（唐亚明　译）

谁都逃不过的那只手

不知道古往今来有多少人渴望着长生不老。从人们对各种仙丹仙药的迷恋，到炼金术的盛行；从徐福为秦始皇到海上寻找长生不老之药，汉武帝修建"承露盘"，到《圣经》里记载的"生命之水"等等，无不昭示着人类尤其是那些有权有势者不愿放弃人间享乐、追求永生的欲望。民间传说里能长生不老的只有神仙，但在某些地区的神话中，连神仙也免不了有生有死。挪威神话中的众神据说就有老死的危险，他们想方设法靠一种魔法苹果活着，苹果则专门由丰收女神伊登负责看管。

人类的文化中关于死亡的故事、寓言和传说数不胜数。伊塔洛·卡尔维诺收集编写的《意大利童话》中，有一篇采集于阿尔卑斯山南麓地区的民间童话《长生不死之地》。一个年轻人独自出发去寻找一处长生不死之地，路途中先后遇到了三个胡须分别齐胸、齐腰、及膝的老人。老人们告诉年轻人，他们各自要用一百年、两百年、三百年时间搬完一座山、修剪完一座森林、看鸭子喝完大海里的水。在这些事情没做完之前，他们会一直活着，直到全部事情做完了他们就将死去。年轻人失望地告别了他们，最终在一个胡子长到脚背的老人的宫殿里，找到了长生不死之地。老人告诉他，只要一直待在宫殿里，他就不会死。

故事假如就此结束，像汉族的某些民间故事那样，"从此他们成了神仙"，永远不死，那么我想卡尔维诺肯定不会将这篇故事收入书中。盖因死亡是生命的延伸，是促使人类自我反省、以便能够更好生活的一个重要启迪。西塞罗有言："学哲学就是学习死亡。"叔本华写道："没有死亡的问题，恐怕连哲学也不成其为哲学了。"诸多哲学家和诗人都对死亡表现出了极大的敬意——纪伯伦说："假如你真要瞻望死的灵魂，你应当对生的肉体大大展开你的心，因为生和死是同一的，正如江河和海洋也是同一的。"而毕加索在面对死亡时脱口而出："死亡是一种美。"或许，只有死亡才能真正教会我们如何去生活，使终有一死的人明白活着的每时每刻都是上天的恩赐。心理学家马斯洛在一次心脏病突发后，深情地写下这样一段话："与死亡的相遇——及其短暂解脱——使一切显得多么珍贵，多么神圣，多么美丽，这使我比以往任何时候更热切地去爱这个世界的一切，更热切地想拥抱它，更热切地想投身于其间。"瞧，既然死亡对生命如此必不可少，卡尔维诺以及那些匿名的智慧的民间文学大师们，绝对不会让人白痴般地永远活下去。

故事里的年轻人在宫殿里无所事事度过了很多年。有一天他终于不耐烦了这种毫无变化的日子，想回到故乡看一看。老人答应了他，并送给他一匹马，再三叮嘱任何时候不要离开马鞍。回故乡的路途中，原来的一切都不见了，而他的故乡也变得完全陌生。怅然若失的年轻人只好掉转马头，不巧遇到一辆陷进泥淖的牛车，牛车上装了整整一车旧鞋子。经不住车夫的央求，年轻人只好下马去帮他推车——"他的一只脚还挂在马镫子上，另一只脚刚落地，车夫就一把抓住了他，说：'啊！终于抓到你了！知道我是谁吗？我是死神，看见车上那些穿破了的鞋子吗？那都是为了追赶你磨破的。现在你可上当了！所有的人最后都要落进我的手掌心，毫无例外！'"

自然，年轻人倒地死了。

故事最精彩也最令人毛骨悚然之处，就在结尾这一段。处心积虑逃避死亡的年轻人被一个外表极其普通的车夫蒙骗了，他哪里会知道他就是专门等在这里的死神。正如我们不知道死亡每日潜身何处，似乎死亡真的是一个事件，在一个不可预知的时间，令生命的呼吸戛然而止，却不曾想死亡就在我们每日的生活里。车夫的话，道出了死亡对每个人都是公平的道理：人人不免一死。用孔夫子的话倒过来说：不知死，焉知生。那只谁也逃不掉的手在攫取生命的同时，也在慷慨地赠予生命最有价值的东西——那就是对生活的无比热爱和珍惜。年轻人因为动了恻隐之心而死，也印证了"唯有懂得情感的人才懂生死"这句老话。可想而知，铁石心肠，没有爱和其他情感的人，即便活着也和无知无觉的行尸走肉差不多了。

有意思的是，这则童话来源于意大利维罗纳，此地恰好是莎士比亚剧作主人公罗密欧和朱丽叶的故乡。他们的爱情故事使得这一地区成为意大利著名的旅游胜地。似乎作为人类最强烈的感情——爱情与死亡永远紧密相连的一个注脚，这两个故事里的主人公，一个追求永生的年轻人最终死去，而那一对儿早逝的恋人的爱情，却在人们心中不断地复活、重生。看来，世界上永远会有不畏惧死亡、能够战胜死亡的东西，正如歌德借维特之口在其临死时深情的倾诉：

"这一切都过去了，

　但是昨天我在你嘴唇上感到的炽热的生活之火

　永远不会熄灭……"

意大利 | 伊塔洛·卡尔维诺
长生不死之地

一天，一个年轻人说："每个人都要死，这样的事让我觉得不太舒服，我要去寻找一处长生不死之地。"

他告别了父亲、母亲、叔叔伯伯和堂兄弟，出发了。他走了许多天，走了许多月，每遇到一个人就问人家能不能告诉他长生不死之地在哪里，但是谁也无法回答他。一天，他遇到了一位老人，长着齐胸的白色胡须，正在推一辆装满石头的车。他问老人："您能告诉我长生不死之地在哪里吗？"

"你想不死？那就跟着我吧。在我用小车一块石头一块石头地搬走那座山之前，你是不会死的。"

"要多长时间才能搬平那座山？"

"要一百年。"

"那一百年后我还得死？"

"是啊。"

"不行，这不是我要找的地方，我要找一处永远不死的地方。"

告别了老人，他继续往前走。走啊，走啊，来到一片森林，这片森林大极了，简直看不到尽头。里边有一位老人，胡须一直长到肚脐那里，正拿着一把大剪刀在修剪树枝。年轻人问他："请问，您能告诉我长生不死之地在哪里吗？"

"你跟着我吧。"老人对他说，"在我用我的剪刀修剪完这片森林里的树枝之前，你是不会死的。"

"那要多长时间？"

"谁知道！两百年吧！"

"两百年后我还同样得死？"

"那是。你还觉得不满足？"

"不满足。这里不是我要找的地方，我要找一处永远不死的地方。"

他与老人互相道别之后，继续往前走。又过了几个月，他来到海边。那里有一位胡子长到了膝盖的老人，正看着一只鸭子喝海水呢。

"请问，您知道长生不死之地吗？"

"要是你怕死，就跟着我吧。你看，在这只鸭子用嘴喝干这里的海水之前，你是不会死的。"

"那需要多长时间？"

"差不多要三百年吧。"

"然后还得死？"

"那你想怎么样？还想逃避多少年？"

"不行，这里也不是我要找的地方，我要找一处永远不死的地方。"

他又上路了。一天晚上，他来到一座辉煌的宫殿前。敲门之后，一位胡子长到脚背的老人给他开了门，说："你有什么事，勇敢的年轻人？"

"我在寻找长生不死之地。"

"你真走运。这里就是长生不死之地啊。只要你在这里跟着我，你就肯定不会死。"

"总算找到了！我可好一顿找啊！这里就是我要找的地方！对了，您在这里高兴吧？"

"嗯，是的，高兴，有你陪伴我就更好了。"

于是，年轻人跟老人一起在这座宫殿里住了下来，过着衣食不愁、逍遥自在的生活。不知不觉地过了很多很多年。一天，年轻人对老人说："我在这里跟您过得真的很好，不过还是想回家看一下家人和亲戚。"

"你还有什么家人、亲戚可看呀？他们早已经死光了。"

"哎，我不是这个意思！我是想回去看看我待过的那些地方，没准还能遇到家人亲戚的子子孙孙呢。"

"你要是真的想回去，我告诉你该怎么办。你到马厩去，骑上我的那匹白马，它有神力可以来去如风，但是你千万记住，不管什么情况，都不能离开马鞍，因为你一下马就会立即死掉。"

"您放心吧，我太怕死了，绝不会下马的！"

年轻人来到马厩，牵出那匹白马，上了马，风一般疾驰而去。路过他曾遇到那个看鸭老人的地方，先前是一片海水的地方，如今已是无边的平原。旁边堆着一堆骨头，就是那个老人的骨头。年轻人想：你看看，当初我继续向前走是走对了，要是我跟着他留在这里，现在连我也早死了！

他继续赶路。当初那个剪树枝的老人所在的那片森林，现在变成一片光秃秃的不毛之地，连一棵树也见不到了。年轻人想：要是当初留在这里和他做伴，我也一样早死了！

路过当初那个老人用小车一块一块石头地搬山的地方，只剩下一片大平原，平坦得像球台一样。年轻人想：当初我要是留下来，也是死路一条！

骑啊骑啊，终于到了老家，但这里变化太大，他再也认不出来了。他想找出自己家的房屋，但连以前的路也没了。他问起家人亲戚的情况，但没有人听过他家的姓。年轻人觉得心里很不舒服。他想：反正我得马上回去，算了。

他掉转马头，踏上往回走的路。还没走到一半，他遇到了一个车夫，赶着一辆牛车，上面装着一车旧鞋子，车夫对他说："先生，您行行好吧，下来一刻，帮我把车轱辘抬出来，它偏到沟里了。"

年轻人说："我有急事，不能下马。"

"您就帮帮我吧，您看我孤身一人，现在天已晚了……"

年轻人被感动了,就从马上下来了。他的一只脚还挂在马镫子上,另一只脚刚落地,车夫就一把抓住了他,说:"啊!终于抓到你了!知道我是谁吗?我是死神,看见车上那些穿破了的鞋子吗?那都是为了追赶你磨破的。现在你可上当了!所有的人最后都要落进我的手掌心,毫无例外!"

就这样,这个可怜的年轻人也死了。

(刘宪之 译)

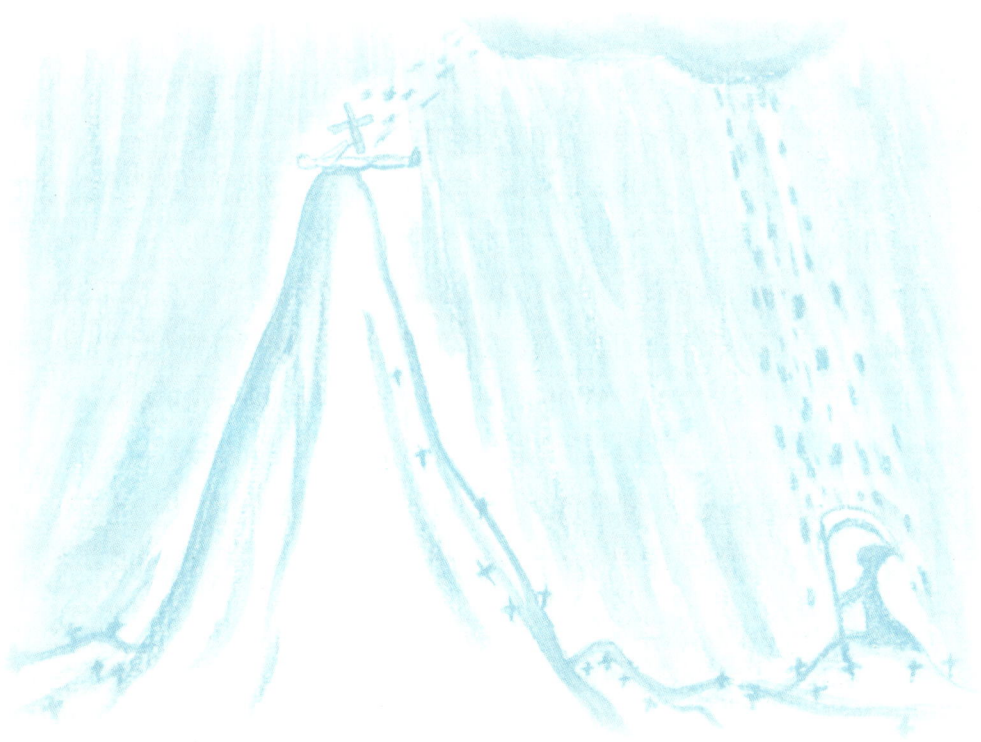

知识和行动

任何好的作品都是体验的结果,但是这不是它唯一的特质。好作品意味着与存在真实而全面的接触,并通过它所呈现的一切材料更新了这种接触的体验。倘若一个合格的读者以其对体验的敏感参与其中,便会不断感受到它永远不会结束的神秘魅力。

那句说得太多的俗语自有其道理:有一千个观众便会有一千个哈姆雷特。优秀的作品尤其能为无穷尽的解读方式和效果提供尽可能想象得到的条件,这源于上述我们说到的"对体验的更新"。一个看似简单的民间故事或者童话,会以它最表面化的单纯情节来迷惑那些肤浅的读者。它似乎是对读者理解力的挑衅:极其幽深的话语深渊里,藏着那些充满诱惑的光亮,而唯有经得起检验的垂钓者才能捕捉到意想不到的猎物。

立原惠理佳的《老鼠开会》,我在别的民间故事也读到过相类似的情节:一群老鼠聚在一起讨论如何对付猫的威胁,它们分析得头头是道,并找出了解决问题的方法。然而它们开会的目的也就停留在聪明的层面——每只老鼠都清楚自己的处境,都深谙来自猫的危险。它们用最科学、最符合逻辑的分析,得出要把铃铛挂到猫的脖子上才能避免突然袭击带来的死亡这一结论。但我们看到了,没有哪只老鼠愿意去承担这个任务,谁都不会愿意做这件事情。

那么,这些高明的谈论其结果就是一堆废话,与我们人类的各种会议如出一辙。老鼠们每天生活在天敌的威胁下,它们的族类丧生于猫腹带来的恐惧和不幸一目了然。义愤和不为此做点什么的愧疚使这群老鼠聚在一起，看起来似乎要大干一场。它们不缺乏生活的常识，甚至它们非常聪明地拥有逃避杀戮的知识。整个会议在逻辑严密的推论下进行着，胜过人类许多不知所云的学术讨论。然而，可能的危险在涉及个人的安全时，所有的义愤和计划都戛然而止，停在它们无懈可击的口头言说上。

当然，没有谁能站出来指责它们在道德上的问题，保命毕竟是一个无可厚非的理由。正如那些看到溺水者而见死不救的人，他可以用一句"我不会游泳"来作完全成立的自我辩解。为某种"主义"来号召别人牺牲，显然是更大的不道德。那么好吧，老鼠们依旧过着它们习惯了的日子，在猫的威慑下，担惊受怕，战战兢兢，把愤怒和痛苦带来的激动慢慢地化为得过且过的冷漠。或许它们还会继续开会，重复着商议用什么方法改变自己的处境，但结果我们可想而知。这种状态或许会保留到即便是没有猫的危险，也会有它们臆想中的别的危险，如此便把一切的敌意自动搬运到深深的鼠洞里。

"胆小如鼠"这个成语的出现不是没有道理，老鼠这一形象在古今中外的文学史和日常生活中都有着显著的比喻特征，人们用它来指涉那些为自保而不能行动的人，他们唯一的行动能力便是在大敌当前时逃之夭夭。可怕的是，那些在古代被视为预言家或者是精神导师的知识分子，在今天也失去了相当一部分被人们寄予希望的实践他们思想主张的能力。的确，让知识分子去做活动家是可怕的，此举给人类带来的灾难数不胜数。在一个运转不良的社会结构中，一个有独立思想和行动能力的人无法与强大的机制相抗衡，虎视眈眈的恶猫不允许他的越位。如果你不为权力效力，那么你的出路不是被吞噬，便是躲回到象牙塔中。老鼠们在谈论解决问题的方法而不付诸行动，这一过程将它们自己变为"行动的观念"或"介入的理念"，仅此而已。正如一些知识分子的话语也不再是属于个人的行动主体的话语，而是信息、知识的容器。比老鼠更不齿的是，"在这个消费社会中，在对知识的消费欲望远远胜过知识的身体力行的时代，各种知识观念与理念本身已经成为一种消费品。"（耿占春）

很明显，所有以知识分子自居的人，都可以拿这一点来对照一下自己。

日本 | 立原惠理佳

老鼠开会

一天，大批老鼠聚集在天花板上面。

"都来了吗？"

"都来了。啾，啾。"

"今天有重要事情，想跟大家商量。"

"什么重要事情？啾。"

"是猫的事情。"

坐在中央的老老鼠说。

"什么？猫？"

"猫什么的，光是听到就害怕啊。"

"是啊，猫是可怕的。啾。"

老鼠们一听到说的是猫，就发抖了，甚至想逃走的老鼠也有。

"请大家安静。"

老老鼠一面微微抽动胡须，一面大声叫喊。

"的确是这样，猫是可怕的家伙。"

"是这样啊。昨天我家里的孩子给猫抓去吃掉了。"

"今天早晨，邻居老伯伯也给猫捉去了。"

"嘿，嘿，嘿。猫真可怕。这家伙不知不觉就到身边来了。"

"连脚步声也听不到啊！"

"只要猫一瞪眼睛，我身子就瘫了，逃也逃不成了。啾。"

老鼠们彼此靠近，悄悄交头接耳。

"所以我想出好主意来了。喂，大家听着。"老老鼠大声说。

"难道没有猫一走近，马上就知道的办法吗？"

"这样的事情办得到吗？猫一点脚步声都没有就到身边了。"

"所以要把老远就听得到声音的东西挂在猫身上，来代替脚步的声音。"

"代替脚步声音的东西是什么呢？"

老鼠们这样一问，老老鼠就得意地说：

"是铃啊。把铃挂在猫的颈项上就好啦。这样一来很远就晓得猫来了。"

"对呀，这是好主意。"

老鼠们都赞成。

"猫一动，铃就响。"

"猫一走，铃就响。"

"铃一响，马上逃就好了。"

"铃一响，马上藏起来就好了。"

"好安心了，不怕猫了。"

老鼠们齐声说。

"把铃挂在猫的颈项上吧。"

"这样一来，猫就没有什么可怕了。"

这时候，在角落里的小老鼠，一面还在发抖，一面说：

"可是，哪一个去把铃挂在猫的颈项上呢？我可绝对不愿意，因为肯定会被抓住吃掉。"

老鼠们连一点声音也没有了。大家面面相觑。

"我也不愿意，我也不敢把铃挂在猫的颈项上。"

"我也不愿意，这样的事我不能做。"

"我也，我也，我也，我也，不愿意，不愿意，不愿意去把铃挂在猫的颈项上。"——所有老鼠都这样说。

尽管认为是好不容易才想出的好主意,老鼠们却谁也没有去把铃挂在猫的颈项上。

(吴朗西 译)

玩具里的智慧

偶尔在网上读到了有关波兰哲学家、哲学史和宗教史学家莱谢克·柯拉柯夫斯基所著《关于来洛尼亚王国的十三个童话故事》的各种评价，不禁勾起了我的好奇心。这本由杨德友先生翻译、生活·读书·新知三联书店出版的书，收入了书名所概括的十三个童话故事和以"天堂的钥匙"冠名的、由《圣经·旧约》引出的十八篇故事。几乎是一边倒地，大多评者因"天堂的钥匙"所蕴含的哲学意味而对它表现出极大的兴趣，相反，对"十三个童话故事"则草草略过。有人对柯拉柯夫斯基做了如下评价："不得不坦言，他并不算个编故事的高手，起码不如戴维·洛奇和艾柯，跟卡尔维诺更无可比性。'十三个童话故事'多属讽喻之作，不过想象力一般，行文拖沓，常纠缠于琐碎的细节——以第三篇《儿童玩具的故事》尤甚——可读性不强。"

难道柯拉柯夫斯基写得真如此不堪？难道《儿童玩具的故事》真是平庸之作？

关于这篇《儿童玩具的故事》，谈论的人真是太少，在搜索引擎强大的几个网站搜寻，我只找到屈指可数的寥寥几句，譬如某先生一句话短评："《儿童玩具的故事》——溺爱和欺骗都是错。"某诗人的一句话短评："《儿童玩具的故事》影响的是我们的环保。"譬如某读者寥寥几行复述故事情节后，对商人不给女儿买玩具而导致的后果，也仅仅感叹道："教训啊，沉痛的教训。"上述评者中有人写过不少可称道的文字，他们的评价使我再一次翻开了这本书，重读一遍《儿童玩具的故事》。

　　故事情节不算复杂：名叫皮古的商人靠贩卖一些没有任何实际用途的东西积累了可观的财富（作者在这里做了大量的陈述和铺垫）。这些完全没用的东西居然令来洛尼亚的居民大掏腰包，就像我们中国某个时期都在炒卖"君子兰"一样。自以为爱女心切的他给女儿小梅蜜建造了一座美丽的别墅。一天，刚大挣了几笔的皮古回到家，女儿告诉他说，自己定做了一个"自然量度"的地球仪，央求父亲付钱买下来。皮古自然知道，女儿这个"玩具"的尺寸和地球一样大。买下这个玩具，皮古怕是要倾家荡产，他自然一口拒绝，却惹来了女儿的谴责，说他是守财奴。皮古抵挡不住女儿的哭泣，灵机一动，说："我把刚才那个地球仪退回去了，现在你有一个真正的地球仪，这就是地球。"小梅蜜不傻，明白父亲的意思。她开始搬出钻孔机玩耍，到天黑时，地球已经布满无数的大窟窿，几乎不能用了，随即引发世界各国的抗议，最终导致皮古被关进监狱。

　　从这个故事中我没有看出如某些评家说的有关溺爱和欺骗的主题，似乎也不关乎环保。它最吸引我的地方是作家设置的两个相似却又不同的东西：作为玩具和商品的地球仪，和虽然是真实的、但也居然能够作为儿童玩具的地球。在商人皮古看来，买下和地球一样大的玩具地球仪，要花去他所有的财富，并且还不够。在日常生活中不可抗拒的经济理性告诉我们，皮古的拒绝是有道理的。谁会为一个玩具倾家荡产呢？这个靠售卖没有任何实际用途的商品发财的商人，自然也认为玩具同样是没有任何实际用途的，但这个时候他却不愿意继续自己的商业活动，盖因它不会给自己带来任何好处。这一点非常关键，因为在一个没有山鸡的地方卖吃山鸡的叉子的套子，和在一个没有骆驼的地方卖骆驼毛梳子，本身就是荒诞的。但人们因为贪婪而愿意拿出大把的银子来进行投机，可没有人真的会倒卖地球。那些毫无实用价值的商品换来的财富，并不妨碍他对财富的实用性法则的尊崇。他以成年人的狡猾偷偷置换了"地球"这个概念，用语言调换了"玩具"——地球仪和地球。他未曾料想到的是，真实的地球居然真的成了孩子的玩具，被钻了无数个大窟窿。

读到这里，我不禁出了一身冷汗：和孩子的天真以及想象力开玩笑是危险的。

《现代汉语词典》对"天真"的解释是：心地单纯，性情直率，没有做作和虚伪。也指头脑简单。百度词条上的解释是：指不受礼俗拘束的品性。引申为单纯、朴实、幼稚、头脑简单。第三条释义似乎更合我意：谓事物的天然性质或本来面目。而对于想象力的解释则是：人在已有形象的基础上，在头脑中创造出新形象的能力。好了，我们终于可以抓住一个关键词：创造力。

小梅蜜一开始只是用地球仪试探父亲是否爱她，无论它值多少钱，在一个儿童的心目中，有价值的仅仅是爱，这便是孩子的天真之处。而这天真却遭遇了父亲一切都要用金钱衡量的经济理性，在他那里，对女儿的爱让位于对财富的考虑。一般情况下，我们都会同意皮古的做法，这是因为我们潜意识里依然将生活的法则奉为圭臬。而皮古接下来的伪善和愚蠢却使他付出了更大的代价：给女儿一个真实的地球作为玩具。他精明的头脑认为：虽然是绝对不可能的，但在语言中却无懈可击。令他，同时也令我们始料不及的是，小梅蜜以孩子威力无比的想象力，或曰现实的创造力，将不可能变为可能：地球真的在她面前成了玩具，成为千疮百孔的破东西，而且，这一切发生在金钱完全不能涉及其中的情形里。儿童仅仅靠着"天真"和"想象力"，便轻而易举地瓦解了成人世界绝对的法则和经济理性。

柯拉柯夫斯基讲述这个故事的时候，显得似乎正如评家所说"纠缠于琐碎的细节"，这样一来，读者就会像皮古被孩子玩耍了一样被作家"戏弄"。但这绝对不是作家的过错，也并非他的初衷，只能怪我们自己在日常生活法则里打转的思维，跳不出它厚重的禁锢怪圈。或许只有那些仍然保有天真和想象力的心灵，才能轻盈地举起我们地球般沉重的生活，并在它身上钻出无数大窟窿，让超越这一切的真正的快乐智慧之风毫无阻挡地穿越、吹拂。

波兰｜莱谢克·柯拉柯夫斯基

儿童玩具的故事

很久很久以前，来洛尼亚的商人和巴比伦的生意很兴隆。他们往巴比伦运去的货物是吃山鸡肉用的叉子的特殊保护套子，运回来的多是梳理骆驼毛的梳子。进口这种产品的原因是，在来洛尼亚几乎从不生产骆驼毛梳子；不制造梳子的情况也有其原因，这就是：在来洛尼亚从来就没有骆驼（就是没有，还有什么可说的）。但是，我们不必太深究原因，只描述事实吧。

事实是，老商人皮古和巴比伦做生意（"皮古"是他的外号，因为他长着一个又大又弯的鼻子，上面还有四个小点儿，分别是黄、红、橘、黑的颜色，鼻子尖儿微微下垂，使鼻子主人有一点像一只老鹰。应该理解的一点是：具有四种颜色四小点，其尖端又稍微下垂，而且使主人颇似老鹰的又大又弯的鼻子，在来洛尼亚语中被称为"皮古"，但在现代来洛尼亚语中这种鼻子已有另一名称。还是先不管细节了吧）。他六个月去那里一次，运去一大批吃山鸡肉用的叉子的保护套子（在巴比伦，山鸡是天下第一号的美味，也许是因为山鸡在那里出现得极为稀罕：差不多要三十年，在整个巴比伦，才能捕捉到一只山鸡，而且还是因为这只山鸡在巴比伦迷了路，不知从哪里来的），回来时候运来大量的梳骆驼毛梳子；这批梳子一到，来洛尼亚的居民便立即抢购完毕，付出昂贵的代价。靠这样的倒买倒卖，商人皮古积累了可观的财富，为女儿建造了一个美丽的住宅。女儿名字叫梅蜜（"梅蜜"在古来洛尼亚语中是一个动词，意思是：放心大胆地骑着没有耳朵的粉色小象奔驰，同时摇动丝带制成的浅蓝色小旗，还扭动着指甲染得鲜红的手指。秀美的梅蜜常常这样玩耍，外号也就因此而来）。

有一年春天，甘菊园鲜花盛开（在来洛尼亚，甘菊是大树，能长到六波凝高——波凝是长度单位，或多或少等于四龄梅花鹿鹿角的长度），泥沙河四处流淌（在来洛尼亚，泥沙河只在春季流淌，在城市里冲出河床，冲毁街道和房屋。居民对这个情况并不太在意，因为在春天住在什么地方都可以，一到夏天，泥沙河自动消失，房屋和街道会很快复原）的时候，商人皮古正好经商返回，几笔生意盈利可观，十分欢喜。在返回自己住宅之前他想先到梅蜜的别墅看看，但是女儿正好不在家，于是他在大厅里坐下，找出给地球仪打眼儿的工具（商人皮古很喜欢这种活动，来洛尼亚地球仪穿孔工具厂以低价把产品卖给皮古，因为皮古为该厂在巴比伦做广告，还给那里的地球仪穿孔打眼儿）。他玩耍了一会儿，等着女儿。片刻之后，女儿骑着没有耳朵的粉色小象回来，从远处就挥动着双手向他打招呼。寒暄之后，她立即提出一个请求："唉，爸，你别生我的气！"

"为什么要生你的气呀，好女儿？"皮古问道。

"亲爱的爸爸，我定做了一件玩儿的东西，你得替我出钱。"

商人皮古开始有几分疑虑，因为他知道美丽的梅蜜是十分地大手大脚。不过，他平心静气地问："是什么玩意儿呢？"

"我定做了一个自然量度的地球仪。"梅蜜说（在此应该说明，给地球仪打眼是皮古家最喜欢的游戏，在全来洛尼亚也是如此，男女老少都整天整天地热衷于这项活动，因此，给地球仪打眼一点也不贵）。

商人皮古思考了起来。他不很明白什么是自然量度，但他猜测，也许世上万物都是遵循了自然量度的，也就是说，具有大自然赋予的大小、尺寸，不过，他还是请梅蜜再多解释解释。

"就是说，地球仪的尺寸和整个地球一样大。我已吩咐把账单交给你，由你付款。哎，他们把地球仪成品送来啦！"她望着窗外大声说。

可是，商人皮古担惊受怕，不想看窗户外面。他心里正焦急地盘算得出

售多少梳骆驼毛梳子才能挣出这么多买地球仪的钱。在这个时刻，商店伙计们已经把地球仪设置起来。商人皮古终于往窗外投以一瞥，他那敏锐的商人目光对这不可救药的事态做出评估：这的确是自然量度的地球仪；他，商人皮古，是一辈子也卖不了足够多的梳骆驼毛的梳子赚钱来购买这么一个地球仪的。他当机立断，做出严厉决定。他望着窗外大喊："我请你们把这个地球仪送回去。我不会为它付款的。做得不好！"

商店伙计们耸耸肩膀，扛起地球仪，把它运回去了。可是，美丽的梅蜜一下子痛哭起来："啊，爸，爸你不好！你舍不得几块钱，不愿意让女儿高兴一下。爸爸，呀，你真是老了，越老越成守财奴了。连给女儿买个玩具也嫌贵了呀！"就这样喋喋不休地责备他。

商人皮古心软，不愿意听这种抱怨，但是他不能够一辈子欠人家钱不还。他耐心对女儿解释，的的确确是没有钱购买这么贵的礼物。他许愿说，将来也许能买得起，但是得先挣钱要紧（他希望，在这一段时间，梅蜜会长大成人，明白她这个要求实在不合理）。但是梅蜜不想听他的话，哭个没完没了，皮古赶快想办法消除女儿的委屈。他脑子里忽然一亮。

"梅蜜呀，"他说，"地球仪有啦，而且是更好的。我把那个退回去，是因为做得不好。你现在有的是真正的地球仪，这就是地球嘛。你不是可以给它打眼儿吗？"

小梅蜜不傻，马上明白了父亲的话。但她又撒娇说，原来那个地球仪是一家有名的公司制造的，当然好多了。但最后还是平静下来，因为已经迫使父亲同意明天带她去吃橘子味豆蔻午饭。她的气消了，三步两步跑到院子里，搬出地球仪钻孔工具，开始玩耍起来。

没有多等待，后果已出现。到天黑时，整个地球都已布满大窟窿。世界各国都给来洛尼亚王国发来电报质问：到底是谁这么狠心，给地球钻了这么多眼儿？但是，可惜，为时已晚。因为在情况恶化之前，梅蜜已经几乎把眼儿打完。整个地球都是窟窿眼儿，几乎都不能用了。

现在，商人皮古的苦日子来了。他必须为小女儿负责，世界各国都向他索赔。他没有钱赔偿，因此负债入狱，而梅蜜呢，却继续玩耍呢。商人皮古坐在监狱中，显然没有出头之日（肯定今天还坐在那儿呐！），他在愁苦之中想到，给孩子买玩具，是不应该舍不得花钱的。

（杨德友　译）

影子，我猜想

在安徒生诸多脍炙人口的童话中，大概数《影子》这篇童话写得最为吊诡神秘，也最难以为人所理解。几乎从来没有人和我谈论过这篇童话，只有一次除外。前几天，在去哥本哈根埋葬安徒生的阿瑟斯吞斯墓园的路上，诗人李笠对我说起了它："这是一篇了不起的作品，简直太好了！"他没有继续说下去，似乎《影子》并不给人提供像《海的女儿》《拇指姑娘》那样感人的谈资。

《影子》写于1846年夏季，安徒生正在意大利南部海滨城市那不勒斯旅行。我们无法知晓是否因为那里炎热的气候给他提供了灵感，以至于故事开篇就描写一个来自寒带的学者，到了阳光灿烂的热带地区。此前，学者的工作是"写关于真、关于善、关于美的文章。但是谁也不愿意听这类的事儿"。而到了热带，强烈的阳光把学者的影子变成了故事的主角。它脱离了主人，跑进"诗神"的房间，并且进入了"诗之宫"，而从那里出来以后，影子就变成了一个"人"。它声称自己看到了一切，并且懂得了一切。它对来自寒带的以理智著称的学者说："同时我还学到了理解我内在的天性、我的本质和我与诗的关系。"它说："这是一个卑鄙肮脏的世界！要不是大家认为做一个人是件了不起的事情，我决不愿意做一个人。我看到一些在男人、女人、父母和'亲爱无比的'孩子们中间发生的最不可思议的事情。"接下来，穿着华丽服饰的影子以提供旅途所有费用为诱饵，带上学者外出旅行，在一个温泉度假地结识了以"目光锐利"著称的公主。

公主一眼便发现，这位影子绅士没有胡子，而且它也根本没有影子。影子轻而易举地把原来的主人、学者指认为自己的影子，骗取了公主的信任，并在婚礼举行时，把那位要戳穿假象的学者处死。

故事的主干是学者和影子的纠缠、身份互换，最后以"理智"的学者死去、影子获得想要的一切而结束。有学者称："那位学者，即所谓知识分子，有时免不了会被自己的影子所淹覆而成为无辜的牺牲品，只不过他本人意识不到罢了。"也有学者说"这比喻了人的两面性"，都算是见解。可以肯定的是，影子自从进入了"诗神"的房间，并从"诗之宫"出来后就变成了"人"，他洞悉了人类世界的"卑鄙肮脏"，它利用人类的弱点和人性的邪恶，轻而易举地羞辱并葬送了书写"关于真、关于善、关于美"的学者。

我感兴趣的，也是我迷惑不解的地方是：影子何以从"诗之宫"出来后便获得了如此巨大的能力——成为一个"独立、自由"的"人"，以及它所说的"我的内在天性、我的本质和我与诗的关系"，到底是什么。

我猜想，诗神那美丽光辉的房间、那流淌出美妙音乐的圣殿里，恰恰因为充斥了"卑鄙肮脏"等世界上的一切，才会有痛苦的歌咏和悲切的光芒从诗歌的门窗投射出来。

我猜想，正如"法律的存在是人类的耻辱"一样，"诗之宫"的光辉也包含着人间的全部苦难生活。我猜想，学者在书写"关于真、关于善、关于美"的时候，是否忽略了正是从谎言背叛、卑鄙无耻、丑陋龌龊的人性的黑暗里，才能够诞生出人性之美？而这美就像风中之烛，是那么微弱，一阵风就能扑灭——因为故事里有两次提到所谓真、善、美：没有人对此感兴趣。

我猜想：学者的遭遇是否在警示我们，一旦人类的理智被邪恶利用，那么人类就是给自己掘墓的人。

我猜想，那位写出了《海的女儿》的安徒生，那位将美、爱与永恒联结起来的贫苦洗衣妇的儿子，有过多少坎坷酸楚的遭遇，才写出这篇发生在充满阳光的热带的冷酷的故事！

我猜想，幸好，还有一个诗神，还有她从垃圾堆一样的人类生活里，放射出圣洁、美丽的光辉……

丹麦｜汉斯·克里斯汀·安徒生

影子

　　在热带的国度里，太阳晒得非常厉害。人们都给晒成棕色，像桃花心木一样；在最热的国度里，人们就给晒成了黑人。不过现在有一位住在寒带的学者偏偏要到这些热的国家里来。他以为自己可以在这些国家里面漫游一番，像在本国一样，不过不多久他就改变了看法。像一切有理智的人一样，他得待在家里，把百叶窗和门整天都关起来，这看起来好像整屋子的人都在睡觉或者家里没有一个人似的。他所住的那条有许多高房子的狭小街道，建筑得恰恰使太阳从早到晚都照在它上面。这真叫人吃不消！

　　这位从寒带国家来的学者是一个聪明的年轻人。他觉得好像是坐在一个白热的炉子里面。这弄得他筋疲力尽。他变得非常瘦，连他的影子也萎缩起来，比在家时小了不知多少。太阳也把它烤得没精打采。只有太阳落了以后，他和影子在晚间才恢复过来。这种情形看起来倒真是一桩很有趣味的事儿。蜡烛一拿进房间里来，影子就在墙上伸长起来。它把自己伸得很高，甚至伸到天花板上面去了。为了要重新获得气力，它不得不伸长。

　　这位学者走到阳台上去，也伸了伸身体。星星在那美丽的晴空一出现，他觉得自己又有了生气。在这些街上所有的阳台上面——在热带的国家里，每个窗子上都有一个阳台——现在都有人走出来了，因为人们到底要呼吸些新鲜空气，即使要变成桃花心木的颜色也管不了。这时上上下下都显得生气勃勃起来。鞋匠啦，裁缝啦，把家都搬到街上来。桌子和椅子也被搬出来了；蜡烛也点起来了——是的，不止一千根蜡烛。这个人聊天，那个人唱歌；人们散步，马车奔驰，驴子走路——叮当——叮当——叮当！因为它们身上都戴着铃铛。死人在圣诗声中入了土；野孩子在放焰火；教堂的钟声在响。的确，街上充满了活跃的空气。

只有在那位外国学者住所对面的一间房子里，一切是沉寂的。但是那里面却住着一个人，因为阳台上有好几棵花。这些花儿在太阳光中长得非常美丽。如果没有人浇水，它们决不会长得这样好的；所以一定什么人在那儿为它们浇水，因此一定有人住在那儿。天黑的时候，那儿的门也打开了，但是里面却很黑暗，起码前房是如此。更朝里一点有音乐飘出来。这位外国学者认为这音乐很美妙，不过这可能只是他的幻想，因为他发现在这些热带的国家里面，什么东西都是顶美丽的——如果没有太阳的话。这位外国人的房东说，他不知道谁租了对面的房子——那里从来没有任何人出现过；至于那音乐，他觉得单调之至。

他说："好像有某个人坐在那儿，老是练习他弹不好的一个调子——一个不变的调子。他似乎在说：'我终究要学会它。'但是不管他弹多久，他老是学不会。"

这个外国人有天晚上醒来了。他是睡在敞开的阳台门口的。风把它前面的帘子掀开，于是他就幻想自己看见一道奇异的光从对面的阳台上射来。所有的花都亮起来了，很像色彩鲜艳的火焰。在这些花儿中间立着一位美丽苗条的姑娘。她也似乎射出一道光来。这的确刺伤他的眼睛。不过这是因为他从睡梦中惊醒时把眼睛睁得太大了的缘故。他一翻身就跳到地上来了。他轻轻地走到帘子后面去，但是那个姑娘却不见了，光也没有了，花儿也不再闪亮，只是立在那儿，像平时一样的好看。那扇门还是半掩着，从里面飘出一阵音乐声——那么柔和，那么美妙，使人一听到它就沉浸到甜美的幻想中去。这真好像是一个幻境。但是谁住在那儿呢？真正的入口是在什么地方呢？因为最下面一层全是店铺，人们不能老是随便从这些铺子进出的。

有一天晚上，这位外国人坐在他的阳台上。在他后边的那个房间里点着灯，因此他的影子很自然地就射到对面屋子的墙上去了。它的确正坐在那个阳台上的花丛中间。当这外国人动一下的时候，他的影子也就动一下。

"我相信，我们在这儿所能看到的唯一活着的东西，就是我的影子。"这位学者说，"你看，它坐在花丛中间的一副样儿多么可爱。门是半开着的，但是这影子应该放聪明些，走进里面去瞧瞧，然后再回来把它所看到的东西告诉我。"

"是的，你应该变得有用一点才对啊！"他开玩笑地说，"请你走进去吧。嗯，你进去吗？"于是他对影子点点头；影子也对他点点头。"那么就请你进去吧，但是不要一去就不回来啦。"

这位外国人站起来，对面阳台上的影子也站了起来。这位外国人掉转身；影子也同时掉转身。如果有人仔细注意一下的话，就可以清楚地看出，当这位外国人走进自己的房间、放下那长帘子的时候，影子也走进对面阳台上那扇半掩着的门里去。

第二天早晨，这位学者出去喝咖啡，还要去看看报纸。

"这是怎么一回事儿？"当他走到太阳光里的时候，他忽然问，"我的影子不见了！它昨天晚上真的走开了，没有再回来。这真是一件怪讨厌的事儿！"

这使他烦恼起来，并不完全是因为他的影子不见了，而是因为他知道一个关于没有影子的人的故事。住在寒带国度里的家乡人都知道这个故事。如果这位学者回到家里、把自己的故事讲出来的话，大家将会说这是他模仿那个故事编出来的。他不愿意人们这样议论他。因此他就打算完全不提这事情——这是一个合理的想法。

晚上他又走到他的阳台上来，他已经把烛灯仔细地在他后面放好，因为他知道影子总是需要它的主人作为掩护的，但是他没有办法把它引出来。他把自己变小，把自己扩大，但是影子却没有产生，因此也没有影子走出来。

他说："出来！出来！"但是这一点用也没有。

这真使人苦恼。不过在热带的国度里，一切东西都长得非常快。过了一个星期以后，有一件事使他非常高兴：他发现当他走到太阳光里去的时候，一个新的影子从他的腿上生出来了。他身上一定有一个影子的根。三个星期以后，他已经有了一个相当可观的影子了。当他动身回到他的北国去的时候，影子在路上又长了许多；到后来它长得又高又大，就是去掉它半截也没有关系。

这位学者回到家里来了。他写了许多书，研究这世界上什么是真，什么是善，什么是美。于是日子一天一天地过去了，许多岁月也过去了，许多许多年也过去了。

有一天晚上，他正坐在房间里，有人在门上轻轻地敲了几下。"请进来！"他说。可是没有什么人进来。于是他把门打开，他看到自己面前站着一个瘦得出奇的人。这使他感到非常惊奇。但是这个人的衣服却穿得非常入时，他一定是一个有地位的人。

"请问尊姓大名？"这位教授问。

"咳！"这位有绅士风度的客人说，"我早就想到，您是不会认识我的！我现在成了一个具体的人，有了真正的血肉和衣服。您从来也没有想到会看到我是这个样子。您不认识您的老影子了吗？您绝没有想到我会再来。自从我上次跟您在一起以后，我的一切情况进展得非常顺利。无论从哪方面说起来，我现在算得是很富有了；如果我想摆脱奴役，赎回自由，我也可以办得到！"

于是他把挂在表上的一串护身符摇了一下，然后把手伸到颈项上戴着的一个很粗的金项链上去。这时钻石戒指在他的手指上发出多么亮的闪光呵！而且每件东西都是真的！

"不成，这把我弄得有点糊涂！"学者说，"这究竟是怎么一回事情？"

"绝不是普通的事情！"影子说，"不过您自己也不是一个普通的人呀。您知道得很清楚，从我小时候起，我就寸步不离开您。只有当您觉得我成熟了、可以单独在这个世界上生活，我才自找出路。我现在的境遇是再美好没有，不过我对您起了一种怀念的心情，想在您死去以前来看您一次。您总会死去的！同时我也想再看看这些地方，因为一个人总是喜爱自己的祖国的。我知道您现在已经有了另一个影子；要不要我对您，或者对它付出一点什么代价呢？您只需告诉我好了。"

"嗨，原来是你呀！"学者说，"这真奇怪极了！我从来没有想到，一个人的旧影子会像人一样又回转来！"

"请告诉我，我应该付出些什么，"影子说，"因为我讨厌老欠别人的债。"

"你怎能讲这类的话呢？"学者说，"现在谈什么债呢？你跟任何人一样，是自由的！你有这样的好运气，我感到非常快乐。请坐吧，老朋友，请告诉我一点你过去的生活情况，和你在那个热带国家，在我们对面那所房子里所看到的事情。"

"是的，我可以告诉您，"影子说。于是他就坐下来。"不过请您答应我：随便您在什么地方遇见我，请不要告诉这城里的任何人，说我曾经是您的影子！我现在有意订婚，因为以我现在的能力供养一个家庭绰绰有余。"

"请放心，"学者说，"我决不把你的本来面目告诉任何人。请握我的手吧。我答应你。一个男子汉——说话算话。"

"一个影子——说话算话！"影子说，因为他不得不这样讲。

说来也真够了不起，他现在成了一个多么完整的人。他全身是黑色的打扮：他穿着最好的黑衣服，漆皮鞋，戴着一顶可以叠得只剩下一个顶和边的帽子。除此以外，他还有我们已经知道的护身符、金项链和钻石戒指。影子真是穿得异乎寻常的漂亮。正是这种打扮使他看起来像一个人。

"现在我对您讲吧，"影子说。于是他把他穿着漆皮鞋的脚使劲地踩在学者新影子的手臂上——它躺在他的脚下像一只小狮子狗。这种做法可能是由于骄傲而起，也可能是因为他想要把这新影子粘在他的脚上。不过这个伏着的影子是非常安静的，因为它想静听他们讲话。它也想知道，一个影子怎样可以获得自由，成为自己的主人。

"您知道住在那对面房间里的人是谁吗？"影子问，"那是一切生物中最可爱的一个人，那是诗神！我在那儿住了三个星期。这使人好像在那儿住了一千年、读了世界上所有的诗和文章似的。我敢说这句话，而且这是真话，我看到了一切，我知道了一切！"

"诗神！"学者大叫一声，"是的，是的！她常常作为一个隐士，住在大城市里面。诗神！是的，我亲眼看到过她一刹那，不过我的眼皮那时被睡虫压得沉重；她站在阳台上，发出一道很像北极光的光。请告诉我吧！请告诉我吧！你那时是立在阳台上的。你走进那个门里去，于是——"

"于是我就走进了前房，"影子说，"那时您坐在对面，老是朝着这个前房里瞧。那儿没有点灯，只有一种模糊的光。不过里面却有一整排厅堂和房间，门都是一个接着一个地开着的；房里都点着灯。要不是我直接走进去，到那个姑娘的身旁，我简直要被这强烈的光照死了。不过我是很冷静的，我静静地等着——这正是一个人所应取的态度。"

"你看到了什么呢？"这位学者问。

"我看到了一切，我将全部告诉您。不过——这并不是我的自高自大——作为一个自由人，加上我所有的学问，且不说我高尚的地位和优越的条件，我希望您把我称作'您'。"

"请原谅！"学者说，"这是一个老习惯，很不容易去掉。——您是绝对正确的，我一定记住。不过现在请您把您所看到的一切都告诉我吧。"

"一切！"影子说，"因为我看到了一切，同时我知道一切。"

"那个内房里的一切是个什么样儿的呢？"学者问，"是像在一个空气新鲜的山林里吗？是像在一个神庙里吗？那些房间是像一个人站在高山上看到的满天星斗的高空吗？"

"那儿一切都有，"影子说，"我没有完全走进里面去，只是站在阴暗的前房里，不过我在那儿的位置站得非常好。我看到一切，我知道一切。我曾经到前房诗之宫里去过。"

"不过您到底看到了什么呢？在那些大厅里面是不是有远古的神祇走过？是不是有古代的英雄在那儿比武？是不是有美丽的孩子们在那儿嬉戏，在那儿讲他们所做过的梦？"

"我告诉您，我到那儿去过，因此您懂得我在那儿看到了我所能看到的一切！如果您到那儿去过，您不会成为另外一个人；但是我却成了一个人了，同时我还学到了理解我内在的天性、我的本质和我与诗的关系。是的，当我以前和您在一起的时候，我不曾想到过这些东西。不过您知道，在太阳上升或落下去的时候，我就变得分外的高大。在月光里面，我看起来比您更真实。那时我不认识我内在的本质；我只有到了那个前房里才认出来。我变成一个人了！

"我完全成形了。您已经不再在那些温暖的国度里。作为一个人，我就觉得以原来的形态出现是羞耻的：我需要皮鞋、衣服和一个具体的人所应当有的各种修饰——把我自己藏起来；是的，我把这都告诉您了——请您不要把它写进任何书里去。我跑到卖糕饼女人的裙子下面去，在那里面藏起来。这个女人一点也不知道她藏着一件多么大的东西。起初我只有在晚上才走出来，我在街上的月光下面走来走去。我在墙上伸得很长，这使得我背上发痒，怪舒服的啦！我跑上跑下，我通过最高的窗子向客厅里面望去；我通过屋顶向谁也望不见的地方望去；我看到谁也没有见过和谁也不应该见到的东西。整个地说来，这是一个卑鄙肮脏的世界！要不是大家认为做一个人是件了不起的事情，我决不愿意做一个人。

"我看到一些在男人、女人、父母和'亲爱无比的'孩子们中间发生的最不可思议的事情。我看到谁也不知道、但是大家却非常想知道的事情——他们的邻居做的坏事。如果我把这些事情写出来在报纸上发表的话，那么看的人可就多了！但是我只直接写给一些有关的人看，因此我到哪个城市，哪个城市就起了一阵恐怖。人们那么害怕我，结果他们都变得非常喜欢我。教授推选我为教授；裁缝送给我新衣服穿，我什么也不缺少；造币厂长为我造钱；女人们说我长得漂亮！——这么一来，我就成为现在这样的一个人了。咳，现在我要告别了。这是我的名片。我住在有太阳的那一边。下雨的时候我总在家里。"

影子告别了。

"这真是稀奇，"学者说。

许多岁月过去了。影子又来拜访。

"您好吗？"他问。

"哎呀！"学者说，"我正在写关于真、关于善、关于美的文章。但是谁也不愿意听这类的事儿。我简直有些失望，因为这使我难过。"

"但是我却不这样，"影子说，"我心宽体胖——一个人应该这样才成。你不了解这个世界，因此你快要病了。你应该去旅行一下。这个夏天我将要到外面去跑跑，你也来吗？我倒很希望有一位旅伴呢。您愿不愿作为我的影子，跟我一道来？有您在一起，对我说来将是一桩很大的快事。我愿意担负您的一切旅行费用。"

"这未免有点太过分了。"学者说。

"这要看您对这个问题取一种什么态度，"影子回答说，"旅行一次会对您有很大的好处。如果您愿意做我的影子，那么您将得到一切旅行的利益，而却没有旅行的负担。"

"这未免有点太那个了！"学者说。

"世事就是如此呀！"影子说，"而且将来也会是如此！"

于是影子就走了。

这位学者并不完全是很舒服的。忧愁和顾虑紧跟着他。他所谈的真、善、美对于大多数的人说来，正如玫瑰花之对于一头母牛一样，引不起兴趣。——最后他病了。

"你看起来真像一个影子。"大家对他说。他想到这句话时，身上就冷了半截。

"您应该到温泉去疗养！"影子来拜访他的时候说，"再没有别的办法。看在我们老交情的份上，我可以把您带去。我来付出一切旅行的费用，您可以把这次旅行描写一番，同时也可以使我在路上消消遣。我要到一个温泉去住住。我的胡子长得不正常，而这是一种病态。但是我必须有胡子，现在请您放聪明一些，接受我的提议吧：我们可以作为好朋友去旅行一番。"

这么着，他们就去旅行了。影子现在成为主人了，而主人却成了影子。他们一起坐着车子，一起骑着马，一起并肩走着路；他们彼此有时在前，有时在后，完全依太阳的位置而定。影子总是很用心地要显出主人的身份。这位学者却没有想到这一点，因为他有一颗很善良的心，而且是一个特别温和和友爱的人。因此有一天主人对影子说：

"我们现在成为旅伴了——这一点也不用怀疑；同时我们也是从小在一起长大的，我们结拜为兄弟好不好？这样我们就可以变得更亲密些。"

"您说得对！"影子说——他现在事实上是主人，"您这句话非常直率，而且用意很好。我现在也要以诚相见，想什么就说什么。您是一个有学问的人；我想您知道得很清楚，人性是多么古怪。有些人不能摸一下灰纸——他们一看到灰纸就讨厌。有些人看到一个人用钉子在玻璃窗上划一下就全身发抖。我听到您把我称为'你'，也有同样的感觉。像我跟您当初的关系一样，我觉得好像我是被踩到地上。您要知道，这是一种感觉，并不是自高自大的问题。我不能让您对我说'你',但是我倒很愿意把您称为'你'呢。这样我们就两不吃亏了。"

从这时起,影子就把他从前的主人称为"你"。

"这未免有点太过火了,"后者想,"我得喊'您',而他却把我称为'你'。"但是他也只好忍受了。

他们来到一个温泉。这儿住着许多外国人,他们之中有一位美丽的公主。她得了一种病,那就是她的眼睛看东西非常锐利——这可以使人感到极端的不安。

她马上就注意到,新来的这位人物跟其他的人不同。

"大家都说他到这儿来为的是要使他的胡子生长。不过我却能看出真正的缘由——他不能投射出一个影子来。"她有些好奇,因此她马上就在散步场上跟这位陌生的绅士聊起天来。作为一个公主,她没有什么客气的必要,因此她就直截了当地对他说:

"你的毛病就是不能投射出影子。"

"公主殿下的身体现在好多了,"影子说,"我知道您的毛病是:您看事情过于尖锐。不过这毛病已经没有了,您已经治好了。我恰恰有一个相当不平常的影子!您没有看到老跟我在一起的这个人吗?别的人都有一个普通的影子,但是我却不喜欢普通的东西。有人喜欢把比自己衣服质料还要好的料子给仆人做制服穿;同样,我要让我的影子打扮得像一个独立的人。您看我还让他有一个自己的影子。这笔费用可是不小,但是我喜欢与众不同一点。"

"怎么?"公主想,"我的病已经真正治好了吗?这是世界上一个最好的温泉。它的水现在有一种奇异的力量。不过我现在还不打算离开这里,因为这地方开始使我很感兴趣。这个陌生人非常逗我的喜爱。我只希望他的胡须不要长起来,因为如果他长好了的话,那么他就要走了。"

这天晚上公主和影子在一个宽广的大厅里跳舞。她的体态轻盈,但是他的身体更轻。她从来没有遇见过这样一个跳舞的人。她告诉他,她是从哪一个国家来的,而他恰恰知道这个国家——他到那儿去过,但是那时她已经离开了。他曾经从窗口向她宫殿的内部看过——上上下下地看过。他看到了这,也看到了那。因此他可以回答公主的问题,同时暗示一些事情——这使得她非常惊奇。他一定是世界上最聪明的人了!因此她对于他的知识的渊博起了无限的敬意。当她再次和他跳舞的时候,她不禁对他产生了爱情。影子特别注意到了这一点,因为她的眼睛一直在盯着他。

她跟他又跳了一次舞。她几乎把心中的话说出来了,不过她是一个很懂得分寸的人:她想到了她的国家。她的王国和她将要统治的那些人民。

"他是一个聪明人,"她对自己说,"这是很好的;而且他跳舞也很出色,这也是很好的。但是我不知道他的学问是不是根底很深?这也是一个重要的问题:必须把他考察一下才是。"

于是她马上问了他一个非常困难、连她自己也回答不出来的问题。影子做了一个鬼脸。

"你回答不了。"公主说。

"我小时候就知道了,"影子说,"而且我相信,连站在门那儿的我的影子都能回答得出来。"

"你的影子!"公主叫了一声,"那倒真是了不起。"

"我并不是肯定地说他能回答,"影子说,"不过我相信他能够回答。这许多年来,他一直跟着我,听我谈话。不过请殿下原谅,我要提醒您注意,他认为自己是一个人,而且以此自豪;所以如果您要使他的心情好、使他能正确地回答问题,那么您得把他当作一个真正的人来看待。"

"我可以这样办。"公主说。

于是她走到那位站在门旁的学者身边去。她跟他谈到太阳和月亮,谈到人类的内心和外表;这位学者回答得既聪明,又正确。

"有这样一个聪明的影子的人，一定不是普通人，"她想，"如果我把他选作我的丈夫的话，那对于我的国家和人民一定是一桩莫大的幸事。——我要这样办！"

于是他们——公主和影子——马上就达成了一个约定。不过在她没有回到自己的王国去以前，谁也不能知道这件事情。

"谁也不会知道——即使我的影子也不会知道的。"影子说。他说这句话有他自己的理由。

他们一起回到公主在家时所统治的那个国家里去。

"请听着，我的好朋友，"影子对学者说，"现在一个人所能希望得到的幸运和权力，我都有了。我现在也要为你做点特别的事情。你将永远跟我一起住在我的宫殿里，跟我一起乘坐我的皇家御车，而且每年还能领十万块钱的俸禄。不过你得让大家把你叫作影子，同时永远不准你说你曾经是一个人。一年一度，当我坐在阳台上的太阳光里让大家看我的时候[1]，你得像一个影子的样儿，乖乖地躺在我的脚下。我可以告诉你，我快要跟公主结婚了，婚礼就在今天晚上举行。"

"哎，这未免做得太过火了！"学者说，"我不能接受，我决不干这类的事儿。这简直是欺骗公主和全国的人民。我要把一切事情讲出来——我是人，你是影子，你不过打扮得像一个人一样罢了！"

"决没有人会相信你的话！"影子说，"请你放聪明一点吧，否则我就要喊警卫来了！"

"我将直接去告诉公主！"学者说。

"但是我会比你先去，"影子说，"你将走进监牢。"

---

[1] 在欧洲，根据遗留下来的惯例，国王和王后，或者公主和驸马，在每年国庆节日的时候，要走到阳台上来，向外面欢呼的民众答礼。

事实上，结果也就是如此，因为警卫知道他要跟公主结婚，所以就服从了他的指挥。

"你在发抖，"当影子走进房里去的时候，公主说，"出了什么事情吗？我们快要结婚，你今晚不能生病呀！"

"我遇见一件世上最骇人听闻的事情！"影子说，"请想想吧！——当然，一个可怜的影子的头脑是经不起抬举的——请想想吧！我的影子疯了：他幻想他变成了一个人；他以为——请想想吧——他以为我是他的影子！"

"这真可怕！"公主说，"我想他已经被关起来了吧？"

"当然啦。我恐怕他永远也恢复不了理智了。"

"可怜的影子！"公主说，"他真是不幸。把他从他渺小的生命中解脱出来，我想也算是一桩善行吧。当我把这事情仔细思量一番以后，我觉得把他不声不响处置掉是必要的。"

"这当然未免有点过火，因为他一直是一个很忠实的仆人。"影子说，同时假装叹了一口气。

"你真是一个品质高贵的人。"公主说，在他面前深深地鞠了一躬。

这天晚上，整个城市大放光明；礼炮在一齐放射——轰轰！士兵们都在举枪致敬。这是在举行婚礼！公主和影子在阳台上向百姓致意，再次接受群众的欢呼。

那位学者对于这个盛大的庆祝一点也没有听到，因为他已经被处决了。

（叶君健 译）

驴子、自我与差异性

弗朗西斯·培根曾说:"人总是把最大的奉承留给自己,唯有情人例外。"自我何其大也!而葡萄牙作家佩索阿在他的《惶然录》中也说:"我持久的偏执之一,就是力图理解其他人的存在方式,以及他们的灵魂如何不同于我。"但是接下来他绝望地告诉我们,"我猜测,没有人会真正接纳他人的存在"。换言之,他人是不存在的。存在的只有自我、自我!

自我之大,以至于没有地方容纳他人的存在,这似乎是人间常见的情形。所有的自私、自我中心,盖源于此。而我知道,会有一些人把自我弱化,使自我渺小,因为他知道,一定有比自我更伟大的事物,使得人认清自己在宇宙中的位置,这一清醒的意识最终引导人产生向善的努力——给予他人更多的尊重,并使自己成为获得尊重之人。自我的渺小化,并不意味着人的渺小,恰恰是因为自我愈是渺小,愈能够容纳"人"的进入。

童话作家汤素兰近年创作出了大量优秀的作品,她的短篇童话《驴家族》堪称代表之作。故事讲述的是一个七岁的女孩,由于襁褓中小弟弟的到来,感到他已经把父母和家人对自己的爱生生夺走,从而嫉恨、自怜,变成了斜眼并长出了长长的驴耳朵。为了报复,或许也是为了唤起家人对自己的注意,女孩离家出走,并在房后的山上挖出一个山洞,把自己藏了起来。不幸的是,当家人终于找到了她时,她却真的变成了一头驴子。童话里经常会有的惩罚出现了:这似乎是对这个自我中心的女孩理所应当的警告。不过,这个惩罚过于严厉,以至于读者也会心生怜悯。变成驴子,这一点已成事实，而且，在全家人面对她潸然泪下时，她才明白："不管我是不是他们的孩子，他们真的非常非常爱我！哪怕我是斜眼，长着一对驴耳朵，他们也认为我是天下最漂亮的女孩！"

觉悟总是在错误发生后才姗姗来迟。读到这里，按照一般的童话规律，女孩子在幡然悔悟后就会恢复人身，因为毕竟是象征性的惩戒，达到教育目的后故事就该结束了。然而，作者并未把女孩重新变成人，可怕的故事还在进行中，而这篇优秀童话的魅力到这里才真正开始。

某一天，女孩的奶奶走进了山洞，出来时也变成了驴子。这样一来，作为驴子的女孩有了安慰，因为奶奶可以和她用驴子的语言交谈，在月光下的稻草里用身体互相温暖。倍感孤独的爷爷为了和奶奶、女孩在一起，最终也变成了驴子。为了安慰女孩内疚的心，他们宽慰说自己的家族都有能变成驴子的本事，而她的爸爸妈妈则要留在人间照料那个捡来的小弟弟，一个真正的孤儿。

这则感人的故事很容易让人想起卡夫卡的《变形记》，与那个小职员变成甲壳虫被家人无情地扫出人类世界的故事相比，变成驴子的女孩何其幸运。奶奶和爷爷把自我降低到驴子的力量，"来自对他人的痛苦的想象力"，简言之就是真正的善良和无私的爱。试想，让一个人放弃自我，去"屈就"一个"异类"，乃至不惜同化作"异类"，与她"感同身受"，倘若没有巨大的精神力量，根本不可能有如此令人震撼的结局。拿人类最强烈的感情——爱情来说，两性的相互吸引不是由于男女之间的共性，而是因为他们之间的差异性。可以说，差异性是人们达成心灵沟通的必由之路，唯有保留其差异和不同，才会有更多的相容和吸引。但是，我们的生活中不也是充满了"唯我独尊"的故事吗？自我的"独尊"注定要取消差异性，无限扩张的自我意味着世界的一元化，意味着只有"我"的意志，不允许存在他人的意志，这恰恰是暴政和法西斯产生的温床。小到夫妻因为牙膏

驴子、自我与差异性

的挤法不同而分道扬镳，大到国家、民族、宗教分歧带来的战争，无不和极端自我的扩张有关。汤素兰的《驴家族》中，女孩并没有因为变成丑陋的驴子而被抛弃，作者也没有落入以往童话故事的俗套而将女孩恢复人身，她洞察人类的差异性并给予了理解和尊重，她以平静的叙述把我们带回到现实的境地——这就是我们生活的严酷现状：面对差异，没有奇迹。唯有放弃膨胀的自我、唯有爱的行动才能够拆除栅栏和高墙。

R·D·赖因曾写过一本《经验政治学》，在谈论人类可以发展自身潜力时，他写道："人之所思少于所知远矣，所知少于所爱又远矣，所爱少于所有更远矣。故而准确地说，人之所为少于所能。"或许，汤素兰这篇《驴家族》童话，能为众多仅仅满足于储藏"知识"的人们带来一点点启示，在他们漂亮的文章和滔滔不绝动人的演讲结束后，能拥有一点敢于把自我降低到驴子的力量和勇气，能用"所为"来实践一点点宏大的"所言"。毕竟，"驴子"在作品中作为一个沉默而不幸的形象，既不比自我高，也不比自我低，这恰好是每一个个人互相获得平视对方的高度。

中国｜汤素兰

驴家族

七岁那年，我妈在医院住了一段时间，回来的时候，抱着一个弟弟。从此以后，爷爷、奶奶、爸爸、妈妈，他们的眼睛全都盯在弟弟那张皱巴巴的小脸上了。我独自坐在屋门前的竹林里生气。生了一会儿气以后，我觉得自己完完全全变成了一个孤儿。我开始怀疑：也许我根本就不是我爸爸妈妈亲生的，只有这个弟弟才是他们的亲骨肉。我越想，越觉得只有这样才能解释为什么他们那么喜欢他。这个问题让我彻夜难眠，让我坐立不安。我开始竖起耳朵听家里人的脚步声，听他们的谈话。我开始斜着眼睛看他们。因为我想从他们的言谈举止中，看出一点儿蛛丝马迹，听出一点儿什么破绽。因为只有这样，我才能找到我真正的家，我的亲人。

我的眼睛因为总是斜着看人，慢慢地，就变成了斜视；我的耳朵因为总是渴望听到秘密，而越长越长。到我十五岁那年，我变成了一个斜眼，还长着一对又尖又长的驴耳朵。长成这么个模样，对一个女孩子来说，真是灾难。

快乐的是我的弟弟。他喜欢揪我的耳朵玩儿。因为我的耳朵是如此与众不同，他还以为是一个特别新奇的玩具。他经常问我："姐姐，为什么我不能长出同你一模一样的耳朵？"他还异想天开："姐姐，你把你的耳朵给我，好不好？我用我的耳朵跟你换，好不好？"

只要他跑到我跟前来，我就对他吼叫："傻瓜！离我远点儿！"

我从学校退学了。我羞于见人。可奶奶偏偏说，我的样子很漂亮。她甚至还把她当年做新嫁娘时戴过的一副银耳环给了我，让我戴在我的两只又长又尖的驴耳朵上。

我怀疑她是想出我的丑。但那对耳环实在漂亮，简直漂亮极了。我当时在心里已经做出了一个决定。那个决定让我自己非常伤心。让我觉得我是世界上最可怜的人。我仔细地想了一遍我所度过的十五年的岁月。我记得有些夏天的晚上，我躺在奶奶的怀里看天上的星星。奶奶用扇子给我扇风。我记得有些冬天的早上，外面大雪纷纷，爷爷会牵着我的手，送我到附近的学校去。我记得有些明媚的春天，妈妈带我去走亲戚的时候，总要从灶上的大铁锅上，抹一点儿黑黑的烟灰，涂在我的额上："我的女儿这么漂亮，可别让路上的人抢走了！"我记得有些秋天，爸爸从山外面回来，打老远就会喊："我的漂亮女儿在哪里呢？快来穿我给她买的新衣裳呀！"

我强迫自己反复想这些事情，想他们对我的好。想起这些的时候，我觉得自己变得无比的宽容了。我为我能如此宽容而感动。我决定从他们家（在心底里我已经不把这个家当成自己的家了）带走一样东西，留作纪念。

于是，我接受了奶奶给我的耳环，让妈妈亲手把它们戴在我的驴耳朵上。

爷爷和爸爸在一旁看着，他们说："这孩子，真是越来越漂亮了！"

我觉得他们简直虚伪透顶！他们明明看见我长着一对驴耳朵，明明知道我是斜眼，还说这样的话，什么意思？可恶！

我们家的房子后面，有一座很高很高的山，山坡陡峭，岩石坚硬。每天晚上，当他们都熟睡了之后，我便悄悄起床，扛着一把十字镐，到山坡上去挖洞。我要挖一个洞，把自己埋起来。

一年以后，洞够深了，洞口的伪装也准备停当。现在想起来，我依然觉得我挖的那个洞，简直是天才的设计。

一天晚上，趁他们熟睡后，我离开了他们。这一次，我没有带十字镐。我把自己打扮得很漂亮。我的驴耳朵上，戴着那副银光闪闪的耳环。我把自己关在那个黑乎乎的洞里，用砖头和泥块把洞口堵死。我不想再离开我的洞穴，我不想再见到我的家人。

不知道过了多少天。

不知道又过了多少天。

我想我早就已经死了。

我死了，我再也不用担心我的斜眼和我的驴耳朵了。我也不用再去想我究竟是谁，究竟是什么样的父亲母亲狠心地把我抛弃，让我在现在的这个家庭里长到十六岁。

但是，我的家人发现了我。确切地说，首先是我的弟弟发现了我。他玩耍的时候，再没有一对大耳朵可揪了，觉得怪寂寞的。他开始找我。当他开始找我的时候，我的爷爷奶奶便跟着他一起找。当我的爷爷奶奶开始找我的时候，我的爸爸妈妈也开始找我了。自从有了弟弟以后，他们做每件事情总是按这样的顺序进行的。

他们在我的房子里找到了十字镐。十字镐已经磨钝了。但十字镐上留下了后山坡上的一些泥土。他们来到后山，在山坡上找到了和十字镐上的残渣一样的泥土。在岩石上找到了被刨挖过的痕迹。爸爸妈妈挥舞十字镐，爷爷奶奶用手扒开泥土和砖块。弟弟最先冲进洞里。他叫起来：

"爸爸妈妈！爷爷奶奶！你们快来看！这里有一头驴子！"

弟弟从山洞里牵出了一头驴子！

我以为我死了。其实没有。我在山洞里待了半个月。在这半个月里，我已经完完全全变成了一头驴子。如果不是我的耳朵上还戴着奶奶的银耳环，我想他们绝对认不出我了。

他们用手抚摸我光滑的驴皮。我挥动尾巴，狠狠地抽打他们的手，大吼一声：

"你们别碰我！"

可是，我只发出了"咴——咴——"的声音。

我看见他们的嘴在动。我听见了一连串咕噜咕噜声。我知道那一定是他

驴家族

们在说话。可是，他们说的什么，我再也听不懂了。我看见他们在哭，我看见他们的眼睛里，泪水晶莹。我看见那些晶莹的泪水从他们的眼眶里流出来，流过面颊。我的内心一阵冲动。我朝他们靠过去。我靠在爸爸、妈妈、爷爷、奶奶的身边，我让他们的手抚摸我光滑的驴皮。他们流过面颊的眼泪掉下来，落在我的身上。我突然明白了：

不管我是不是他们的孩子，他们真的非常非常爱我！哪怕我是斜眼，长着一对驴耳朵，他们也认为我是天下最漂亮的女孩！

弟弟不知道这头驴子就是我变的。但他为家里添了一头驴子而兴高采烈。他整天围着我转。我不再躲开他了。我侧过头去，用头蹭他小小的身子。我把耳朵伸到他胖胖的小手心里，让他能揪到我的耳朵。他的手很柔软。他常常抱着我的头，和我说话：

"小驴子，你知道我的姐姐哪里去了吗？她的耳朵像你，她是我最好最好的姐姐！总是跟我一起玩……"

说着说着，他常常也会哭起来。当他的眼泪滴在我光滑的驴皮上时，我的心总有一种要碎了的感觉。

我现在很想告诉弟弟："我爱他！"可是，我只能发出"咉——咉——"的驴叫声。

有一天，奶奶对爷爷说，她要出门到亲戚家去一趟，恐怕十天半月回不来。"你不要找我！到时候我自己会回来的！"奶奶说。

爷爷点点头。

奶奶走后，弟弟天天哭着叫着要找奶奶。爷爷告诉他："乖孙子，奶奶会回来的！"

半个月以后，爸爸妈妈扛着十字镐，爷爷带着弟弟，弟弟牵着我，我们一起上了后山，来到我以前待过的洞穴前。洞口又被砖头和泥块堵死了。爸爸妈妈刨开泥块和砖头。弟弟冲进洞里。他叫起来：

"爸爸妈妈！爷爷！你们看，又一头驴子！"

弟弟又牵出了一头驴子。

"咳——"那头驴子对我叫一声。

"咳——咳——"我对那头驴子叫了两声。

奶奶已经变成了驴子。

夜晚，当家人都熟睡之后，我和奶奶躺在牲口棚里金黄的干草堆上，一边看星星，一边说话。我们说的都是驴子的语言，彼此都能听懂。

奶奶说："孩子，我实在怕你太孤单了，怕你不能照顾自己，才决定变得跟你一模一样的……"

"我知道！我知道！"我把头埋在奶奶的怀里，轻轻地说。

"可我现在又担心你爷爷太孤单了，不能好好照顾自己……"

"我知道，我知道……"我的声音更轻了。

自从奶奶也变成驴子以后，爷爷常常一整天一整天坐在牲口棚前发呆。

有一天，爷爷失踪了。

爸爸妈妈一定早猜到了爷爷早晚会有这一天。因此，爷爷失踪后，他们一点儿也不着急。倒是弟弟整天哭哭啼啼的："我要爷爷！我要奶奶！我要姐姐！"

爸爸妈妈被他吵得没办法，只好把他紧紧抱在怀里，告诉他："他们会回来的！会回来的！"

半个月后，爸爸妈妈扛着十字镐，带着弟弟，弟弟牵着我和奶奶，又一次来到了后山的山洞前。山洞再一次被砖头和泥块堵住了。

爸爸妈妈挖开洞口，刨掉砖头和泥块，弟弟冲进洞里。

他叫起来："爸爸妈妈，你们快看呀！又一头驴子！"

我马上就明白了，这头驴子是爷爷变成的。奶奶朝爷爷跑过去，他们的头在一起亲热地摩挲，尾巴甩来甩去。弟弟说：

"爸爸妈妈，你们看，这两头驴子在亲嘴呢！"

爸爸妈妈把弟弟紧紧抱在怀里，痛苦地闭上了眼睛。

那天晚上，我和爷爷奶奶躺在牲口棚的干草堆上，说了好久好久的话。爸爸妈妈抱着弟弟，一直坐在牲口棚前。他们看一会儿我们，又说一会儿话。我们也看一会儿他们，又说一会儿话。有的时候，我们彼此看着，什么都不说。我们的语言各不相通。他们说的是人话，而我们说的是驴话。我们彼此听不懂对方在说些什么。只有当我们的眼睛相望时，我们才深知：我们是一家人。

我以前有一个习惯，每天早上醒来，总要到家里的每个房间里看一看。即便变成了驴子以后，这个习惯也没有改变。

第二天早上，我醒得很晚。我醒来的时候，太阳已经升到了屋前的竹林上方。我走出牲口棚，到每间房子里去转悠。我发现，爸爸妈妈不在房子里，弟弟也不在房子里。

我的心"咚咚咚"一阵狂跳，来不及多想，我撒开蹄子朝后山跑去。我来到我曾经待过的那个山洞前。谢天谢地，山洞并没有被砖头和泥块堵住。我冲进山洞，山洞里空荡荡的，没有爸爸妈妈，没有弟弟，也没有驴子。

我"咴——咴——咴咴——"地叫起来。我是用驴子的话在叫："爸——妈——弟弟——"

爷爷奶奶听见我的叫声，立即跑过来，和我一起寻找。我们找遍了后山，找遍了家里的每一个角落，都没有找到爸爸妈妈和弟弟。

最后，爷爷说："我们不用找了。他们已经走了。"

接着，爷爷告诉我一个秘密：我们家族的人，都有一个特殊的本领——能变成驴子。

接着，奶奶告诉了我另一个秘密：弟弟不是我妈亲生的，而是妈妈在医院门口的台阶上捡来的。

接着，我知道了爸爸妈妈离开我们的真正原因：爸爸妈妈如果再留下来，他们会因为渴望和我们交谈，渴望和我们生活在一起，而忍不住跑进山洞里去，变成和我们一样的驴子。如果他们也变成了驴子，那么，谁来照顾弟弟呢？弟弟还那么小，而他又不是我们驴家族的成员，无法像我们一样变成驴子。

我一直和爷爷奶奶住在乡下。每到黄昏，我会站在竹林里，望着门前的小路，等待着爸爸妈妈回来。他们也许会回来，也许不会。但我的心里，对他们充满了温柔的思念。

你想要什么？

作为19世纪唯美主义先锋作家，王尔德在戏剧、小说、诗歌创作中佳作迭出。而他创作的童话作品，更是为他赢得了全世界孩子们的心。

王尔德一共写过九篇童话故事，在中国各种版本的译文中，流传最广的是《快乐王子》。据说，在文体上他觉得《西班牙公主的生日》是他最好的故事，而他最喜欢的自己的童话作品却是《少年国王》。我感兴趣的是，这样一个被人们认为"美高于一切"的"颓废唯美主义作家"，这个因为"有伤风化"被判入狱做过苦役的天才，他自己的艺术实践和众多评说者们之间的误会，到底有多深。

《少年国王》中的王子可以说是美的疯狂追逐者，为了一件登基要穿的袍子，他花费了不少心思。在他心里，美饰、宝石、一切值钱贵重的东西，都要不惜任何代价去攫取。然而，那些寻找宝物、为他纺织金丝袍子的奴隶们的痛苦贫困，最终使他大为羞愧，以至于他毅然重新穿起牧羊人的粗羊皮外套。这等乞丐般的打扮，惹怒了"体面"的大臣，一致要求把他杀死。因为对穷人的同情对统治者来说是件"丢脸"的事情。看来，在一些人眼里，放弃所谓的美也是一种不可赦免的罪过，远甚于为了追逐它而践踏人的尊严。这一点与希特勒会因为一首美妙的曲子"湿润了双眼"，但却从不会放过屠杀一个犹太人的机会的行为何其相似！而在故事中，王尔德告诉我们，让粗鄙的"快乐"穿上由他人"愁苦"做成的衣裳就是极大的耻辱。

无独有偶，《快乐王子》中的王子也是城市里最美丽的塑像，"他浑身上下镶满了薄薄的黄金叶片，明亮的蓝宝石做成他的双眼，剑柄上还嵌着一颗硕大的灿灿发光的红色宝石。"我们知道，美丽的快乐王子有眼里装满泪水的时刻，那就是当他望见了这个城市的一切丑恶和穷苦时，他那颗铅做的心也被打动了。——怎么会呢？人们在谈论王尔德时，经常引用他的话是"享乐是人生唯一的目标"，"生活在模仿艺术，而非艺术在反映生活"，等等。人们对他的同性恋倾向津津乐道，对于他的奇装异服、他的自由作风和政治作风，都投以异样的眼光，视他为敢于挑战人类道德底线的"失德者"。他的"颓废唯美""艺术至上"的标签，也将许多不用脑袋思索的庸众们引入到简单的判断中去：毫无疑问，这是一个不道德的作家，一个"伤风败俗"的异类。

然而，任何一个读过《少年国王》和《快乐王子》的孩子都不会这么看。少年国王在登上祭坛后所显现的神迹，令所有人震惊，他那苍白如天使般的面容使大主教浑身发抖。而快乐王子在小燕子的帮助下，也把身上所有美丽的宝石都赠送给了穷苦的人。上帝说，这座城市里有两件最珍贵的东西，一件就是快乐王子破裂的铅心，另一件就是死去的燕子的尸体。批评家英格列比公正地指出，王尔德的童话是"对于现行社会制度的严正的控诉"，"他那对于美的爱和对于人类的爱是并行不悖的"。这段话，应该是解除人们对于王尔德"美高于一切"偏见和误解的钥匙吧。

值得我深思的是，即便在当下的文学创作中，将"艺术""观念""形式"高高置于人性之上依然是某些作家们的论调。对此，王尔德这个长期遭受误解的天才，或许能够给我们一点启发。——你要什么？是空洞的美还是真正的人性之美？是技术化炫目的标准还是对于他人所遭受的痛苦的想象力？

2003年冬天的一个黄昏，我独自漫步在巴黎街头，忽然抬头看到路边一座房子的门楣上挂着一块镌刻着文字的铜牌，昏暗中我认出这就是巴黎美术大街 13 号阿尔萨斯旅馆，1900 年 11 月 30 日，王尔德四十六岁时的病逝之地。幽幽的街灯下，我心酸地伫立良久，心中一直回想着这位诗人著名的一句话："我们都生活在阴沟里，但仍有人仰望星空。"

英国｜奥斯卡·王尔德

快乐王子

　　快乐王子的雕像高高地耸立在城市上空———一根高大的石柱上面。他浑身上下镶满了薄薄的黄金叶片，明亮的蓝宝石做成他的双眼，剑柄上还嵌着一颗硕大的灿灿发光的红色宝石。

　　世人对他真是称羡不已。"他像风标一样漂亮，"一位想表现自己有艺术品位的市参议员说了一句，接着又因担心人们将他视为不务实际的人，其实他倒是怪务实的，便补充道，"只是不如风标那么实用。"

　　"你为什么不能像快乐王子一样呢？"一位明智的母亲对自己那哭喊着要月亮的小男孩说，"快乐王子做梦时都从没有想过哭着要东西。"

　　"世上还有如此快乐的人真让我高兴。"一位沮丧的汉子凝视着这座非凡的雕像喃喃自语地说着。

　　"他看上去就像位天使。"孤儿院的孩子们说。他们正从教堂走出来，身上披着鲜红夺目的斗篷，胸前挂着干净雪白的围嘴儿。

　　"你们是怎么知道的？"数学教师问道，"你们又没见过天使的模样。"

　　"啊！可我们见过，是在梦里见到的。"孩子们答道。数学教师皱皱眉头并绷起了面孔，因为他不赞成孩子们做梦。

　　有天夜里，一只小燕子从城市上空飞过。他的朋友们早在六个星期前就飞往埃及去了，可他却留在了后面，因为他太留恋那美丽无比的芦苇小姐。他是在早春时节遇上她的，当时他正顺河而下去追逐一只黄色的大飞蛾。他为她那纤细的腰身着了迷，便停下身来同她说话。

　　"我可以爱你吗？"燕子问道，他喜欢一下子就谈到正题上。芦苇向他弯下了腰，于是他就绕着她飞了一圈又一圈，并用羽翅轻抚着水面，泛起层层银色的涟漪。这是燕子的求爱方式，他就这样地进行了整个夏天。

"这种恋情实在可笑，"其他燕子咻咻地笑着说，"她既没钱财，又有那么多亲戚。"的确，河里到处都是芦苇。

等秋天一到，燕子们就飞走了。

大伙走后，他觉得很孤独，并开始讨厌起自己的恋人。"她不会说话，"他说，"况且我担心她是个荡妇，你看她老是跟风调情。"这可不假，一旦起风，芦苇便行起最优雅的屈膝礼。"我承认她是个居家过日子的人，"燕子继续说，"可我喜爱旅行，而我的妻子，当然也应该喜爱旅行才对。"

"你愿意跟我走吗？"他最后问道。然而芦苇却摇摇头，她太舍不得自己的家了。

"原来你跟我是闹着玩的，"他吼叫着，"我要去金字塔了，再见吧！"说完他就飞走了。

他飞了整整一天，夜晚时才来到这座城市。"我去哪儿过夜呢？"他说，"我希望城里已做好了准备。"

这时，他看见了高大圆柱上的雕像。

"我就在那儿过夜，"他高声说，"这是个好地方，充满了新鲜空气。"于是，他就在快乐王子两脚之间落了窝。

"我有黄金做的卧室。"他朝四周看看后轻声地对自己说，随之准备入睡了。

但就在他把头放在羽翅下面的时候，一颗大大的水珠落在他的身上。"真是不可思议！"他叫了起来，"天上没有一丝云彩，繁星清晰又明亮，却偏偏下起了雨。北欧的天气真是可怕。芦苇是喜欢雨水的，可那只是她自私罢了。"

紧接着又落下来一滴。

"一座雕像连雨都遮挡不住,还有什么用处?"他说,"我得去找一个好烟囱做窝。"他决定飞离此处。

可是还没等他张开羽翼,第三滴水又掉了下来,他抬头望去,看见了——啊!

他看见了什么呢?

快乐王子的双眼充满了泪水,泪珠顺着他金黄的脸颊淌了下来。王子的脸在月光下美丽无比,小燕子顿生怜悯之心。

"你是谁?"他问对方。

"我是快乐王子。"

"那么你为什么哭呢?"燕子又问,"你把我的身上都打湿了。"

"以前在我有颗人心而活着的时候,"雕像开口说道,"我并不知道眼泪是什么东西,因为那时我住在逍遥自在的王宫里,那是个哀愁无法进去的地方。白天人们伴着我在花园里玩,晚上我在大厅里领头跳舞。沿着花园有一堵高高的围墙,可我从没想到去了解围墙那边有什么东西,我身边的一切太美好了。我的臣仆们都叫我快乐王子,的确,如果欢愉就是快乐的话,那我真是快乐无比。我就这么活着,也这么死去。而眼下我死了,他们把我这么高高地立在这儿,使我能看见自己城市中所有的丑恶和贫苦,尽管我的心是铅做的,可我还是忍不住要哭。"

"啊!难道他不是铁石心肠的金像?"燕子对自己说。他很讲礼貌,不愿大声议论别人的私事。

"远处,"雕像用低缓而悦耳的声音继续说,"远处的一条小街上住着一户穷人。一扇窗户开着,透过窗户我能看见一个女人坐在桌旁。她那瘦削的脸上布满了倦意,一双粗糙发红的手上到处是针眼,因为她是一个裁缝。她正在给缎子衣服绣上西番莲花,这是皇后最喜爱的宫女准备在下一次宫廷舞会上穿的。在房间角落里的一张床上躺着她生病的孩子。孩子在发烧,嚷着要吃橘子。他的妈妈除给他喂几口河水外什么也没有，因此孩子老是哭个不停。燕子，燕子，小燕子，你愿意把我剑柄上的红宝石取下来送给她吗？我的双脚被固定在这基座上，不能动弹。"

"伙伴们在埃及等我，"燕子说，"他们正在尼罗河上飞来飞去，同朵朵大莲花说着话儿，不久就要到伟大法老的墓穴里去过夜。法老本人就睡在自己彩色的棺材中。他的身体被裹在黄色的亚麻布里，还填满了防腐的香料。他的脖子上系着一圈浅绿色翡翠项链，他的双手像是枯萎的树叶。"

"燕子，燕子，小燕子，"王子又说，"你不肯陪我过一夜，做我的信使吗？那个孩子太饥渴了，他的母亲伤心极了。"

"我觉得自己不喜欢小孩，"燕子回答说，"去年夏天，我到过一条河边，有两个顽皮的孩子，是磨坊主的儿子，他们老是扔石头打我。当然，他们永远也别想打中我，我们燕子飞得多快呀，再说，我出身于一个以快捷出名的家庭；可不管怎么说，这是不礼貌的行为。"

可是快乐王子的满脸愁容叫小燕子的心里很不好受。"这儿太冷了，"他说，"不过我愿意陪你过上一夜，并做你的信使。"

"谢谢你，小燕子。"王子说。

于是燕子从王子的宝剑上取下那颗硕大的红宝石，用嘴衔着，越过城里一座连一座的屋顶，朝远方飞去。

他飞过大教堂的塔顶，看见了上面白色大理石雕刻的天使像。他飞过王宫，听见了跳舞的歌曲声。一位美丽的姑娘同她的心上人走上了天台。"多么奇妙的星星啊，"他对她说，"多么美妙的爱情啊！"

"我希望我的衣服能按时做好，赶得上盛大舞会，"她回答说，"我已要求绣上西番莲花，只是那些女裁缝们都太懒了。"

他飞过了河流，看见了高挂在船桅上的无数灯笼。他飞过了犹太区，看见犹太老人们在彼此讨价还价地做生意，还把钱币放在铜制的天平上称重量。

最后他来到了那个穷人的屋舍，朝里面望去。发烧的孩子在床上辗转反侧，母亲已经睡熟了，因为她太疲倦了。他跳进屋里，将硕大的红宝石放在那女人顶针旁的桌子上。随后他又轻轻地绕着床飞了一圈，用羽翅扇着孩子的前额。"我觉得好凉爽，"孩子说，"我一定是好起来了。"说完就沉沉地进入了甜蜜的梦乡。

然后，燕子回到快乐王子的身边，告诉他自己做过的一切。"你说怪不怪，"他接着说，"虽然天气很冷，可我现在觉得好暖和。"

"那是因为你做了一件好事。"王子说。于是小燕子开始想王子的话，不过没多久便睡着了。对他来说，一思考问题就老想睡觉。

黎明时分他飞下河去洗了个澡。"真是不可思议的现象，"一位鸟禽学教授从桥上走过时开口说道，"冬天竟会有燕子！"于是他给当地的报社写去了一封关于此事的长信。每个人都引用他信中的话，尽管信中的很多词语是人们理解不了的。

"今晚我要到埃及去，"燕子说，一想到远方，他就精神百倍。他走访了城里所有的公共纪念物，还在教堂的顶端上坐了好一阵子。每到一处，麻雀们就叽叽喳喳地相互说："多么难得的贵客啊！"所以他玩得很开心。

月亮升起的时候他飞回到快乐王子的身边。"你在埃及有什么事要办吗？"他高声问道，"我就要动身了。"

"燕子，燕子，小燕子，"王子说，"你愿意陪我再过一夜吗？"

"伙伴们在埃及等我呀，"燕子回答说，"明天我的朋友们要飞往第二瀑布，那儿的河马在纸莎草丛中过夜。古埃及的门农神安坐在巨大的花岗岩宝座上，他整夜守望着星星，每当星星闪烁的时候，他就发出欢快的叫声，随后便沉默不语。中午时，黄色的狮群下山来到河边饮水，他们的眼睛像绿色的宝石，咆哮起来比瀑布的怒吼还要响亮。"

"燕子，燕子，小燕子，"王子说，"远处在城市的那一头，我看见住在阁楼中的一个年轻男子。他在一张铺满纸张的书桌上埋头用功，旁边的玻璃杯中放着一束干枯的紫罗兰。他有一头棕色的卷发，嘴唇红得像石榴，他还有一双睡意蒙眬的大眼睛。他正力争为剧院经理写出一个剧本，但是他已经给冻得写不下去了。壁炉里没有柴火，饥饿又弄得他头昏眼花。"

"我愿意陪你再过一夜，"燕子说，他的确有颗善良的心，"我是不是再送他一块红宝石？"

"唉！我现在没有红宝石了。"王子说，"所剩的只有我的双眼。它们由稀有的蓝宝石做成，是一千多年前从印度出产的。取出一颗给他送去。他会将它卖给珠宝商，好买回食物和木柴，完成他写的剧本。"

"亲爱的王子，"燕子说，"我不能这样做。"说完就哭了起来。

"燕子，燕子，小燕子，"王子说，"就照我说的话去做吧。"

因此燕子取下了王子的一只眼睛，朝学生住的阁楼飞去了。由于屋顶上有一个洞，燕子很容易进去。就这样燕子穿过洞来到屋里。年轻人双手捂着脸，没有听见燕子翅膀的扇动声，等他抬起头时，正看见那颗美丽的蓝宝石放在干枯的紫罗兰上面。

"我开始受人欣赏了，"他叫道，"这准是某个极其钦佩我的人送来的。现在我可以完成我的剧本了。"他脸上露出了幸福的笑容。

第二天燕子飞到下面的海港，他坐在一乘大船的桅杆上，望着水手们用绳索把大箱子拖出船舱。随着他们"嘿哟！嘿哟！"的声声号子，一个个大箱子给拖了上来。"我要去埃及了！"燕子说道，但是没有人理会他。等月亮升起后，他又飞回到快乐王子的身边。

"我是来向你道别的。"他叫着说。

"燕子，燕子，小燕子，"王子说，"你不愿再陪我过一夜吗？"

"冬天到了，"燕子回答说，"寒冷的雪就要来了。而在埃及，太阳挂在葱绿的棕榈树上，暖和极了，还有躺在泥塘中的鳄鱼懒洋洋地环顾着四周。我的朋友们正在巴尔贝克古城的神庙里建筑巢穴，那些粉红和银白色的鸽子们一边望着他们干活，一边相互倾诉着情话。亲爱的王子，我不得不离你而去了，只是我永远也不会忘记你的，明年春天我要给你带回两颗美丽的宝石，弥补你因送给别人而失掉的那两颗，红宝石会比一朵红玫瑰还红，蓝宝石也比大海更蓝。"

"在下面的广场上，"快乐王子说，"站着一个卖火柴的小女孩。她的火柴都掉在阴沟里了，它们都不能用了。如果她不带钱回家，她的父亲会打她的，她正在哭着呢。她既没穿鞋，也没有穿袜子，头上什么也没戴。请把我的另一只眼睛取下来，给她送去，这样她父亲就不会揍她了。"

"我愿意陪你再过一夜，"燕子说，"但我不能取下你的眼睛，否则你就变成个盲人了。"

"燕子，燕子，小燕子，"王子说，"就照我说的话去做吧。"

于是他又取下了王子的另一只眼珠，带着它朝下飞去。他一下子落在小女孩的面前，把宝石悄悄地放在她的手掌心上。"一块多么美丽的玻璃呀！"小女孩高声叫着，她笑着朝家里跑去。

这时，燕子回到王子身旁。"你现在瞎了，"燕子说，"我要永远陪着你。"

"不，小燕子，"可怜的王子说，"你得到埃及去。"

"我要一直陪着你，"燕子说着就睡在了王子的脚下。

第二天他整日坐在王子的肩头上，给他讲自己在异国他乡的所见所闻和种种经历。他还给王子讲那些红色的朱鹭，它们排成长长的一行站在尼罗河的岸边，用它们的尖嘴去捕捉金鱼；还讲到斯芬克斯，它的岁数跟世界一样长久，住在沙漠中，通晓世间的一切；他讲起那些商人，跟着自己的驼队缓缓而行，手中摸着琥珀做的念珠；他讲到月亮山的国王，他皮肤黑得像乌木，崇拜一块巨大的水晶；他讲到那条睡在棕榈树上的绿色大蟒蛇，要二十个僧侣用蜜糖做的糕点来喂它；他又讲到那些小矮人，他们乘坐扁平的大树叶在湖泊中往来横渡，还老与蝴蝶发生战争。

"亲爱的小燕子，"王子说，"你为我讲了好多稀奇的事情，可是更稀奇的还要算那些男男女女们所遭受的苦难。没有什么比苦难更不可思议的了。小燕子，你就到我城市的上空去飞一圈吧，告诉我你在上面都看见了些什么。"

于是燕子飞过了城市上空，看见富人们在自己漂亮的洋楼里寻欢作乐，而乞丐们却坐在大门口忍饥挨饿。他飞进阴暗的小巷，看见饥饿的孩子们露出苍白的小脸没精打采地望着昏暗的街道，就在一座桥的桥洞里面两个孩子相互搂抱着想使彼此温暖一些。"我们好饿呀！"他俩说。"你们不准躺在这儿。"看守高声叹道，两个孩子又蹒跚着朝雨中走去。

随后他飞了回来，把所见的一切告诉给了王子。

"我浑身贴满了上好的黄金片，"王子说，"你把它们一片片地取下来，给我的穷人们送去。活着的人都相信黄金会使他们幸福的。"

燕子将足赤的黄金叶子一片一片地啄了下来，直到快乐王子变得灰暗无光。他又把这些纯金叶片一一送给了穷人，孩子们的脸上泛起了红晕，他们在大街上欢欣无比地玩着游戏。"我们现在有面包了！"孩子们喊叫着。

随后下起了雪，白雪过后又迎来了严寒。街道看上去白花花的，像是银子做成的，又明亮又耀眼；长长的冰柱如同水晶做的宝剑垂悬在屋檐下。人人都穿上了皮衣，小孩子们也戴上了红帽子去户外溜冰。

可怜的小燕子觉得越来越冷了，但是他却不愿离开王子，他太爱这位王子了。

他只好趁面包师不注意的时候，从面包店门口弄点面包屑充饥，并扑扇着翅膀为自己取暖。

然而最后他也知道自己快要死去了。他剩下的力气只够再飞到王子的肩上一回。"再见了，亲爱的王子！"他喃喃地说，"你愿重让我亲吻你的手吗？"

"我真高兴你终于要飞往埃及去了，小燕子，"王子说，"你在这儿待得太长了。不过你得亲我的嘴唇，因为我爱你。"

"我要去的地方不是埃及，"燕子说，"我要去死亡之家。死亡是长眠的兄弟，不是吗？"

接着他亲吻了快乐王子的嘴唇，然后就跌落在王子的脚下，死去了。

就在此刻，雕像体内生出一声奇特的爆裂声，好像有什么东西破碎了。其实是王子的那颗铅做的心已裂成了两半。这的确是一个可怕的寒冷冬日。

第二天一早，市长由市参议员们陪同着散步来到下面的广场。他们走过圆柱的时候，市长抬头看了一眼雕像，"我的天啊！快乐王子怎么如此难看！"他说。

"真是难看极了！"市参议员们异口同声地叫道，他们平时总跟市长一个腔调。说完大家纷纷走上前去细看个明白。

"他剑柄上的红宝石已经掉了，蓝宝石眼珠也不见了，他也不再是黄金的了，"市长说，"实际上，他比一个要饭的乞丐强不了多少！"

"的确比要饭的强不了多少，"市参议员们附和着说。

"还有在他的脚下躺着一只死鸟！"市长继续说，"我们真应该发布一个声明，禁止鸟类死在这个地方。"于是市书记员把这个建议记录了下来。

后来他们就把快乐王子的雕像给推倒了。"既然他已不再美丽，那么也就不再有用了。"大学的美术教授说。

接着他们把雕像放在炉里熔化了，市长还召集了一次市级的会议来决定如何处理这些金属，"当然，我们必须再铸一个雕像。"他说，"那应该就是我的雕像。"

"我的雕像。"每一位市参议员都争着说，他们还吵了起来。我最后听到人们说起他们时，他们的争吵仍未结束。

"多么稀奇古怪的事！"铸像厂的工头说，"这颗破裂的铅心在炉子里熔化不了。我们只好把它扔掉。"他们便把它扔到了垃圾堆里，死去的那只燕子也躺在那儿。

"把城市里最珍贵的两件东西给我拿来。"上帝对他的一位天使说。于是天使就把铅心和死鸟给上帝带了回来。

"你的选择对极了,"上帝说,"因为在我这天堂的花园里,小鸟可以永远地放声歌唱,而在我那黄金的城堡中,快乐王子可以尽情地赞美我。"

(巴金 译)

英国｜奥斯卡·王尔德

少年国王

在加冕日前一天晚上，少年国王一个人坐在他那漂亮的房间里。他的朝臣们都按照当时的规矩鞠躬到地行了礼，退出去，到宫内大殿中，向礼仪先生再学几遍宫廷礼节，他们中间有几位还不熟谙朝礼，朝臣而不熟习朝礼，不用说，这是大不敬的事。

这个孩子（因为他还只是一个孩子，今年才十六岁）看见他们全走开了并不觉得难过，他畅快地吐出一口长气，把身子往后一靠，靠在他那绣花长椅的软垫上，他躺在那儿，睁大眼睛张着嘴，活像一位褐色的森林的牧神，或者一只刚被猎人捉住的小野兽。

的确是猎人把他找到的，他们差不多偶然地碰到了他，那时候他光着脚，手里拿着笛子，正跟在那个把他养大的穷牧羊人的羊群后面，他始终认为自己是那个人的儿子。其实他的母亲是老国王的独养女儿，她偷偷地跟一个地位比她差得很多的男人结了婚生下他来。（有人说那个男人是一个外地人，会一种很出色的吹笛的魔术，叫年轻的公主爱上了他；又有人说，那是一个里米尼①的美术家，公主很看重他，也许太看重他了，后来他突然离开了这个地方，连大礼拜堂的壁画都没有完成。）孩子出世只有一个星期，在他母亲睡着的时候，就让人把他从她身边偷走了，交给一对普通的农家夫妇去照管，这夫妇自己没有孩子，住在远僻的树林里，从城里骑马去，有一天多的路。生

---

① Rimini：意大利的海港。

他的那个颜色苍白的少女醒过来不到一个钟头就死了，她究竟是让悲哀杀死的呢，还是像御医所宣布的，染了时疫死去，抑或照某一些人隐隐约约说的，喝了放在香料酒里的意大利急性毒药致死呢，这就没有人知道了；一个忠心的公差骑着马把孩子搭在鞍桥上带着走，在他从倦马上弯下身子去叩牧人茅屋的门的时候，公主的尸体正让人放进一个开着的墓穴，这个墓穴是在城外一个荒凉的坟地里面，据说墓穴里还有一具尸首，是一个非常漂亮的外国男子，他双手被绳子反缚在背后，胸膛上满是带血的伤痕。

至少人们偷偷地互相传述的故事就是这样的内容。有一件事倒是确实的：老国王临死的时候，不知是因为忏悔自己的大罪过，还是单单为了不让他的国土从他的嫡系落到别人的手里，他差人去把那个孩子找了来，并且当着内阁大臣们的面承认孩子是他的继承人。

孩子刚刚被指定作继承人以后，好像立刻就表现出那种奇怪的爱美的热情来，这热情注定了对他的一生有非常大的影响。那些把他送到给他预备好的房间去的人常常讲起，他看见留给他穿戴的华美衣服和贵重珠宝，就发出了快乐的叫声，并且他又是多么高兴地脱下他身上穿的粗皮衣和粗羊皮外套。有时候他的确也想念他从前那种悠游自在的山林生活，繁重的宫廷礼节占去了他一天那么多的时间，这常常使他感到厌烦，可是这座富丽堂皇的宫殿（人们称它作"欢乐宫"，他现在是它的主人了），对他仿佛是一个为了满足他的快乐刚造出来的新世界，只要他能够从会议席上或引见室里逃出来，他总是立刻跑下那道装饰着镀金的铜狮和亮云斑石级的大楼梯，从一间屋子走到另一间屋子，从一条走廊走到另一条走廊，好像一个人要在美里面找出一服止痛的药，一种治病的仙方似的。

他把这称为探险旅行，事实上在他看来这真是漫游奇境，有时候还有几个披着斗篷垂着漂亮的飘带的金发长身的内侍陪伴他；不过在更多的时候，他总是一个人，他从一种差不多等于先知预见的敏捷本能上觉得艺术的秘密最好在暗中求得，美同智慧一样，都喜欢孤寂的崇拜者。

在这个时期中流传着不少关于他的古怪的故事。据说有位胖胖的市长代表全城市民来说一大篇堂皇的效忠的话，曾经看见他非常恭敬地跪在一幅刚从威尼斯送来的画面前，那幅大画好像有崇拜某些新神的意思。又有一次他失踪了几个钟头，人们到处找寻，后来才在宫内北部小塔中一个小房间里找到了他，他正在出神地望着一块雕刻着爱多尼思①像的希腊宝石。又传说，有人看见他拿他的暖热的嘴唇去吻一座古雕像的大理石前额，那座石像是人们修建石桥的时候在河床中挖出来的，像上还刻着海得利安②的俾斯尼亚③奴隶④的名字。他还花了整夜的工夫去观察月光照在一座恩地眠⑤的银像上是怎样的景象。

凡是稀有的和值钱的东西对他的确都有很大的魔力，他非常迫切地想得到这些东西，便派了许多商人出去，有的去向北海的渔民买琥珀，有的到埃及去找寻只在帝王陵墓中才找得到的神奇的绿玉，据说那种绿玉具有魔术的效力，有的去波斯收集丝绒的毡毯和着色的陶器，还有一些人便到印度去买轻纱和染色的象牙，月长石和翡翠手镯，檀香，蓝色珐琅器和细毛披肩。

可是最费他心思的却是他在加冕时候穿的袍子，那件金线织的袍子，那顶嵌满红宝石的王冠和那根垂着珍珠串的王节。的确，他今晚靠在豪华的长椅上望着大段的松柴在火炉中渐渐烧尽的时候，心里所想的正是这个。它们都是由当时最出名的美术家设计的，图样在好几个月前就进呈给他看过了，他还下过命令要工匠们不分昼夜地赶工，照图样做出来，并且要人到处去搜

---

① Adonis：美神维纳斯所爱的美少年。现译为"阿多尼斯"。
② Hadrian：罗马皇帝（76—138）。现译为"哈德良"。
③ Bithynia：古国名，在小亚细亚北部。
④ 即美少年安提诺乌斯，他为着报答Hadrian的爱，自愿投水祭神。后来Hadrian立庙供他。
⑤ Endyrmion：月神塞勒涅钟爱的美少年。现译为"恩底弥翁"。

求那些配得上他们的手艺的珠宝，就是找遍全世界他也不在乎。他在想象中看见他自己穿着华贵的王袍站在大礼拜堂中高高的祭坛上，他那孩子的嘴唇上现出了微笑，他那双深黑的森林人的眼睛也灿烂地发光了。

过了一会儿他站起来，身子靠着壁炉的雕花庇檐，把这间灯光阴暗的屋子四处望了一下。墙上挂着表现美的胜利的华贵壁衣。一个嵌镶玛瑙和琉璃的大橱把一个角落填满了，面对窗户立着一个非常精巧的柜子，它那些漆格子都是撒着金粉和镶金的，柜子上面放了几个精致的威尼斯玻璃酒杯和一个黑纹玛瑙的杯子。绸子床单上绣着浅色的罂粟花，它们像是从睡着的疲倦的手里掉下来的；有刻着直槽的长象牙管撑起天鹅绒的华盖，大簇的鸵鸟毛像白泡沫似的从那里伸向天花板上的灰白色银浮雕。一个青铜的拉息沙斯①满脸笑容，两手举出头上，高高地捧着一面光亮的镜子。桌上放了一个紫水晶盆。

窗外，现出礼拜堂的大圆顶，像一个虚幻的东西，隐约地耸在一大片阴暗的房屋上面，疲乏的哨兵在夜雾笼罩的河边台地上踱来踱去。远远地在一座果树园里有一只夜莺在唱歌。素馨花的淡香从开着的窗送进来。他把他的棕色卷发从前额向后掠回去，然后拿起一只里拉琴，信手慢弹着。他的沉重的眼皮往下垂，他感到一种奇怪的倦意。他从没有像这样强烈地或者像这么快乐地感觉到美的东西的魔力与神秘。

钟楼敲午夜钟的时候，他打一下铃，内侍们进来了，他们按照繁重的礼节给他脱去衣服，在他手上洒了玫瑰香水，又在他的枕头上撒了些鲜花。过了一会儿，他们便离开了这间屋子，他也就睡着了。

他睡着了，做了一个梦，他的梦是这样的：

他觉得自己站在一间又长又矮的顶楼里面，周围是许多织布机的旋转声

---

① Narcissus：希腊神话中的美少年。他看见水池中映出的自己的影子，爱上了它。现译为"纳西索斯"。

和拍击声。微弱的阳光从格子窗外射进来,给他照出俯在织架上面的织工们的憔悴的身形。一些带病容的苍白的小孩蹲在大的横梁上。梭子急急穿过经线的时候,他们便把沉重的狭板拿起,梭子一停下来,他们又放下狭板,把线压在一起。他们的脸上现出被饥饿蹂躏的痕迹,他们的手不住地震摇、颤抖。几个瘦弱的妇人坐在一张桌子前面缝纫。这个地方充满了可怕的臭气。空气不干净,又闷人,墙壁潮湿,还在滴水。

少年国王走到一个织工的面前,就站在他身边,望着他工作。

织工带怒地看他,说道:"你为什么守着我?你是不是我们主人派来侦查我们的侦探?"

"你们的主人是谁?"少年国王问道。

"我们的主人!"织工痛苦地叫道,"他是一个跟我一样的人。的确我跟他中间就只有这一个小小的区别——他穿漂亮衣服,我却总是穿破衣裳,我饿坏了身体,他却饱得不舒服。"

"这是一个自由国家,"少年国王说,"你不是任何人的奴隶。"

"打仗的时候,强者强迫弱者做奴隶,"织工答道,"和平的时候有钱人强迫穷人做奴隶。我们不得不做工来养活自己,可是他们只给我们那样少的工钱,我们简直活不了。我们整天给他们做苦工,他们箱子里金子装满了,我们的儿女不到成年就夭折了,我们所爱的人的脸色也变得凶恶难看了。我们的脚踏出了葡萄汁,却让别人来喝葡萄酒。我们种了谷子,我们的饭桌却是空的。我们都戴着链子,虽然链子是肉眼看不见的;我们都是奴隶,不管人们说我们怎样自由。"

"所有的人都是这样的吗?"国王问道。

"所有的人都是这样,"织工答道,"不论是年轻人或是老年人,不论是女或是男,不论是小孩或是老头儿都是一样。商人剥削我们,我们只好听他们的话。教士骑着马从我们身边走过,只顾数他的念珠,并没有人关心我们。

贫穷张着一双饥饿的眼睛溜过我们那些见不到阳光的小巷，它后面紧紧跟着那个酒糟面孔的罪恶。早晨来唤醒我们的是惨苦，晚上跟我们待在一块儿的是耻辱。不过这些事跟你有什么相干？你不是我们一伙的人。看你这张脸，你太快乐了。"他不高兴地掉开头，把梭子投过织机，少年国王看见梭子上面系的是金线。

他大吃一惊，便问织工道："你织的是什么袍子？"

"这是小国王加冕时穿的袍子，"他答道，"它跟你有什么相干？"

少年国王大叫一声，便醒过来了，啊！他是在他自己的屋子里面，穿过窗户他看见蜜色的大月亮挂在朦胧的天空。

他又睡着了，做梦了，他的梦是这样的：

他觉得自己躺在一只大船的甲板上，一百个奴隶正在给这只船荡桨。船长就坐在他旁边一幅毯子上。这个人黑得像乌木，包着一张红绸头巾。厚厚的耳朵肉上垂着一对大的银耳坠，他手里拿着象牙的天秤。

奴隶们除了一块破烂的腰布外，全身再没有穿别的；每个人都和他的邻人锁在一块儿。炎热的太阳直射到他们身上，一些黑人在过道上跑来跑去，拿皮鞭乱打他们。他们伸出干瘦的膀子扳动沉重的桨。咸水从桨上溅起来。

最后他们到了一个小小的海湾，开始测量水深。从岸上吹来一阵微风，给甲板和大三角帆都罩上一层细细的红沙。三个阿拉伯人骑着野驴跑近，把长枪对着他们投过来。船长拿起一只画弓，一箭射在一个阿拉伯人的咽喉上。那个人重甸甸地跌进岸边的激浪中去，他那两个同伴骑着驴飞跑开了。一个蒙黄面纱的女人骑着一匹骆驼，慢慢地跟在后面，她不时回过头来看那死尸。

黑人们抛了锚、收了帆以后，马上就走进底舱去，拿出一架长的绳梯来，梯上缚了铅，增加不少梯身的重量。船长将绳梯丢进海里，只把梯头拴在两根铁柱上面。随后黑人们抓住一个年纪最轻的奴隶，敲去他的脚镣，在他鼻孔和耳朵孔里涂满蜡,还在他的腰间缚上一块大石头。他疲倦地爬下绳梯,隐在海水里去了。在他沉下去的地方,水面上浮起了几个气泡。奴隶中间有几个人好奇地望着海面。一个赶鲨鱼的人坐在船头,单调地击着鼓。

过了一会儿,潜水人升到水面上来了,他喘着气,左手抓紧梯子,右手拿着一颗珍珠。黑人们从他手里抢过珍珠来,又把他丢进海里去。奴隶们俯在桨上睡着了。

他又上来好几次,每次他上来的时候,都带来一颗美丽的珍珠。船长把珍珠一一地称过,全放在一只绿皮小袋里面。

少年国王想说话,可是他的舌头好像黏在他的上颚上面,他的嘴唇也不会动了。黑人们不停地谈话,他们为了一串亮珠子吵起来。两只白鹤绕着船飞来飞去。

潜水人最后一次浮上水面来,这次他带来的珠子比所有奥马兹[①]的珍珠都美,因为它圆得像一轮满月,并且比晨星还要白。可是他的脸白得出奇,他一倒在甲板上,耳朵和鼻孔里立刻冒出血来。他略略颤抖了一下,便不动了。黑人们耸了耸肩头,把他的身体丢到海里去了。

船长笑了,他伸出手来拿起那颗珠子,他看了看它,便把它按到他的前额上,俯下头行了一个礼。"它应当用来装饰小王的王节。"他说,就打个手势叫黑人起锚。

少年国王听到这句话,他大叫一声,便醒过来了,穿过窗户,他看见黎明的灰色长指头正在摘取垂灭的星星。

他又睡着了,做梦了,他的梦是这样的:

他觉得他正走过一个阴暗的树林,树上悬垂着奇异的果子和美丽的毒花。

[①] Ormuz:波斯湾中一个岛。

少年国王

他经过的时候，毒蛇向他嗞嗞地叫着，彩色鹦鹉带着尖叫声飞过树丛。大龟在热的泥水中昏睡。林中到处都是猴子和孔雀。

他继续向前走着，走到树林口便站住了，他看见一大群人在一条干了的河床上做工。他们像蚂蚁似的挤在崖上。他们在地上挖了些深坑，自己下到坑里去。有的人拿着大斧在劈岩石；有的人在沙里掏摸。他们连根拔起仙人掌，又随意践踏红花。他们你叫我、我喊你地忙来忙去，并没有一个偷懒的人。

死和贪欲躲在一个石洞的阴处守着他们，死说："我厌烦啦；把他们分给我三分之一，让我走吧。"

可是贪欲摇头不肯。她答道："他们是我的佣人。"

死对她说："你手里是什么东西？"

"我有三粒谷子，"她回答，"这跟你有什么相干？"

"给我一粒，"死说，"来种在我的园子里；只要一粒，我就会走开的。"

"我什么也不给你。"贪欲说，她把她的手藏在她的衣服褶子里面。

死笑了，他拿出一个杯子，把它浸在水池里，于是从杯中出来了疟疾。疟疾走过人丛中，三分之一的人倒下来死了。她后面起了一阵冷雾，无数的水蛇在她旁边跑窜。

贪欲看见人死了三分之一，便捶胸大哭。她捶着她那干瘦的胸膛，哭得很伤心。"你杀死了我三分之一的佣人，"她哭道，"你去吧。鞑靼人的山中正有战争，双方的国王都在唤你去。阿富汗人杀了黑牛，正开去参战。他们用他们的长枪打他们的盾牌，并且戴上了铁盔。我这山谷跟你有什么相干，你为什么留在这儿不走呢？你去吧，不要再到这儿来了。"

"不，"死答道，"你不给我一粒谷子，我就不走。"

可是贪欲捏紧了手，牙齿也闭得紧紧的。"我什么也不给你。"她喃喃地说。

死笑了，他在地上捡起一块黑石子，掷进树林中去，从野松丛中走出来热病，穿着一件火焰的袍子。她走过人群中，随意挨着人们，凡是被她挨到的人都倒下死了。她的脚踏过草上，草也枯了。

贪欲颤抖起来，把灰抹到头上。"你太残忍了，"她说，"你太残忍了。在印度各大城内正发生饥荒，撒马耳罕的蓄水池已经干了。在埃及各大城内正发生饥荒，蝗虫已经从沙漠飞来了。尼罗河水并没有涨上岸来，僧侣们埋怨着爱西斯①和阿西利斯②。你到那些需要你的人那儿去吧，不要弄我的佣人。"

"不，"死答道，"你不给我一粒谷子，我就不走。"

"我什么也不给你。"贪欲说。

死又笑了，他举起手在指缝间吹起哨子，一个女人在空中飞来。她额上写着"瘟疫"二字，一群瘦老鹰在她周围盘旋。她的翅膀罩住了整个山谷，所有的人全死了。

贪欲哭叫着穿过树林逃走了，死跳上他的红马骑着走了，他的马跑得比风还快。

从谷底黏泥中爬出来龙和有鳞的怪物，一群胡狼在沙上跑着，仰起鼻孔大声吸气。

少年国王哭了，他说："这些人是谁呢？他们在找寻什么东西？"

"他们找寻国王王冠上面嵌的红宝石。"站在他背后的一个人答道。

少年国王吃了一惊，他转过身子，看见了一个香客打扮的人，手里捧着一面银镜。

他脸色发白，又问："哪一个国王？"

香客答道："看这面镜子吧，你就会看见他。"

---

① 古埃及的繁殖女神。现译为"伊西斯"。
② 古埃及的主神，爱西斯女神的丈夫。现译为"奥西里斯"。

他看那面镜子,却见到他自己的脸孔,他大叫一声,便醒了,明亮的日光流进屋子里来,窗外,花园和别苑的树上,鸟群正在唱歌。

御前大臣和文武官员进来向他行礼,内侍们给他捧来金线的王袍,又把王冠和王节放在他面前。

少年国王望着那些东西,它们非常美。它们比他以前见过的任何东西都更美。可是他记起了自己的梦,便对他的大臣们说:"把这些东西拿开,我不要穿它们。"

朝臣们大吃一惊,有的人笑了,他们以为他是在开玩笑。

可是他又庄严地对他们说:"把这些东西拿开,把它们藏起来,不给我看见。虽然这是我加冕的日子,我也不穿戴它们。因为我这件袍子是在忧愁的织机上用痛苦的双手织成的。红宝石的心上有的是血,珍珠的心上有的是死。"他把他的三个梦都对他们讲了。

朝臣们听了他这三个梦以后,他们面面相觑,低声交谈说:"他一定疯了;因为梦不过是一个梦,幻觉也不过是一个幻觉罢了。它们并不是真的,不值得我们去注意。并且那些替我们做工的人的生命跟我们有什么相干呢?难道一个人没有见过播种人就不应该吃面包,没有跟葡萄园丁谈过话就不应该喝酒吗?"

御前大臣向少年国王进言道:"陛下,我求您把这些阴郁的思想丢开,穿起这件漂亮的袍子,戴起这顶王冠。因为要是您没有一件王袍,百姓怎么知道您是国王呢?"

少年国王望着他。"真的是这样吗?"他问道,"要是我没有一件王袍,他们会认不出我是国王吗?"

"他们会认不出的,陛下。"御前大臣大声说。

"我从前还以为真有带帝王相的人,"少年国王答道,"可是也许倒是你说的不错。不过我还是不穿这件袍子，也不要戴这顶王冠，我进宫来的时候是怎样打扮，现在也就怎样打扮着出宫去。"

他吩咐他们全退出，只留下一个内侍，那是一个比他小一岁的孩子。他留下这孩子来伺候他。他在清洁的水里洗了澡，打开一口大的漆上了颜色的箱子，拿出他在山腰给牧人看羊时候穿的皮衣和粗羊皮外套。他把它们穿在身上，他手里拿着他那根牧人杖。

那个小内侍惊奇地圆睁着一双大的蓝眼睛，含笑对他说："陛下，我看见您的王袍和王节，可是您的王冠在哪儿呢？"

少年国王随手折下一枝爬在露台上面的荆棘。把它折弯，做成一个圆圈，放在他自己的头上。"这就是我的王冠。"他答道。

他这样打扮好了，就走出他的屋子到大殿上去，贵族们正在那儿等候他。

贵族们拿他取笑，有的对他叫起来："陛下，百姓们等着看他们的国王，您却扮一个乞丐给他们看。"有的动了怒说："他丢了我们国家的脸，不配做我们的主子。"可是他一个字也不回答，便走了过去，他走下亮云斑石的楼梯，出了铜门，上了马，到礼拜堂去，小内侍在他旁边跑着。

百姓们笑着，嚷着："国王的弄臣骑马走过了！"他们一路嘲笑他。

他勒住马缰说："不，我就是国王。"他便把他的三个梦对他们都讲了。

人群中走出一个男人来，他痛苦地对少年国王说："陛下，您不知道穷人的生活是从富人的奢华中来的吗？我们就是靠您的阔绰来活命的，您的恶习给我们面包吃。给一个严厉的主子做工固然苦，可是找不到一个要我们做工的主子却更苦。您以为乌鸦会养活我们吗？您对这些事又有什么补救办法？您会对买东西的人说'你得出这么多钱买下'又对卖的人说'你得照这样价钱卖出'吗？我不相信。所以您还是回到您的宫里去，穿上您的紫袍、细衣吧。您跟我们同我们的痛苦有什么关系呢？"

"富人和穷人不是弟兄吗？"少年国王问道。

少年国王

"是的，"那个人答道，"那个阔兄长的名字叫该隐①。"

少年国王的眼里充满了泪水，他策着马在百姓们的喃喃怨声中缓缓前进，那个小内侍害怕起来，便走开了。

他走到礼拜堂的大门口，兵士们横着他们的戟拦住他说："你在这儿找什么！这道门只有国王才能进来。"

他气红了脸，对他们说："我就是国王。"他把他们的戟挥开，走进去了。

老主教看见他穿一身牧羊人衣服走进，便惊讶地从宝座上站起来，走去迎接他，对他说："孩子，这是国王的衣服吗？那么我拿什么王冠给你加冕呢？我拿什么王节来放在你手中呢？事实上这在你应该是一个最快乐的日子，不是一个屈辱的日子。"

"那么快乐应当穿愁苦做的衣服吗？"少年国王说。他把他的三个梦对主教讲了。

主教听完了他的梦，便皱着眉头说："孩子，我是一个老人，已经临到我的晚年了，我知道这个广大的世界上有过许多坏事情。凶恶的土匪从山上跑下来绑走一些小孩，拿去卖给摩尔人②。狮子躺着等候商队走过，抓骆驼吃。野猪挖起山沟里的谷子，狐狸咬了山上的葡萄藤。海盗洗劫了海岸，焚烧渔船，抢走渔网。麻风病人住在盐泽里，用芦苇秆子造房屋，没有人可以走近他们。乞丐们流落街头，到处漂泊，跟狗一块儿吃饭。你能够叫这些事情不发生吗？你会跟麻风病人同床睡眠，让乞丐跟你一块儿进餐吗？你会叫狮子听你的吩咐，野猪服从你的意志吗？难道那位造出贫苦来的他③不比你聪明？因此我并不赞美你所做的事情，我却要你回到你的宫里去，做出快乐的面容，

---

① 该隐（Cain）杀死他的兄弟亚伯（Abel），事见《圣经·旧约》。
② 非洲西北部的一个民族。
③ 指上帝。

穿上适合国王身份的衣服，我要拿金王冠来给你加冕，我要把珍珠的王节放在你手中。至于那些梦呢，不要再去想它们。现世的担子太重了，不是一个人担得起的，世界的烦恼也太大了，不是一颗心受得了的。"

"你在这个地方讲这种话吗？"少年国王说，他大步走过主教面前，爬上祭坛的台阶，立在基督的像前。

他立在基督像前，在他右手边和左手边有着灿烂的金盆，盛着黄酒的圣餐杯和装着圣油的瓶子。他跪在基督像前，珠宝装饰的神座旁边蜡烛燃得十分明亮，香的烟云盘成青色细圈在圆顶下缭绕。他垂着头祈祷，那些穿着硬法衣的教士爬下祭坛让开了。

突然从外面街上传来一阵吵闹声，羽缨颤摇的贵族们拿着出鞘的剑和发光的钢盾牌进来了。"那个做梦的人在哪儿？"他们叫着，"那个打扮得像乞丐的国王——那个给我们国家丢脸的孩子在哪儿？我们一定要杀死他，因为他不配统治我们。"

少年国王又埋下他的头祈祷，他祷告完毕便站起来，他转过身子忧愁地望着他们。

看啊！太阳穿过彩色玻璃窗照在他身上，日光在他四周织成一件金袍，比那件照他的意思做成的王袍还要好看。那根枯死的杖开花了，开着比珍珠还要白的百合花。干枯的荆棘也开花了，开着比红宝石还要红的玫瑰花。百合花比最好的珍珠更白，梗子是亮银的。玫瑰花比上等红宝石更红，叶子是金叶做的。

他穿着国王的衣服站在那儿，珠宝装饰的神龛打开了，从光辉灿烂的"圣饼台"①的水晶上射出一种非凡的神奇的光。他穿着国王的服装站在那儿，

---

① 按照天主教规矩，"圣饼台"就是放"圣饼"的台架。"圣饼"又称"圣体"，即圣餐时用的"圣饼"，因此"圣饼台"又称"圣体匣"。

这个地方充满了上帝的荣光，连那些雕刻的壁龛中的圣徒们也好像在动了。他穿着华贵的王袍立在他们面前，风琴奏出乐调来，喇叭手吹起他们的喇叭，唱歌的孩子们唱着歌。

百姓们敬畏地跪了下来，贵族们把宝剑插回剑鞘，向他行着敬礼，主教脸色发白，他的手颤抖着。"一个比我伟大的已经给你加冕了。"他大声说，跪倒在国王的面前。

少年国王从高高的祭坛上走下来，穿过人群中回宫去。没有一个人敢看他的脸，因为这跟天使的面容极相似。

（巴金 译）

从笔尖驶来的火车

"……突然，一切都变得清晰起来。"

美国作家雷蒙德·卡佛在《论写作》一文中，非常突兀地引用了契诃夫小说里的一句话，而在接下来的文字里，这句话就像一束笔直的探照灯光束，照亮了隐藏于黑暗中的视野："我发现这几个字充满奇妙和可能性。我喜欢它们的简洁以及所暗示的一种启示。另外，它们还带着点神秘色彩。过去不清楚的是什么？为什么直到现在才变得清晰了？什么原因？还有个最关键的问题——然后呢？这种突然的清晰必然伴随着结果，我感到一种释然和期待。"

在文学创作中，文字和词语最终构成的那个东西，到底指向了什么？它来自哪里？它通过什么和我们的生活发生着联系？

有两个狱卒进入牢房提审犯人，那人正在往墙壁上涂鸦，他画了一列火车穿越山洞。狱卒进来时，他转身说："稍等，我看看我的火车里有没有画上座位。"两位狱卒彼此交换了一下讥讽的眼神。但接下来，事情发生了变化，那个犯人开始变小，而从画面的隧道里，远去的火车冒出一团烟雾——它成功带走了画出它的那个人。

这个故事出现在批评家、诗人耿占春的短诗《一个故事》中，我无法弄清楚故事的来源，而这并不重要，重要的是故事本身给我们带来的启示。随着那列火车钻进隧道而后消失，留下的是我们这个被拒绝的现实世界，它说明必然地会有另一个与此世界完全不同的世界。这是幻想童话吗？但故事的前半部分实实在在地说明，它的确是随时可以发生在我们身边的真实故事，读者对于那两位狱卒不怀好意的嘲讽眼神的"心领神会"，也把我们自己带进了现场。然而，按照一般阅读的和生活经验的惯性，我们没有看到预先想到的结尾——那犯人被拉出去审问，或者，被枪毙。作者用笔创造的那个画家，同样也用笔帮助自己胜利地摆脱奴役。作为抵抗野蛮现实的想象力的发展，人的心灵要给自己寻找到一个"越狱"的通道，从而奔向自由的旷野，而这个通道没有比通过文学之钻凿通现实的铜墙铁壁更好、更有力的方式了。所以，当法国批评家阿纳托尔·法朗士面对一个狂热地向他宣扬来世的修道院的修士时，他举起手里的笔说："神甫先生，您把手指浸在圣水里，而我把笔浸在墨水里。您以为在这个时刻我和您难道不同样地感到自身的安全吗？"

毋庸讳言，有多少诗人和作家深谙用写作来与冷酷现实毫不妥协地对抗之道，上述耿占春的那首诗在讲完了这个故事后，并未结束。他接着写道：这个故事我要再讲一次——

> 此刻我正写，在电脑的荧光屏上
> 这首诗里我要叙述被现实
> 否定的愿望。虚构的空间
> 减轻压力。时间是我的牢房
> 让我像个年轻的囚犯那样呼吸
> 让它告诉你我的逃亡路线
> 并且如何再次避免现实的提审

耿占春在《沙上的卜辞》中坦言："我最早迷恋上诗歌与文学，是因为它们像一辆乡下的马车载着我远离现实。而不是它把我带到良心的锯齿上。诗文是凭超越死神的想象力而作的。道德文章是在痛苦的良知折磨下写的。一首诗曾带我逃离现实，但半道上突然改变了方向：诗培养了内心的敏感，以致不再能够忍受粗暴的现实。"

一个非法而粗暴的现实颠倒了起诉者与被起诉者的位置。在强大而黑暗的暴力统治下，一个诗人能够做的只有用手中的笔来凿通这一无所不在的巨大监狱的围墙，正如洪汛涛先生的《神笔马良》中的马良，尤瑟纳尔的《王佛脱险记》中的王佛，在面对强权的时候，诗人和作家借助他们创造的人物——奇妙地摆脱沉重的现实束缚，对身后的牢狱投以愤怒嘲讽的一瞥，并记录下它的黑暗与恐怖。这条充满了整个文学奥秘的小径绝对不是"逃跑"之路，相反，正如卡尔维诺在论及"轻逸"一说时指出的那样，斩掉美杜莎首级而不被石化的帕尔修斯，只是借助了万物中最轻盈的云和风，而没有直接与美杜莎可怖的眼睛做暴力的对抗，他并没有"拒绝他命定生活于其中的现实；他承担着现实，将其作为自己的一项特殊负荷来接受现实"。同样，作为诗人和作家的帕尔修斯，肩上负荷的亦是不同于政治家、道德家的特殊职责，他手中的笔既是那面能映出丑恶现实的盾牌，同时也是能够用最奇思妙想的创造，挥剑斩掉妖首、开辟一个更为民主自由世界的工具。在此意义上，文学的想象力和创造力绝非一个玩弄技巧的花招，而是一部充满了对幸福生活的向往的诗篇，是一份记录苦难、与暴力专制不懈抗争的控诉——那一列带我们驶往自由的不可阻挡的火车。

中国 | 耿占春
一个故事

两个狱卒进入牢房提审犯人
那人正往墙壁上涂鸦
他画一列火车穿越山洞
转身说：稍等，我看看
我的火车里有没有画上座位
狱卒相视而乐：看来还有病
他变小了，从画的隧道内
远去的火车冒出一团烟雾

这个故事我要再讲一次
此刻我正写，在电脑的荧光屏上
这首诗里我要叙述被现实
否定的愿望。虚构的空间
减轻压力。时间是我的牢房
让我像个年轻的囚犯那样呼吸
让它告诉你我的逃亡路线
并且如何再次避免现实的提审

给手表上发条的蟋蟀

夏末秋初的路灯下，经常会有一些孩子在捕捉四处蹦跶的蟋蟀。即便是在像北京这样喧哗热闹的大都市，蟋蟀们也有藏身之地。不知道它们如何熬过漫长的冬天，也不知道它们居住在哪一道墙缝、哪一丛野草下面，唯有孩子们会发现它们黑硬的身体在路灯下蹦跳飞翔。

朱尔·勒纳尔说："神造万物，显示了万能的本领，造人却是失败的。"这番话的背后隐藏着他不幸童年的泪水，但这泪水滋养了他对于生命的敏感和深深悲悯，也孕育着诸如《胡萝卜须》《博物志》等杰作。尤其在《博物志》一书中，他将自己敏锐的观察力和丰富的想象力，赋予各种动植物以人格化的魅力，其幽默简洁的语言风格，对小动物们温柔而深情的描写，征服着世界各地的读者。

自从米兰·昆德拉《生活在别处》译介到中国之后，书名所暗示的生活方式被更多人肤浅地引用为鄙视身边的日常生活而将希望寄托在异国情调和梦幻般的远方。相比较《圣经》所言——"爱你的邻居"，我所见到的却常常是很多人更爱远处的生活，那些脱离了日常、被净化为"诗情画意"般的梦想。因此有人尖锐地指出："那些生活在远方的人，他谁都不会爱。"而卡夫卡也说："理解这种幸福：你所站立的地面之大小不超出你双足的覆盖面。"事实上，勒纳尔在《博物志》中试图借给我们一双能看到我们身边秘密的眼睛，借给我们一副能听到我们心灵深处渴望听到的某种声音的耳朵。想来多么惭愧，我们什么时候慢慢丧失了这样的看和听的能力？抑或这个世界太过吵闹,我们不得不只会仰视那些庞大而虚假的东西?

譬如像蟋蟀这样的小东西,从《木偶奇遇记》里那位善良的老木匠家的墙缝里,到纽约的繁华广场(乔治·塞尔登著有《时代广场的蟋蟀》),从乡下人的豆田叶子下面,到我所居住的小区楼房草丛中,都能听到它们在夜晚唱起的动人的歌声。但我们对于这些不起眼的小昆虫们又能知道多少?人类的无知不但体现在对常见事物的视而不见,也体现在对枕边人的完全隔膜。

蟋蟀美妙的颤音来自这些急于求爱的身披黑褐色大氅的小伙子们,它们刮擦那边缘像小搓板似的前翅的基部,以此显示它们的存在和勇气;而它们的耳朵则在腿部,那个小小的耳鼓能够敏感地接受来自同类的情歌。勒纳尔在《蟋蟀》一章里给我们描绘了一幅动人的情景:从外面散步回家的蟋蟀,把狭窄路径的沙子细心整好,锉割总是绊腿的大草根,并把木屑轻轻铺在门口。做好这一切,它开始给自己的手表叽叽上发条,然后进了家门,把钥匙在细致的钥匙孔中叽里叽里拧了很久。它竖起耳朵听,似乎还有什么动静,感到不安的它只好搭着吱吱作响的滑车轮子,降到地心里去了。宁静的大地上,只有白杨树的手指静寂地指着有月亮的夜空。

弗洛伊德曾说:"人类有一个普遍的倾向,就是将所有的生物都认为和他们一样,而把他们所熟知的性质推想到它们身上。"通过勒纳尔的生花妙笔,读者的感受很自然地突破了人类和其他种类生命之间的对立和隔阂,蟋蟀和诸多小动物人格化的行为,有着人类的影子和特点,它们的美既是对生命存在的赞美,也是对生命力量的肯定。给手表上发条的蟋蟀,和我们一样拥有着时间的奥秘,盖因在时间面前众生平等。它对于世界的警觉和对安宁的渴望,和我们人类同出一辙。而且,由于它们过于常见和渺小,人们往往忽略它们的存在,但同时又渴望它们低声轻颤的弹奏所带来的静谧生活氛围。如此想来,我真不知道人们到底需要什么样的生活了。

这样的轻慢和忽略，难道不正是我们现实人际关系的写照吗？我们只顾追逐那些所谓宏大而抽象的"快乐生活"，却总是忘了我们想要的东西就在脚下身边。

　　勒纳尔整本《博物志》虽然常被划归为"散文诗""小品文"，但我却把它看作是诗和童话奇妙的结合。勒纳尔的语言极其简洁形象，其人格化的笔触与传统童话毫无二致。他的简洁和高度概括的描写，激发着读者的想象力，这一点又和诗歌完全一样。譬如《蛇》，正文只有三个字：太长了。譬如《蝴蝶》，也只有一句话："对折的情书，在寻找花儿的地址。"我乐于读到这样的诗句，我乐于在这本集诗歌之美和童话之美的书页间，倾听那些草虫的呢喃，树叶的窸窣；当万籁俱寂而蟋蟀们乘着滑轮降到地心的时候，我也会给自己的日常生活上紧发条，以便和大自然的神秘悄悄地校时对表。

法国 | 朱尔·勒纳尔

蟋 蟀

是时候啦！黑昆虫游荡够了，停止散步，回去细心修补他乱七八糟的领地。

首先，他耙平狭小的沙子通道。

他锯下细屑，撒到住地入口处。

他挫倒那株专给他添麻烦的大草根。

他休息了。

然后，他给他的微型手表上发条。

他完事了吗？表打碎了吗？他又歇了一会。

他回到屋里，关上门。

他用钥匙在精致的锁里长时间转圈。

他又在倾听：

外面没有一点不安的声音。

但他还是不放心。

他好像抓着一根小链条一直下到大地深处，装链条的滑轮刺耳地响着。

什么也听不见了。

寂静的田野上，白杨树像手指般伸向天空，指着月亮。

（周作人　译）

不能再飞的凤凰

偶尔读到百花文艺出版社出版的《达·芬奇寓言童话集》，里面有一篇《不死鸟》，讲的是一只在沙漠里飞翔的衰老的不死鸟，投身于营地的篝火中，在烈焰和灰烬中获得了重生。达·芬奇写道："不死鸟从灰烬中获得新生，为的是在天上再活五百年。"故事一看便知与古印度史诗《摩罗衍那》以及《涅槃无名论》中的"凤凰涅槃"相似。

涅槃是梵文 nirvāna 的音译，意思是"灭渡"，即"重生"。据印度史诗《摩罗衍那》记载：保护神毗湿奴点燃熊熊烈焰，垂死的凤凰被投入火中，燃为灰烬，再从灰烬重生。人们把这称作"凤凰涅槃"。这种五百年就要重生一次的神鸟的故事，也曾被诗人郭沫若写进过诗篇。

平日对凤凰和凤凰涅槃是只知其一，不知其二，忽然就动了对这种鸟追根寻源的念头。在黄永玉所著《比我老的老头》中读到：当初黄永玉先生也曾想写一个有关"凤凰涅槃"的文字根据，但一点材料也没有，查遍《辞源》《辞海》《佛学大辞典》，佛教协会都请教过了，还是没有找到。最终还是钱锺书先生告诉他："古罗马钱币上有过浮雕纹样，也不是罗马的发明，可能是从希腊传过去的故事，说不定和埃及、中国都有点关系……这样吧！你去翻翻中文本的《简明不列颠百科全书》，在第三本里可以找得到。"

搁下这一段逸闻且不说，查资料倒是知道了凤凰大约的来历。在中国，今日所见关于凤凰的最早记录，可能是在《尚书·益稷》中。《山海经》《尔雅·释鸟》中亦有对凤凰的描述。至于其他和凤凰有关的神话传说、图腾崇拜、文化寓意等等，更是数不胜数。除了印度佛教有关于凤凰的记录外，在西方的古埃及、古罗马都有凤凰（不死鸟）的文字和图像记载。不管怎么说，凤凰浴火的故事东西方都是有的。所以读到达·芬奇的故事也就会意一笑。不料想，前日又读到德国女诗人萨拉·基尔施的一首诗《哀歌》（之二），里面居然也是在说涅槃的凤凰：

我是美丽的神鸟凤凰
清晨抖落身上的灰烬，说
蔑视旧我！重生，灵魂
白如雏菊
我是
美丽的神鸟凤凰
可是经过自焚
我已不能再飞

诗很短，只有八行，但却带给我极大震撼。由于对"凤凰涅槃"的熟悉，便以为它重生后或许比原来的它更完美，却怎么也想不到，会有这样一只经过自焚后再也不能飞的凤凰。萨拉·基尔施的题目是"哀歌"，可见我们对某些事物的习惯性思维有多么愚蠢。难道我们只能看到欢呼与期望得逞时的鼓噪？却看不到或者根本就是无视那些越出"历史进程"的失败者的惨叫和哀号？

1935年生于德国东部的图林根的萨拉·基尔施，"二战"后生活在民主德国的哈勒和东柏林。批评家西比勒·克拉默认为，她的诗"表达了她的生存勇气、对个人生活的反思、对民主德国僵化的社会制度和社会主义

不能再飞的凤凰 | 155

道德说教的谨慎批判、对纳粹的清算、对越南战争的谴责和爱情的苦涩"。这段话基本可以看出萨拉的生存状态和她所关心的问题。1976年，民主德国诗人比尔曼被开除国籍，萨拉因带头签署了抗议书而被开除出党，后被迫迁居西柏林。经历过这么多坎坷，她自然不会人云亦云简单地再去写"凤凰涅槃"，苦难给人带来的也绝对不仅仅是"重生"，而是"不能再飞"的悲惨。

萨拉的作品多有动植物和精灵的影子作为隐喻，诸如《猫的生活》《爱天鹅》《驴皮公主》等，基于"诗人最基本的生活情感就是不安全感和恐惧感"，她的诗歌便成为"倔强的哀歌"，以致这种独特的诗风被誉为"萨拉之音"而享誉德语诗坛。而使她荣膺德国诗歌最高奖"胡赫尔奖"的诗集《精灵王的女儿》中，恰有这样的诗句："在这颗褪色的星球上我感到/绝望。"

显然，"胡赫尔奖"的评委们对于"凤凰"们在灰烬中重生后的欢喜和遗忘已不再信任，他们的态度表明：对于遗忘的反抗、对于苦难的铭记，才是文学的进步，也是人类文明的进步。照理说，人是记忆力最强的动物，其次是海豚、海狮和某种灰猴。但事实证明，似乎人遗忘的速度也要领先于其他动物。瑞典于默奥大学的研究人员经过十五年的观察，发现人在拔掉牙齿的同时，一部分记忆力也被拔掉了。而据说有科学家正在研究使人忘掉痛苦的药物，真不知道这对于人类是灾难还是福音。相比达·芬奇的"不死鸟"和萨拉的"哀歌"，我倒渴望在我们汉语的文学中，多读到一些"再不能飞"的呐喊与哀鸣，而不是"我们欢唱！我们翱翔"的欢歌笑语，须知，我们是一个多么容易遗忘苦难的民族。

意大利｜达·芬奇

不死鸟

  不死鸟在一望无际的沙漠上空高高地翱翔，发现远处营地上有一堆篝火。它明白生命的伟大考验时刻来到了，应该坚定地听从命运的安排。

  不死鸟比世界上所有的鹰鹫都大得多，但它的羽毛却显得不那么美丽鲜艳。

  它张开双翅，在夜空中庄严地翱翔，然后兜了一个大圈子，平稳地朝地面滑去。

  它飞到篝火上方，感觉到火舌在贪婪地舔舐它的羽毛，燎烤它的双爪。它忍着剧痛，克尽厥职，无畏地扎入火中。

  篝火发出一阵咝咝声，冒起了浓烟，然后渐渐熄灭。但不久，从灰烬中冒出一股蓝色的火苗，迎风摇曳，顽强地向上升腾，仿佛长了翅膀。

  不死鸟从灰烬中获得新生，为的是在天上再活五百年。

（守慧 译）

德国｜萨拉·基尔施
哀歌（二）

我是美丽的神鸟凤凰

清晨抖落身上的灰烬，说

蔑视旧我！重生，灵魂

白如雏菊

我是

美丽的神鸟凤凰

可是经过自焚

我已不能再飞

（贺骥 译）

谎言有一个长鼻子

《木偶奇遇记》里的匹诺曹说谎的时候，他的鼻子就会不断地变长。这个长鼻子戳破了谎言厚厚的硬壳，每个看到它的人，立刻就会明白：哈，别说了，一派谎言！

对于谎言，俄罗斯哲学家别尔嘉耶夫曾说："人们不相信，善能够不通过谎言的帮助而获得保存和肯定。如果善是目的，那么谎言就是手段。"这句话仅仅是指那些"为了善的目的而被肯定的谎言"，而我们知道，一旦谎言从手段变成了目的，其可怕的后果定会令人毛骨悚然。或许，我们可以从普通人在日常生活中的谎言开始说起——波兰民间童话《豌豆翁》，讲的就是一个有关谎言的故事。

一个名叫叶日的老头，非常爱他的孩子和孙子们，但是他有一个毛病，那就是说谎。说谎成了他的习惯，不论事情大小，他三句话一过，保准谎话连篇。所有人都知道他爱说谎话，但这并不能使他改变说谎的毛病。贫穷使他祈祷豌豆翁来救助全家人，豆荚里善良的豌豆翁跳了出来，答应给他幸福。但想要获得幸福必须有一个条件，那就是他再也不说谎话，永远只讲真话。叶日答应了。不过，撒谎成性的人怎么能够轻易改变自己的恶习？很快，他自私地偷吃了豌豆翁留下的面饼，却发誓赌咒自己没有吃，这样便以谎言掩饰自己故意犯错而躲掉惩罚。他对外乡的农民吹牛胡诌，吹嘘表达自大的愿望，说自己会魔法、懂咒语，跳进火里也毫发无损，结果一场大火差点把他烧死。豌豆翁说，如果叶日承认自己说了谎，就施以援手。叶日宁肯被烧死也不肯承认自己撒谎，反而倒打一耙，指责豌豆翁自己吃掉了面饼。万般无奈的豌豆翁只好浇灭火把他救出。后来叶日又多次撒谎，每次都因为自己的谎言而招来杀身之祸，但每次他都坚决不承认自己撒谎，豌豆翁只好一次又一次叹息着，救出他的性命。

这个简直无法理喻、不可救药的撒谎者，也有一个顽强的精神支撑，那就是宁可死掉，哪怕所有人都知道他在撒谎，他也绝不承认自己撒谎。这其中的悖论就是：一旦承认撒谎，他就脸面丧尽。但是，他又不能做到不撒谎，他不幸地清楚这一点。维持表面"不撒谎"的体面，是他继续活下去的理由，而事实上他只有继续靠撒谎来愚弄自己、欺骗他人。当然，故事的最后，当一头疯牛冲向叶日最疼爱的小孙子时，叶日终于大声对豌豆翁喊道："是我吃了面饼！快救人，我要你的金币有什么用！"他一开始说真话，疯牛就恢复成一棵小桦树。他的小孙子得救了。

这个故事给了我们一个颇能安慰心灵的结尾，叶日对孙子的爱最终救了他自己。但对于那些只爱自己、自私透顶的人，他人的死活似乎都可忽略不计。回到本篇开头，别尔嘉耶夫还指出："存在着谎言的社会积累，它将变成社会规范。程式化、仿佛是在社会上被组织起来的谎言的积累发生在家庭里、阶级里、阶层里、党派里、意识形态的流派里、信仰里、民族性里、国家里，发生在一切形式的社会组织之中。这个程式化的谎言是这些社会组织自我保护的方式，真理却可以促使这些谎言瓦解。"瞧，谎言是如何慢慢腐蚀着我们生活的每一个空间，渗透进每个人的骨缝发梢之中。人类历史上发生的巨大灾难，无不和弥天大谎有关，多少不明真相的人们都曾被谎言拖进过战争、屠杀、饥饿和被奴役的泥淖。引用《生命世界》刊载的文章：根据心理学和社会学的调查，谎言最多的地方是政治领域，最擅长撒谎的人物是政客或政治人物。政治人物说谎的目的既是其工作的需要，又是为了鼓动民心或说服民众以支持他们提出的方针政策。从很大程度上讲，如果没有谎言，他们就不可能有效鼓动民众。看来，人们对保护面子和虚荣而撒谎的普通人持宽容的态度，但不可否认，撒谎一旦成性，就会给社会带来极大的危害。政治家的谎言尤其不能容忍，盖因他们的谎言"会把国家和民族带向灾难"。但是，谎言毕竟是谎言，它那根长长的鼻子总有着自我揭露的特性，即便皇帝的新装再厚，也总会有说真话的孩子去戳破那层可笑的外衣。

　　最可怕的是，政治家的谎言常常伪装成神话般美丽的允诺，没有权力的民众面对这一令人着迷的生活图景，甘愿放弃自己的理性，甘愿向它托付所有的期望。在一个美丽神话的背后，通常都会隐藏着主宰他人命运的可鄙欲望，而这一切都要仰仗已经变成意识形态和制度的谎言的粉饰装扮。因此，无论是木偶匹诺曹，还是波兰老头叶日，都会因为拾回诚实这一品质而变成一个真正意义上的人，但故事之外的人们，往往在面对政治家的弥天大谎时，愚昧的相信者有之，不信者因恐惧而选择沉默，鲜有奋起抗议的声音。万马齐喑，这才是真正的悲哀啊！

波兰 | 民间童话

豌豆翁

从前村子里有个老头儿，名叫叶日，他身边有几个小孙子。这老人有一个毛病——喜欢说谎。他说惯了谎，自己已不能控制，三句话一过，准得谎话连篇。而他自己从来不承认自己说谎。

叶日一贫如洗，可是他却总向别人吹牛：

"只要愿意，我可以在一小时内发大财！我有强有力的帮手：豌豆荚里的老人。只要我一声呼唤，豆荚翁立刻就来帮助我。"

豆荚翁，豌豆神，这本是叶日老头儿胡思乱想瞎编出来的。可是说多了，说惯了，天长日久，他自己也就信以为真了。

有一天，叶日替生病的更夫看守菜园。叶日又对邻居们吹嘘说他的工作将会得到优厚的报酬：炸馅饼、蜜饯西瓜和熏火腿。

实际上，他只得到了三棵白菜。这一点点报酬太可怜了！

叶日老头坐在田埂上，伤心得流出了眼泪。"我怎么回家呀？"他边哭边想，"我用什么填满小孙孙们的肚皮呢？！"

忽然，他灵机一动，不是有豆荚翁嘛！世界上最无所不能、助人为乐的人。于是他放开喉咙喊道：

豌豆翁，豆荚神，
菜园里面到处行，
豆荚神，神豆荚，
赐点幸福到我家！

豌豆神，好老头，

莫让叶日白相求！

叶日的声音刚停，豌豆花丛便摇摆起来，真的从里面钻出来一个小老头，他身穿豌豆色粗呢外套，头戴小帽，衣着容貌和叶日平时想象的豌豆神一模一样。他问：

"我就是豌豆神，我能给你幸福。需要什么？我来帮助你。"

"我要成为一个幸福的人。"叶日请求说。

"可以办到，"豌豆神答应说，"我可以试试，让你成为幸福的人，但是，要想得到幸福，你必须永远讲真话。"

"我一直只讲真话，从来不说谎。"叶日喃喃地反驳说。

豌豆神只是轻轻地摇摇头。

"就算这样吧，"豌豆神说，"走，我们去寻找幸福。我这里有白面饼，足够我们两人吃些日子。走吧，邻居会照顾你的孙儿们的。"

叶日考虑了一下：既然孙子有人照料，那我就跟他去找幸福吧！

豌豆翁在前面走，叶日紧紧跟在后面。他们穿过草原，越过高山，不停地前进。

一天傍晚，豌豆神对叶日说：

"今天我们不能吃晚饭了，面饼快吃完了，留着明天早晨吃吧！"

说着，他躺在干草堆上睡着了。叶日没有睡，他发现豌豆翁的口袋里有一块大饼，便偷偷掏出来，吃掉了。

第二天早晨，豌豆翁对叶日说：

"昨晚我明明留下两块饼做早饭，现在只剩下一个了，你如果承认是你昨晚偷吃了，我就和你平分这最后一块饼。"说着把饼掰成两半，递给了叶日一半。

"昨晚我什么也没有吃，你一定是自己偷吃了，反来诬赖我。"

豌豆神叹了口气，把自己这一半面饼也给了叶日。

他们继续向前走，来到一个村庄。

"叶日，你在土台这里等我，我进村去讨一点晚饭。"

叶日和农夫们闲谈起来，他东拉西扯，旧病复发，又吹起牛来。人们听得入迷，信以为真，请他吃面汤、面包，喝啤酒。叶日边吃边喝边说谎——他胡诌的假话天衣无缝，他自己也无法控制自己的舌头。他说：

"我呀，我会施法术，懂得咒语，我能跳进火中抢出财物，救出人来，而自己一点儿也烧不着，我还能灭火呢！"

农夫们毕恭毕敬地听他胡说八道，热情款待他，把他奉为贵宾。

突然，一个小女孩惊叫了一声：

"不好了，失火了，快烧死人了！"

人们霍地全都站起身来。果然，一家仓房失火了。男女主人双双跪倒在叶日脚下，央求他：

"善心的人，救救我们吧！快把房里的什物抢救出来！快把火熄灭吧！"

叶日急得东奔西窜，但却一筹莫展，不敢往火里钻。周围的农夫们很生气，问他：

"你别在那里乱蹦乱窜，快说实话，刚才是不是说谎？"

"我没有说谎！"无可奈何的叶日一气之下真的钻进了烈火熊熊的仓房。

他哪里知道，进来容易出去难。仓库燃烧着，他跑不出去了，只好呼救：

"豌豆神，豆荚翁，快来救我出火坑！"

豌豆神果然应声赶来，手提一个大喷壶，边跑边喊：

"大家都闪开，叶日的'幸福'来了！"

人群闪开了，豌豆神问叶日：

"老兄，承认吧！面饼是你吃的，你又瞎编说自己会灭火，是不是？你说实话，我就救你。"

可是，对叶日来说，宁肯烧死也比当众承认自己说谎要好受些。他反驳说：

"我向农夫们讲的全是实话，你的面饼我没吃，是你自己吃掉的！"

豌豆神拿他一点办法也没有，只好又长吁一口气，把喷壶里的水浇到火上，刹那间烈火咝咝低吟，完全熄灭了。

他们又继续赶路，穿过密林草莽，翻越崇山峻岭，来到了一条宽阔的大河边。这里花团锦簇，万紫千红，绿草如茵，透过碧蓝的河水可以望到对岸有一座高耸的山峰，山上有一座白色的城堡。

豌豆翁指着这座城对叶日说：

"叶日，在这里你能找到幸福，但是你不许吹牛，不许说谎，否则你也许会遭殃。"

"我从来没有说过谎话。"叶日含糊不清地嘟哝说。

豌豆翁躺在树荫下睡着了，而叶日看见周围有一帮男孩，就同他们拉起话来。一开口，他就不自觉地吹起牛皮，说他是游泳能手，会潜水，能在水下待一整天。实际上叶日一到水里就沉底，根本不会游泳。

叶日站在一座木板已经腐烂的小桥上，桥下是湍急的流水，他挥舞着双手，表演游泳动作。没想到小桥木板折断了，叶日扑通一声掉进了河里。

孩子们没有去搭救他。他们心想，既然这个人可以在水下潜游一整天，那么小小的河沟肯定淹不死他。叶日连喝了几口水，眼看就要没命了，只好拼死把湿漉漉的头伸出水面，高声呼救：

"豌豆翁，快救命！"

豌豆神醒来，跑到河里，揪住了叶日的头发，问他：

"我可以救你，但是你得承认自己对孩子们讲的是谎话，承认是你偷吃了面饼。"

叶日虽然被河水呛得脸色发青，还是硬着头皮回答：

"我对孩子们说的全是实话。你的饼我也没有吃。"

豌豆翁只好长叹一口气，还是把叶日救了起来，带领他来到山上的白城。

他们两人来到闹市，国王的传令官正在宣读国王谕令：

父老兄弟，悉心聆听，
国王谕旨，晓谕全城：
巴霞、斯塔霞两个花边女工，
突然卧床不起，双双生病，
水米不沾，人事不省。
她们生病耽误了大事情：
王后的花边衣裙尚未完工，
王后现在心急如焚。
她现在招贤求医晓谕全城：
凡能治愈花边女工者，
赏金币一袋，决不失信。
如误诊丧命，
医者立即斩首示众。

豌豆翁把叶日带进王宫，对国王说：

"我能医好花边巧匠的病，她们二人需要分别医治，先治疗巴霞，后治疗斯塔霞。"

国王应允豌豆翁的治疗方案。

豌豆翁吩咐抬来两口大锅，一口装满开水，另一口装满冷水；还让拿来一罐蜂蜜、一袋豌豆和一壶凝乳。

豌豆翁 | 167

一切准备齐全,病人被抬进大厅,只见巴霞双目紧闭,脸色蜡黄,呼吸微弱,人事不省。

豌豆翁吩咐叶日把门锁好,不准放任何人进来,叶日是唯一的助手。

叶日锁好了房门,巴霞全身被抹上了蜂蜜和凝乳,豌豆翁把豌豆倒进锅中,随后把巴霞浸到热水锅里,又浸进冷水锅,还接连吹了三口法气。

花边女工马上起身,精神焕发,笑个不停,她跪在豌豆翁脚下,感谢他救命之恩,然后便坐在窗台上,织起精致的花边来。

豌豆神去休息,答应明天再医治另一名女工。

巴霞治好了!人们奔走相告,宫内侍臣蜂拥而至,连国王和王后也御驾亲临。他们个个都非常吃惊,七嘴八舌地问巴霞,医者是怎样如此神速地治好了她的病。

巴霞还未来得及开口,叶日抢先叙述,说着说着,不由自主地又说谎了。

"我是主要角色,豌豆翁老头只是我的一名助手。我马上就能把斯塔霞医好。"

王后听了,大喊大叫,跺着脚,命令叶日立即把另一位花边女工医好。她担心巴霞一个人编织花边力不胜任。

王后喊道:"需要什么,都给你提供;如果你不马上治疗斯塔霞,就用乱棍打死你!"

叶日吓得心惊胆战,偏偏这时国王从旁插了一句话:

"且慢,我的王后,说不定这个老头儿是满口胡言呢!"

无意中的一句话触到了叶日的痛处。他急忙分辩说:

"我从来不说假话!快去拿一口盛着开水的大锅,再拿一口锅盛上冷水,给我准备一罐蜂蜜、一袋豌豆和一壶凝乳。我要锁上房门,我们马上就给斯塔霞治病。"

侍从们按照叶日的吩咐备齐了各种物品,把斯塔霞抬了来,这位女工已经奄奄一息了。

叶日锁上房门，把豌豆扔进锅里，把蜂蜜和凝乳涂满斯塔霞的全身，然后把她往热水锅里一浸，斯塔霞失声尖叫，痛得钻心。叶日又急忙把她浸在冷水里，喊声更加厉害。

"救命啊！快来救命！"

人们闻声赶来，闯进房间，斯塔霞浑身水泡，两眼紧闭，叶日在一旁倾尽全身力气向她身上吹气，累得他汗珠成串成串地流淌。

国王看到花边女工头发上满是凝乳，鼻子上沾着蜂蜜，满身都是热水烫起的大泡。"看来，这个老家伙把我们给骗了。"国王命令把叶日押进监狱，专等明早砍头示众。

早晨，把叶日带到断头台前，刽子手正在磨斧头，国王亲自来监斩。

这时候老泪纵横的叶日呼唤豌豆神前来搭救他。

"快快来，豌豆神，快来救我一命！"

话音刚落，豌豆翁出现了，他附在叶日身旁对他低声说：

"叶日，我可以救你，但是你必须承认你吃了面饼，并且承认你胡说会治病。"

可是叶日还是一口咬定他从不说谎，苦苦哀求快救他一命。

豌豆翁无可奈何，长叹了几口气，他只好请求国王开恩赦免叶日。

国王说："我可以赏你金币，也同意宽恕这个骗子，但是你必须把斯塔霞治好！"

豌豆翁走进王宫，治好了斯塔霞，斯塔霞坐在巴霞身旁，灵巧的手不停地编织起王后衣衫的花边。叶日老人当然也被释放了出来。

傍晚，国王把黄金赏给了豌豆翁。钱真多，看起来叫人眼花缭乱。

豌豆神不知从哪里搞来一个大豌豆荚，大得有如一只小船，他们双双坐进豆荚船，把金币也装了进去，豌豆神念起咒语，小船飞上天空，一眨眼的工夫小船已经降落在叶日初遇豌豆翁的那个菜园。

豌豆翁把金子分成三份。

"一份归我,一份给你,第三份送给那个吃了面饼的人。"

黄金在阳光下亮灿灿,真诱人。叶日想起了自己的凄苦生活,但是他还是咬紧牙关说:

"我没有吃面饼……"

豌豆翁又叹了口气,在豌豆秧下面挖了一个小坑,把自己的那一份黄金埋到地下,把另外两份全给了叶日。

"拿着这些钱,回家去吧!我就留在这里,需要我的时候,喊我一声,我马上就到,但是,只有当你说真话不说谎的时候,我才能帮助你。"

叶日告别了救命恩人,穿过小树林,向本村走去。

看,穿红衫的小孙子跑来迎接他,他抱起了小孙子,亲了又亲。忽听树林里发出惊人的吼叫,一头发了疯的牛在狂奔——大地在颤抖,牛蹄踏地溅起无数火星。疯牛看见红衣衫,就猛扑过来,小孙孙的性命马上就要葬送……

就在这千钧一发的时候,叶日老人急喊豌豆神来救命。豌豆神立刻出现在眼前:

"承认吧!我给你金币!"

叶日看着疯牛就要扑向他的孙子,急忙说:

"是我吃了面饼!快救人,我要你的金币有什么用!"

豌豆神抿嘴笑了笑,疯牛立时不见了——原来那是一棵弯曲的白桦。

从此以后,叶日不再说谎话了。

(章晨 译)

绵羊和山羊

作为德国启蒙运动的杰出代表，高特荷特·埃·莱辛以其伟大的戏剧家、艺术评论家身份而闻名于世。他的《萨拉·萨姆逊小姐》《艾米莉娅·嘉洛蒂》《智者那旦》等剧作，猛烈地抨击了专制统治，热情地歌颂了人道主义的思想。他的《汉堡剧评》和《拉奥孔》，早已成为西欧古典文艺理论和美学的经典之作。然而，有更多的孩子和成年读者不会忘记，他还是一位卓越的寓言作家。他的作品在我国翻译出版的版本之多，影响之大，在此不必赘述。有意思的是，他的寓言多以动物为主角，蛇、狼、鹅、驴等形象，无不在每个故事中担任了作者所赋予的不同意义的象征角色。

羊，这种常见的家畜，在莱辛的寓言里经常出现。我很早就读到过一篇关于绵羊的故事，十多年后，又读到了另一篇关于山羊的故事。我感兴趣的是，这两篇故事中的羊都与角有关系。

《宙斯和绵羊》讲的是所有的动物都伤害绵羊，绵羊于是找到宙斯，希望能减轻它的痛苦。宙斯看着温顺的绵羊，检讨自己把绵羊造得太缺少防御能力，决定给予它獠牙和利爪，没想到绵羊断然拒绝，因为它耻于和猛兽为伍。宙斯决定给它像蛇一样的毒液，绵羊又拒绝了。宙斯建议它接受一对利角，绵羊则反驳说，它绝不愿意像山羊那样好斗。宙斯提醒它："你要防御别的动物来伤害你，你就得能够去伤害别的动物啊！"绵羊叹息着，收回了自己的请求，决定保留自己原来的样子，它的理由是："忍受不义比从事不义要好些。"

而在《山羊》的故事里，莱辛告诉我们，山羊原来是没有角的，它也找到了宙斯，希望能够给它两只角。宙斯警告它好好考虑一下，"和角这份礼物连在一起不可分割的，还有一件东西，它是不会使你们感到满意的。"但是，山羊坚持自己的要求，如此一来，山羊不但得到了角，还有胡子！莱辛写道："这可恶的胡子使它们多痛苦啊！这痛苦远远超过它们引以为荣的角带给它们的喜悦！"

所有的武器都意味着仇恨，哪怕是防御的武器。我们不仅仅能够从利刃上看到死亡的诅咒，同样也可以从盔甲的坚硬中看到斑斑血渍。仇恨是幸福的对立面，是人性里的坏疽，绵羊拒绝那些利爪獠牙和毒液，都源于它不想在自己心中种下仇恨的种子，哪怕要为此付出生命的代价。丢掉了任何防御，意味着它要忍受危险和恐惧暴力的痛苦，但即便是这样，它也不愿意放弃自己的立场，充满仇恨的生活远远比它失掉生命更难以忍受。宙斯的想法则简单，以暴制暴在他的伦理秩序里是不可缺少的一环，因为他要的是公正，而公正意味着要保证每一个人的安全和利益分配的合理，因此冲突不可避免，野蛮和暴力不可避免。这就是宙斯要赠予绵羊致命武器的理由。

有很多人把幸福和利益混为一谈，而我们知道，幸福不仅仅要靠自己来创造，真正的幸福也是由他人参与和给予的，前提是你能够拥有以自己的所作所为来赋予他人回赠你幸福的能力，然而这并不意味着他人必须给你回报——也就是说幸福不能被交换，同样，幸福也不能够被分配。但利益则不同。公正就是用来维护人际关系中这一交换和分配的基本原理和控制方式。因此，绵羊的言行有可能会被认为是"夸张的人道主义"，因为它"善待了"不值得善待的人。我想，绵羊不会是出于"仁慈"那种高高在上的姿态而做出放弃抵抗的决定，在一个弱肉强食的世界里，它本属于"弱者"，却有着超出"不义"的意志和勇敢。不要忘记的是，它为了高于求生本能的幸福观和价值观一直在忍受痛苦，此时谈论"美德"矫情而可恶，在我看来，它这么做仅仅是一个沉默者表达生命尊严和价值的唯一方式，连宙斯的祝福也不能切实有效地帮助它摆脱注定被吃掉的厄运。但是即便如此，绵羊的忍受依旧令人感动和尊敬，对此种情形，法国哲学家贝尔特朗·维尔热里在《论痛苦》中写道："因为他是一个抗拒暴戾、不公和有良知的生灵，所以他觉得痛……而忍耐映射出善，忍耐者竭力做到比侵袭者更强，同时提防自己受到诱惑回头来反击。如果没有忍耐，对'恶'做出反应的感觉最终会在绝望中伤害自己或者为了复仇而伤害他人。"所以，绵羊所要忍受的痛苦，不仅仅有来自其他动物的伤害，还有奋起反击的暴力欲望和来自绝望的诱惑，谁又能说这种忍受是没有意义的呢？

山羊显然属于完全的利己主义者。它主动要求拥有双角，显然是为了利益，自然它的利益和它认为的幸福是一回事，其行为带来的后果则是一把象征着丑陋的"可恶"的胡子。莱辛将绵羊最终从可能的暴力中解放出来，从而获得了意志的真正自由，而山羊却不得不带他的武器和羞耻的"胡子"被利益和仇恨所奴役终生。

德国｜高特荷特·埃·莱辛

宙斯与绵羊

所有的动物都伤害绵羊。于是绵羊来到宙斯面前，恳求减轻它的痛苦。

宙斯表示同意，对绵羊说："我看得很清楚，我温顺的生物，我把你造得太缺少防御能力了。我要尽我的所能来补救这个过失。现在你来选择吧，我应该让你的嘴长出獠牙，还是使你的脚生有利爪呢？"

"噢，不，"绵羊说，"我不要那些跟猛兽相同的东西。"

"或者，"宙斯接着说，"让我在你的唾液中放进毒质？"

"不！"羊回答说："毒蛇是非常被人仇视的。"

"那叫我怎么办呢？我在你的额头上安上角，再给你一个坚强有力的颈项吧。"

"不要这样，仁慈的父亲；那我会像山羊一样好斗的。"

宙斯说："不过，你要防御别的动物来伤害你，你就得能够去伤害别的动物啊！"

"非得这样不可吗？"绵羊叹气说，"唉，仁慈的父亲，就让我还是原来的样子吧。因为有能力去伤害别的动物，我害怕会引起去伤害别的动物的欲望；忍受不义比从事不义要好些。"

宙斯为这只温顺的绵羊祝福，绵羊从此也就忘记诉苦了。

（高中甫　译）

德国｜高特荷特·埃·莱辛

山羊

　　从前山羊是没有角的；山羊请求宙斯给它们两只角。

　　"好好考虑考虑你们的请求，"宙斯说，"和角这份礼物连在一起不可分割的，还有一件东西，它是不会使你们感到满意的。"

　　可是山羊坚持它们的请求，于是宙斯说："好吧，就让你们有角吧！"

　　山羊得到了角——还有胡子！从前山羊也是没有胡子的。噢，这可恶的胡子使它们多痛苦啊！这痛苦远远超过它们引以为荣的角带给它们的喜悦！

（高中甫 译）

权威教育与笨蛋

早晨去菜市场买菜,沿路看得见很多学生背着沉重的书包,谈论着学校里的事情,尤其是写不完的作业,不时有对老师的诅咒传入耳朵。孩子们脸上明显有着睡眠不足的疲惫,但也洋溢着只有那个年龄才有的顽皮、聪明和生气。

很少有哪个学生敢于反抗老师的权威,即便他们心中充满鄙视和怨恨,也不得不服服帖帖地熬夜完成作业。也很少有家长站在孩子一边,切实可行地给予孩子支持,理由是:不这样怎么能考上好大学?读一所好大学意味着孩子未来能找到一个好工作,过上衣食无忧的生活。到底有多少人想过,这个孩子是否快乐?他能否获得真正的幸福?我不知道。但无可置疑,现行的分数教育已经产生了太多会考试的笨蛋,这些人中后来又有一部分从事教书育人的工作,想来真是悲哀又恐惧——他们自己本身既不快乐也不幸福,遑论再去教育下一代的孩子!

法国遗传学家阿尔贝·雅卡尔曾担任法国教育部长,1999 年 3 月 22 日,他在法国《人道报》发表了一篇题为《我,阿尔贝·雅卡尔,教育部长,我发布》的文章,明确表示:必须消除学校中的一切竞争观念,必须放弃打分数,同样要结束筛选这竞争的附属品,因为它类似于一种形式的惩罚,尤其是依这样一种思想设计的教育制度只能产生出因循守旧、缺乏创造力和想象力的人。

前不久有报载,在全球 21 个受调查国家中,中国孩子的计算能力排名第一，想象力排名倒数第一，创造力排名倒数第五。面对这个可怕的结果，我们的教育体制、文化传统、教育观念乃至每个教师和家长，都难辞其咎。权威和惩罚威胁下的教育导致这样一种结果是必然的，因为它完全忽略了每个个人应该得到的尊重，也扼杀了他们个性自由发展和心智成长的天赋与潜力。那么，是否存在一种没有权威和惩罚的教育呢？

有一个童话故事，说的是国王有四个儿子，分别叫倒霉蛋、幸运蛋、傻瓜蛋、宝贝蛋。每个蛋过生日，都要独自出门到蛋糕王宫取一块蛋糕。大哥倒霉蛋第一个去。他想要一块蓝莓蛋糕，一路上就念叨着"蓝莓蛋糕，蓝莓蛋糕"。半道上他摔进一个水坑，结果把这句话摔丢了。他问蛤蟆，水坑里的蛤蟆告诉他那句话是"一个水坑"，结果他就念叨着"一个水坑，一个水坑"继续走。到了蛋糕王宫，魔法师就按照他的念叨，给了他一个水坑。倒霉蛋把水坑养得越来越大，水坑成了大海，他变得又有名又富裕，吃到了数不清的蓝莓蛋糕。接下来，他的兄弟幸运蛋、傻瓜蛋、宝贝蛋也都经历了与大哥相似的经历，不是撞到树上，就是摔进稻田里，摔丢了原来想要的东西的名字。但是，他们并没有因为这样的过错而受到任何惩罚——像我们以往读到的童话那样，有了错误和教训人才会变得聪明。他们几乎在善意的、顺其自然所隐含的祝福下，出人意料地都得到了自己最初想要的东西，每个人都快乐幸福,根本没有变成老国王所担心的"笨蛋"。

童话的作者是肖定丽，童话的名字叫"四大名蛋"。四个人物在这个童话中的经历相似，结构重复,出乎读者的意料。这样的童话看似"笨拙"，但却蕴含着大智慧。重复的人物命运一致指向一个目的，那就是快乐的没有惩罚的教育，同样能够达到一个可期待的目的——或者说是最好的目的。

我在读这篇童话时，心中充满了喜出望外的感觉。原来深刻的童话也可以这么写，可以写得"没有道理"和自由。类似的童话我读到过的还有安徒生的《老头子做什么都是对的》。一个看似处处吃亏的老头子，因为老伴儿无条件的信任,最终赢得了一袋子金子,过上了安逸的生活。他们的快乐建立在老头子和老太太彼此之间毫无保留的爱,唯有爱才能够给人带来真正的幸福。那么,我们是否应该反思一下,权威和惩罚的压制,最终会给孩子们带来什么?

按照恩格斯的说法,"一方面是一定的权威,不管它是怎样形成的,另一方面是一定的服从"。权威意味着统治和威慑,而惩罚就是执行权威的手段。利用权威和惩罚来教育孩子的想法,已经将孩子置于失败和压抑之中。不受到伦理监督和制约的权威教育,势必会产生"我将摧毁你、统驭你"的后果。人们在考量教育的目的的时候,几乎都会用"我是为了你好"这样的理由,但这样的理由大多也是以施教者自己作为标准。如果教育的目的不是使孩子成为他自己,而是成为一个潜在的暴君或者只会屈服于权势的笨蛋,我想这大约也有违大多数家长和老师的初衷吧,除非施教者早已别有用心。

1989年11月20日第44届联合国大会第25号决议通过了《儿童权利公约》,明确指出:十八岁以下的儿童将和成年人一样享有1948年国际人权宣言中所规定的所有自由和权利。它包括了儿童在意见表达、思想意识、宗教、结社、和平集会甚至在个人生活方式上得到尊重等方面的自由。这一公约直接挑战了成年人和施教者的权威地位,它意味着儿童在人格方面与成年人的绝对平等。欧洲的一些国家已经开始尝试放弃权威和惩罚式的教育,代之以感同身受的关爱和对孩子的理解尊重,从这一点来看,我们的教育方式依旧在一个野蛮的阶段,这不能不说是极大的悲哀。

中国丨肖定丽

四大名蛋

蛋蛋王国的国王生了四个儿子：倒霉蛋、幸运蛋、傻瓜蛋、宝贝蛋。

蛋蛋国王说："你们是国王的儿子，要变得有出息，成为一只名蛋。如果你们什么都不愿做，没有一个人会知道你们，你们会成为可怜的笨蛋。"

每个蛋过生日那天，蛋蛋国王都要派他们独自到蛋糕王宫，找魔法蛋糕师取一只蛋糕吃。一个蛋独自出门，会遇到很多事情，能否吃到蛋糕，得全靠他们自己。

第一年，大哥倒霉蛋第一个去。

他要去取一只蓝莓蛋糕。

蓝莓蛋糕，蓝莓蛋糕……他走着念着。

半道上，扑通，掉进了水坑。

一只蛤蟆把倒霉蛋推上水坑，因为水坑里的水太少了，只能容纳下一只蛤蟆。

倒霉蛋抹抹头上的水，"天哪，我的东西掉进水坑了！"

蛤蟆说："水坑里除了我，没有别的东西。"

"我刚才念的话掉进了水坑，请把它摸上来。"倒霉蛋说。

"哦，一个水坑。你念的就是这个。"蛤蟆瞎胡说道。

一个水坑，一个水坑……倒霉蛋念着走着。

到了蛋糕王宫，蛋糕魔法师问他："你来干什么？"

"我来取一个水坑。"

蛋糕魔法师叹了口气，送给他一个水坑。

倒霉蛋好爱这个水坑,他养着水坑,成天挖,水坑越来越大,水越来越多。成了一条小河,他养着一条小河,成天挖,小河越来越大,水越来越多,成了大海。倒霉蛋在海里放了一条船,他成了海盗,又有名又富有。他吃到了数不清的蓝莓蛋糕。成了一大名蛋。

第二年,幸运蛋也要去蛋糕王宫去取蛋糕。

他要去取一只黑莓蛋糕。

他先去问大哥:"大哥,我也想像你一样成名,我该怎么做?"

倒霉蛋说:"见了魔法师,就说你要一个水坑。"

一个水坑,一个水坑……他念着走着。

一头撞到树干上。

是两棵大树,树枝连树枝,中间有一个鸟窝,窝里住着两只鸟,他们一直没有生蛋。

两只小鸟拦住幸运蛋,把他抬到窝里去。

"当我们的蛋吧,我们要把你孵成小鸟,当我们的孩子。"母鸟说。

"我同意。"公鸟叫道。

"我不同意。"幸运蛋赶快说,"不是所有的蛋都能孵小鸟。再说,我要变成鸟,我妈会认不出来我的。"

母鸟说:"他有妈妈。看来我们想孩子想疯了。"

"唉!"公鸟叹口气。

他们把幸运蛋送到地面上。

"我还有东西留在窝里。"幸运蛋叫道。

"你光溜溜的,什么也没留下。"公鸟冲着他喊。

"我嘴里念的。"

"哦,两棵树。"母鸟不想让幸运蛋失望,随口说道。

两棵树，两棵树……幸运蛋念着走着。

到了蛋糕王宫，蛋糕魔法师问他："你来干什么？"

"我来取两棵树。"

蛋糕魔法师叹了一口气，递给幸运蛋两棵树。

幸运蛋好爱这两棵树，今天浇水，明天施肥。小树变大树，大树生小树，成了小树林。小树林继续长，成了大森林。幸运蛋拥有整座森林，他又有名又富有。他吃到了数不清的黑莓蛋糕。他成了一大名蛋。

第三年，傻瓜蛋要去蛋糕王宫取草莓蛋糕。

他先去问大哥和二哥："我也想像你们一样成名，我该怎么做？"

大哥说："就说我要一个水坑。"

二哥说："就说我要两棵树。"

傻瓜蛋想：我两个都念，会得到更多。

一个水坑，两棵树；一个水坑，两棵树……他走着念着。

却不知不觉进了绿色的稻田。

第一块稻田里尽是蚂蚱绘画爱好者，他们把傻瓜蛋的脸涂得花里胡哨。

第二块稻田里尽是爱唱歌的水鸟，叽叽喳喳的歌声，差点没把傻瓜蛋的耳朵吵聋。

第三块稻田里的水老鼠是足球爱好者，把傻瓜蛋当球踢出来。

傻瓜蛋摔个四仰八叉，水老鼠们笑成一片。

"请把我的东西还给我。"傻瓜蛋说。

"是想再补一脚吗？"一个水老鼠吓唬他说。

"是我嘴里刚才念的东西，请给我扔上来。"

"三块稻田。"一个尖细的声音哄倒霉蛋说。

三块稻田，三块稻田……傻瓜蛋念着走着。

到了蛋糕王宫，蛋糕魔法师问他："你来干什么？"

"我来取三块稻田。"

蛋糕魔法师叹了一口气，递给傻瓜蛋三块稻田。

傻瓜蛋好爱这三块稻田，锄草，收割，脱粒。三块稻田变成六块稻田；六块稻田变成十二块稻田……多得一眼望不到边。他变得又有名又富有。他吃到了数不完的草莓蛋糕。他成了一大名蛋。

第四年，宝贝蛋又要去蛋糕王宫取香草蛋糕。

他先去问大哥、二哥和三哥："我也想像你们一样成名，我该怎么做？"

大哥说："就说我要一个水坑。"

二哥说："就说我要两棵树。"

三哥说："就说我要三块稻田。"

傻瓜蛋想：我三个都念，会得到更多。

一个水坑，两棵树，三块稻田；一个水坑，两棵树，三块稻田……他走着念着。

半路上，被四个怪兽抓住。

"煎了吃。"

"炒了吃。"

"煮了吃。"

"一半煎，一半炒，一半煮。"

四个怪兽围着宝贝蛋吵吵。

意见不合，他们打了起来，因为他们的脾气一个比一个坏。

四个怪兽受伤倒在地上。

宝贝蛋得救了。

"喂，刚才我嘴里念的是什么？"宝贝蛋问。

"四个怪兽！"四个怪兽齐声大叫。

四个怪兽，四个怪兽……宝贝蛋念着走着。

宝贝蛋到了蛋糕王宫，蛋糕魔法师问他："你来干什么？"

"我来取四个怪兽。"

蛋糕魔法师叹了一口气，递给宝贝蛋四个怪兽。

宝贝蛋好爱这四个怪兽。他教他们学认字，变戏法，变出更多的怪兽。怪兽们聪明又勤劳，他们建造了一个怪兽王国，孩子们都爱来这儿玩，成了旅游胜地，宝贝蛋当上了国王。他变得又幸福又富有。不过，他不爱吃甜食，一只蛋糕也没吃过。他成了一大名蛋。

四大名蛋的故事讲完了，有趣吧？现在蛋蛋国王不知道会不会为四大名蛋骄傲，因为他已经去世了。

纯朴无价

孩子很小的时候翻画书,看到一个词,问我:"无价是什么意思?"

我回答:"就是没有价钱……"

"哦,"孩子说,"那就是不值钱啦。"

我说:"无价就是非常珍贵。"

孩子又说:"珍贵也就是不值钱,对吧?"

孩子说的有错吗?似乎没有什么错。大凡世界上最珍贵的东西,都是无法用金钱购买的。譬如"纯朴"和"天真"。

有个印度的童话,叫"纯朴的割草人",讲的是住在森林边的一个老人,靠割草做饲料为生。他把省吃俭用攒下的钱存到罐子里,一直到罐子存满了。老人不知道该拿这些钱做什么,因为他觉得自己什么都不缺。后来,他到市场上买了一只金镯子,然后去拜访一个商人朋友。他问:"谁是世界上品貌双全的女人?"商人马上回答:"东方公主!"老人说:"把这只手镯拿去给她,只对她说这是钦佩品貌双全的人送给她的礼物。"

商人便再一次远航,找到东方公主,把镯子和老人的口信一并捎给了她。东方公主欣喜不已,但对赠送人的匿名感到迷惑,于是回赠了几匹贵重的丝绸衣料。商人把丝绸带给老人,老人不知道拿这些丝绸做什么好,就又问:"世界上最英俊的、最有德行的男人是谁?"他请求商人将衣料送给此人。商人回答说:"西方王子。"于是,商人把这些丝绸送给了西方王子。王子惊讶之余决定回赠十二匹骏马。如此一来,认为金银财宝对自己毫无用处的老人，不断把王子和公主赠送的贵重礼物再回赠给公主和王子，直到公主和老国王认为送礼的人一定是个神秘富有的求婚者，但老人却坚决拒绝。他认为自己太老了，配不上公主，英俊、有德行的西方王子才是适合她的丈夫。

故事的结尾，当然是王子公主相亲相爱结了婚，而老人站在自己家门口向他们告别，手里拿着的是"那天一早他所采摘的最新鲜、最芳香的草叶子"。

我是在一本名为《秋空爽朗》的书里看到这篇童话的。这部书的作者收集了很多童话用于分析"童话故事与人的后半生"的关系。很自然，作者一反往常人们所认为的"童话只和人的童年发生关系"的观念，提出了童话对人的老年一样有着重大影响的观点。作者艾伦·奇南是一位精神病医生，他写作这本书的原因非常感人：他看到自己年迈衰老的父母渐渐面对即将来临的死亡感到孤独无助，才下决心用童话结合荣格的老年发展心理学，创作一部奇特的书——对于"那些因老之将至而感到忧虑的人，它是一剂充满智慧的良药"。

在这篇童话中，老人放弃他认为"无用"的钱财在一般人看来是愚蠢的，王子和公主馈赠给他的财宝本来可以改变他贫困的生活，他也分毫不受。老人显然超越了自私自利者所能理解的范畴，他的纯朴和天真才是送给世界的最珍贵的礼物。

老人第一次把镯子送出去，并不是为了换取更多的财物，而仅仅是为了向"品貌双全"和"英俊、有德行"的人表示钦佩，可以说此时的金镯子本身已经具备金钱不能衡量的价值，它是作为一种精神交流的象征物被馈赠给受赠人而不求任何回报。但是，东方公主和西方王子在接收到礼物时，首先想到的是交换——你给我礼物，我一定要回报。作者在此分析说，他们两人的举动是出于自私的考虑——为了维护他们的名声和荣誉，是出于傲慢、权势和礼貌，而不是利他主义。我以为作者这样讲未免有失公允，除去"傲慢和权势"不说，礼貌本身也是一种精神财富，尽管"交换"原则本身并未超出利益的范畴，但是交换作为一种行为方式，虽然没有"不求回报"高尚，可它在世俗意义上仍然是公平的。和王子公主对待礼物的态度完全不同的是，老人拒绝了所有的礼物，等于拒绝了改变命运的机会。那么，老人为什么不愿意改变自己的命运呢？人们所理解的"幸福生活"，和老人理解的有什么不同？

法国哲学家勒维纳斯在《塔木德四讲》中，专门对于天真的品质如何面对欲望的诱惑做了精辟的分析。他认为，在一般人看来，"所有不以知为前提的行为都被当作贬义词：天真"。一般而言，天真的自发性与宽厚不同，天真的自发性是不假思索的慷慨，宽厚则是经过了善良等品质思索后的选择。但是在割草老人这里，天真与宽厚并无矛盾，天真同样能做到宽厚选择的行为，但却是更自发、更主动的行为。既能够承担整个善恶，使天真显露无碍，且能在欲望的危险之中防范种种不测，这是从知到行需要的一个合理的解释。那么，我们知道，割草老人并非是一个对物质和欲望"不知"的人，否则他割草存钱的举动就无法解释。但是，对于他来说，幸福是一种心理感受，它不以物质的多寡为标准，而仅仅以心理的满足为目的。多余的金钱对于他来说毫无用处，物质的过度欲望显然对于他的品性无法构成作用力。他没有想成为更为富有的人的欲望，也就是说，他的行为来自成熟的价值判断和深思熟虑，确认自己的生活本身值得坚持和一以贯之。在此，老人的天真和淳朴恰恰如勒维纳斯所说，并非是一种童心的回归，而是经历沧桑后未被"聪明化"的天真，是责任之中的自由选择。

我无意贬低人们对于物质生活的追求，但我认为，唯有像割草老人这样的人，才有可能"危险而又安全地生活在真相的世界之中"，才能够"听到海妖塞壬的歌声，而不影响归程"。

印度｜民间童话

纯朴的割草人

从前，在很远的地方，有个老人独个儿住在森林边上。老人靠割草做饲料为生，他省吃俭用地把攒下的几个钱都存到了一个罐子里。一天夜晚，他盘算着这么多年他到底积攒了多少钱币，于是打开了罐子朝里面看了看。他惊异地发现罐子里的钱币数量已有不少。他搔了搔头，想着如何用掉自己这笔小小的财富。他并没有过多的奢望，也不想看到这些钱币无所用处，于是乎，他想出了个主意。

第二天，老人到了珠宝商那里，买了一只漂亮的金手镯，然后去拜访了他的一个做商人的朋友，老人问他道："谁是世界上品貌双全的女人？"

商人立即回答道："东方公主！"

"把这只手镯拿去给她，"割草老人说，"只对她说这是钦佩品貌双全的人送给她的礼物。"

商人于是又一次出海远行，并且很快来到了公主下榻的王宫。他把手镯交给了她，并向她转述了老人的口讯。公主看到这件漂亮的礼物欣喜不已，但对赠送人的匿名却感到迷惑不解。但无论怎样，她回赠了礼物——几匹贵重的衣料。商人回到了割草人的身边，交给了他几卷丝绸衣料。

老人不知用这些贵重的衣料做些什么好，他也无意将它们留在身边。于是，他向朋友问道："世界上最英俊的、最有德行的男人是谁？毫无疑问，他比我更适合用这些衣料。"

"那肯定是西方的王子了。"商人回答道。在老人的要求下，他把这些贵重的衣料拿去交给了那位高贵的年轻人。王子对这份赠送者不具名的礼物不知如何是好，但是他给了商人十二匹纯种马作为回报。

"我用这些马做何用呢！"老人在他的朋友呈献给他这么多匹马之后惊叫道。然后，他想出了个法子。"我的朋友，你自己留下两匹马，把其余的交给东方公主。她会比我更好地照料它们。"

商人大笑着远行去了东方，将马匹交给了公主。公主对这份新的、更慷慨的礼物不知如何是好，于是去请教她的父亲她该怎么办才好。"还他一件更华贵的礼物"，他说，"你的崇拜者就会难为情地不会再送什么了！这件事也就了结了。"于是公主委托给商人二十头骡子，每一头都载满了银子。

"二十头装满银子的骡子！"老人看到他的朋友回来后惊叫道，"我用它们做什么用呢？"因而，老人让他的朋友留下六头装满银子的骡子，而将其余的送交给西方王子。

王子看到如此奢华的礼物时，感到很惊讶。王子回送了二十头骆驼和二十头大象，每头都满载着贵重的礼物，可说是略胜一筹。当他的朋友带着商队回来时，割草人惊叫道："只有一件事要做了！"于是老人要商人留下两头骆驼、两头象而将其余的带到东方公主那里去。

来到了公主下榻的宫殿，她的父母对这一奢华的礼物感到震惊。"这只说明了一件事，"国王和王后对女儿说，"这个人盼望娶你！"于是他们请求商人引见女儿神秘的求婚者。商人听了之后吓了一跳。要是国王和王后发现了这全部事儿都是由一个穷老头儿引起的，将会勃然大怒！但是商人无法拒绝国王的请求，于是闷闷不乐地率领着皇家的一行人走上了回去的路程。

商人提前一天抢在前头赶到老人住的村子去警告他的朋友。"我们该怎么办？"商人哀诉道。然后他同割草人一道悲叹他们的命运，担心会激起国王的勃然大怒。那个夜晚，商人很沮丧地回到了皇家队伍，而割草老人一个人往悬崖走去。那时，天色很黑，他想要跳下悬崖。"最好今晚死了，也不愿明早受到羞辱！"他心里想。他想试试，但是吓得不敢跳。在极度的羞愧中，

他倒在了地上。

这时，悬崖下闪现出一丝光亮，出现了两个天使。"你为何这么绝望？"他们向老人问道，老人向他们述说了他的处境。闪闪发亮的天使微笑着，其中一个触摸了老人一下，而另一个朝着老人的茅舍挥了挥手。刹那间，老人的破旧衣服变成了华丽的礼服，那简陋的棚屋被突然出现的富丽堂皇的宫殿所取代。天使们于是消失了。

老人惊得发了呆，在宫殿周围徘徊，感到不知所措。仆人们立即蜂拥上前，把他带进宫中，让他躺在柔软的床垫上。第二天早上，他们叫醒了他，为他着装，正当吹鼓手们从宫殿的筑垒那边吹响礼号时，东方国王和王后与他们的女儿一道光临了！率领他们走在最前面的是大惑不解的商人，他在困惑中瞪大了眼睛凝视着这座新宫殿。割草人出面迎接了这支皇家队伍，他的仆人同时摆设好了丰盛的宴席。然后国王凑近老人，问道：

"我知道你想要娶我的女儿，对吗？如果是这样，我完全赞同。"

老人感到很惊讶，但是他谢绝了。"我太老了，配不上她。"他说。然后他想出个主意。"但是我知道谁是她最合适的丈夫！"他高叫道，于是他请求商人去邀请西方王子来这里做客。王子于是来到这里并爱上了公主。在老人的宫中，他们举行了婚礼。大家都参加了连续数日的庆祝典礼。最后，国王和王后起程离开了，王子和公主也起程离开了。但是他们在骑马前行时停了下来向老人致敬。国王的士兵吹响了一百支号角，挥舞着上千面旗帜。老人微笑着，站在他的新家外面。他向他们深情地告别，挥舞着那天一早他所采摘的最新鲜、最芳香的草叶子。

（刘幼怡 译）

活在地狱里的人

大凡受苦人都比较容易满足,诸如那些生活在最下层的人们,大人物们的一点小恩小惠都会使他们忘掉所遭受的苦难,转而感恩戴德地赞美起那些压迫他们的人。我不明白为什么格林兄弟会选择一个鞋匠来做一则童话的主人公:他从来不知道什么叫满足,也就是说他从未感到过幸福。这让我开始明白,此一类人无论穷富,都是一样的不幸。

《鞋匠师傅》在格林童话中属于篇幅比较短的故事,主人公鞋匠对什么都不满,周围的人没有一个合他心意,妻子、徒弟、保姆,全在他每天呵斥指责的范围内。连邻居家盖房子,他也会跑去指手画脚、吹毛求疵,仿佛他才是房子的主人。这位"职业法官"最大的爱好就是对别人进行责骂,其无孔不入的挑剔简直登峰造极。

有一天,他梦见自己进了天堂,圣彼得警告他:"不要找天堂里任何东西的岔子,不然你会倒霉的。"鞋匠对此置若罔闻,看到马车深陷泥泞,他幸灾乐祸,并对天使横加挑剔。天使们不理会他的颐指气使,他居然咆哮着说:"蠢货!瞧你们干了什么事?自从开天辟地以来有谁见过那样拉车子的?可是你们,傲慢无知,自欺欺人,还以为什么都懂!"忍无可忍的天使终于一把将他推出了天堂。

这位鞋匠师傅长了一双可怕的眼睛,所有进入他视线的人都充满了缺陷,扭曲而且丑陋,哪怕是完美的天使也不例外。格林兄弟对他种种行为的描述,看起来既可笑又令人愤懑——他把周围所有人都变成了一无是处的低能儿、笨蛋和傻瓜。这个自以为是的鞋匠内心充满了自大和傲慢，他永远有理——这也意味着只有他才是世界的主宰，一切都以他的好恶为标准，尽管他仅仅只是一个地位低下的普通鞋匠，但其本性却和任何一个暴君无异。不难想象，假如他成了一个国王，该有多少人遭受他的奴役和鞭笞，这个国家将陷入多么可怕的境地。

"让我告诉你……""你是不是糊涂了？""难道我没教过你怎么做吗？"……在鞋匠师傅貌似苦口婆心的"好意"下，深藏的是一种绝对支配别人的欲望，是以其个人的意志取代和毁灭他人意志的独裁思想，是渴望将他人全部归属于自己权力属辖范围内、沦为奴隶的狂妄。纵观人类历史，相当多"完美主义"者在"完美"的幌子下，实行的却是极端个人主义的极权主张。此等极端个人主义的本质在于个人利益的最大化，在这个基础上，无视他人的利益和权力则顺理成章。因此，当一个人对你说"我是为你好"而强迫你唯命是从的时候，就该警惕了：希特勒也曾说他所做的一切都是为了"日耳曼民族"，而历史上那些暴君无不以"为了天下黎民百姓"为由而大加杀戮、疯狂掠夺那些黎民百姓。有学者指出，用极端个人主义处理民族关系，则形成种族主义；处理国家关系，则形成帝国主义，两者相结合便是法西斯主义。法西斯一词源于古罗马"束棒"的音译，束棒是一束打人的笞棒中间插着一把执行死刑的斧头，它象征着国家最高长官的权力。这种绝对的权力没有任何限制，而法西斯带来的灾难性后果举世皆知。

话又说回来，在我们每个人的身体里都有可能藏着一个丑陋的鞋匠，一个小小的法西斯分子。他从来不知餍足，不知感恩，以为自己有权要求和苛责他人。他伸得过长的手臂永远碰不到自身权利的边界，对于他来说，别人的权利子虚乌有，别人的感受大可忽略不计——鞋匠一劳永逸地取消了他们作为有血有肉的人的痛苦，如同那是一堆可以随意劈斩的木头。一个人能否感受到别人的痛苦，恰恰是善良萌芽的土壤，是所有要求建立平等和公正秩序的前提。故事里的鞋匠不仅仅有一根被变态欲望喂得最肥的肠子，也有着永不言败的劲头儿——当他从梦中醒来，第一个念头就是马上起身，继续监督"把一切都搞糟"的妻子、徒弟和保姆。他为自己"没有当真死去"而感到高兴，却不知他继续活在地狱里，并且把周围人的生活也变成了地狱。

格林兄弟的智慧在于他们仅仅是讲了一个故事而不加道德的文字评判。真理永远是可怕的双刃剑，而故事不是真理，故事只提供意义。一想到诉说真理的人几乎不可避免地会让真理长出一副"自己人"的面孔，我就觉得自身那个"鞋匠"也跳了出来，对着别人挥舞大棒、指手画脚。所以，在这篇文章结束的时候，我愿意在大棒对准自己的那一刻，将这篇文章轻轻抹去——像格林兄弟惯用的那样，发出自嘲的笑声，并吐出一口幽幽的叹息。

德国 | 格林兄弟

鞋匠师傅

  鞋匠师傅个子矮小、枯瘦如柴却又生性活泼，他可是一刻也闲不住。他长着个突出的鼻子朝上翻起，有着一张灰色的麻脸，留着一头灰不溜秋的蓬松头发，和一双不停左右闪烁的小眯眼。他什么都看在眼里，对什么都吹毛求疵；他对什么都清楚，而且总是他有理。他走在大街上，总喜欢指手画脚，就像在划船一样。一次他把人家女孩子提的桶子撞到了半空中，自己也成了落汤鸡。他却边抖水，边对女孩吼道："你这蠢货！没看见我就走在你后头吗？"他是个有手艺的鞋匠，干活时，拔起线来总是很用劲，站得离他不远的人准会挨拳头。没有哪个学生能在他那儿干上一个月，因为他对最好的手艺也要挑剔找碴儿，不是说缝得不齐，就是说一只鞋长了；不是说一只鞋跟比另一只高，就是说皮子没锤够。"慢着，"他对学徒说，"让我告诉你怎样把皮子锤软。"说着他就操起根皮带，在学徒的背上狠狠抽几鞭。他把他们全叫作懒虫，而他自己也没干多少活，因为他不可能耐得住。如果他妻子早上起来把火生上，他就会跳下床来，光着脚丫子冲进厨房，吼道："你要把我的屋子给烧了吗？火这么大，可以烤熟一头牛。你以为柴火不要钱的吗？"如果女仆站在洗衣桶旁说笑，他就骂她们，说："你们这些呱呱叫的鹅，有活不干，只晓得搬弄是非！怎么，用的是新肥皂？真是可怕的浪费，可耻的懒惰！你们只想保养手，不肯好生地搓衣服。"他会跳上去踢倒装满肥皂水的桶，整个厨房可就闹水了。如果有人造房子，他就赶紧跑到窗口去看看，"瞧，他们又在用永远干不了的红砂石！"他叫着，"住在里面不生病才怪！看看这些人砖砌得有多糟！另外，这砂浆也一点不顶用，里面不能放沙，应放砾石！等这屋子倒塌下来砸了人头，到时有好戏看了。"他坐了下来，上了几针线，又跳了起来，解开围裙，叫道："我要出去，劝劝他们讲点良心。"他碰到了木匠们，"这是什么？"他喊道，"你们没按墨线干活！你想横梁会直吗？一下就会散架的！"他从一个木匠手里夺过斧子要给他做示范，可是，当一辆装满泥土的车子过来时，他扔下斧子，直奔站在车边的农民："你是不是糊涂了？"他说，"谁会把小马套在这么重的车子上？可怜的小东西不当场压死才怪呢！"农民没理他，鞋匠师傅只得气鼓鼓地跑回他的作坊。他刚坐下，学徒就递给他一只鞋。"哎，这又是什么东西？"他一声尖叫，"难道我没教过你别把鞋底切得这么宽吗？谁愿意要这种鞋？除了鞋底什么都没有了。我重申一切都要按我的吩咐做！""师傅，"学徒回答说，"您说得很对，这只鞋是只坏的，可是，它是出自您之手，刚才您跳起来时把它碰到桌子底下，我只是把它捡起来，就是天上的神仙说，您也不会相信。"

一天晚上，鞋匠师傅梦见自己死了，正向天堂走去。到了天堂，他使劲地敲门。"真奇怪！"他自言自语说，"他们的门上连个门环也没有，叫人敲得指关节痛。"使徒彼得打开了门，想看是谁这么急着要进来。

"啊，是你呀，鞋匠师傅，"他说，"好吧，我让你进来，可你得改掉你这坏毛病，不要找天堂里任何东西的岔子，不然你会倒霉的。""用不着你警告我，"鞋匠师傅说，"我知道好歹，再说，这儿的一切，谢天谢地，都是完美的。这儿与尘世不同，无可挑剔。"于是他踏了进去，在广阔的天堂里四处游荡。他环顾四周，左瞧瞧，右瞅瞅，时不时地摇摇头，口里嘀咕着什么。这时，他瞧见两个天使抬起了一根木梁，他们不是竖着抬梁木，而是横着扛着。"世上没见过这么蠢的事！"鞋匠师傅想，可他并没有说什么，表面上露出了满意的模样。"反正结果一样，不管他们横着拿还是竖着拿，只要他们觉得合适就行，话又说回来，我的确没看见他们撞倒什么东西。"不一会儿，他又瞧见两个天使在用桶从井里打水，不过他也注意到那桶是漏的，水从四面八方流了出来。原来他们是在给大地浇灌雨水。"得了吧,"他突然喊道,但幸亏他改了口没骂出来,心想,"或许这只是好玩吧,但如果只为了消遣,那天堂里他们什么也不必做,只是闲逛。"他又继续往前走,看到了一辆深陷在泥里的推车。"难怪,"他对站在车旁的人说,"谁会这样装东西?你放了些什么在上面?""良好的愿望,"那人说,"我没法把它们拉到正道上,但幸亏我还是把车拉了上来,在这个地方他们不会叫我陷落的。"果然来了个天使,在他车前套了两匹马。"那就对了,"鞋匠师傅想,"但两匹还不够,至少要四匹才能把车拉出来。"这时另一个天使又牵来了两匹马,可是他并没有把马套在前头,而是套在车后面。这下鞋匠师傅再也忍不住了,"蠢货!"他大发雷霆,"瞧你们干了什么事?自从开天辟地以来有谁见过那样拉车子的?可是你们,傲慢无知,自欺欺人,还以为什么都懂!"他还想一个劲儿地说下去,一位天堂居民堵住了他的喉咙,用一种不可抗拒的力量把他推出了天门。在天门下,鞋匠师傅回过头朝那辆车望去,看见它被四匹长着翅膀的马拉了上来。就在这时,鞋匠师傅醒了。"天堂和人间就是不一样,"他自言自语道,"那儿有许多事情是情有可原的。但是谁有耐心看着四匹马一前一后地套在车子上而不发火呢?再说,给长有四条腿的马装上一对翅膀本来就是画蛇添足,愚蠢之至。我得起身了,不然他们会把屋子弄得一团糟的。我没有当真死去,真幸运!"

(杨武能 译)

灰：几乎就要黑

我在读法国童话作家杰侯姆·胡里埃的书。他比我大一岁。他的妻子伊莎贝尔也是一个童话作家。

书打开，最先出现在我的眼前的，是几排圆圆的颜色。

第一排是四种不同的红色圆。然后是第二排：蓝色系，有三种蓝颜色。

在第三排里，猛一看似乎有四个深浅不一的绿色圆。但如果仔细看，就会发现有一个灰色圆夹杂在绿色中间，非常不显眼。

有两个圆没有在队列里。它们站在右边很突出的地方。

一个是灿烂的黄色。黄颜色是国王。一个是黑色，对着国王张开了大口。

书里出现了一行字："有一天，黑色的于布吃掉了国王。"

新国王——也就是黑色于布宣告，他要把所有的颜色吃掉。红色家族马上哀求，但哀求没有用，于布吃掉了所有的红色。这时，一个声音幽灵般出现了，它悄悄说："别出声，还好，我不是红色家族的人。"

蓝色愤怒地抗议于布的暴政，抗议也没用，黑色于布一个接一个把蓝色也吃掉了。

那个声音又悄悄说："别出声，还好，我不是蓝色家族的人。"

于布接下来继续吞掉了绿色。

最后，只剩下巨大的黑色于布，和那个一直躲在角落里告诫自己千万不要出声的灰色。灰色对自己说："别出声……"可是，于布还是毫不犹豫地把它吃掉了。

黑国王于布吃得太多，终于膨胀爆炸。所有的颜色都逃了出来，并回到原来的地方。而且，大家很快都忘掉了黑色的国王于布。只有最后被吃掉的臣民，灰色臣民除外——现在，灰色脱离了排列整齐的队伍，跑到了比金色国王更前方的位置。它说："为了不让人们忘记那段历史，我就成了一个讲故事的人。"

这本名为《黑色的国王》的薄薄的童话看完了，我的眼前还晃动着那些颜色。巨大凶狠的黑色国王占据了几乎整个页面，可怜胆怯的灰色臣民畏缩地躲在一个旮旯里。这则童话让我想起德国牧师马丁·尼莫拉著名的《斯图加特悔罪书》——"在德国，起初他们追杀共产主义者，我没有说话，因为我不是共产主义者。接着，他们追杀犹太人，我没有说话，因为我不是犹太人⋯⋯最后，他们奔我而来，却再也没有人站起来为我说话了。"

这段话被镌刻在美国波士顿犹太人屠杀纪念碑上，并为众多人所铭记。相比马丁牧师深刻的话语，《黑色的国王》无疑更像是给那些刚开始换乳牙的孩子们看的书。醒目的色块，短短的但又是必须的话语，可视、形象的画面，更多的没出现在画面中的东西，居然能够直接把它的手伸进读者的胸膛里，掏出我们内心的惊惧，我们的胆怯，我们那可悲的人性"灰色"的幽暗在光天化日下曝光。

灰色，在色彩学里最接近黑色。灰色暧昧不明，在视觉和心理上都从属于黑色。画家刘永琨告诉我，没有绝对的灰色，只有各色颜料调和出来的相对灰色。即便是黑和白，也无法调出绝对的灰。灰加黑就能变成黑。而在《黑色的国王》这个故事里，灰色是权力的奴隶，以对野蛮暴力保持沉默的方式以求自保。尽管事实证明，这自保无非是自欺欺人，但是，当其他被黑国王吃掉的颜色毙命之时，灰色的沉默意味着对野蛮势力的默认，对受到残害的弱小者的痛苦无动于衷。

有没有感到羞耻的灰呢？我不知道。因为不表态意味着放弃自己的立场，也意味着对强权和暴政的投降——"别出声，我绝对不会和杀人的国王为敌。"既如此，它也就承认了自己是黑色国王客观上的帮凶。对，一个明哲保身的胆小鬼，一个有教养的、文质彬彬的奴才。

为什么会有这种居然能够相信靠沉默和顺从就能逃脱权力奴役的人呢？

最早哀求告饶的红色，首先被干掉。那些勇于反抗的蓝色、绿色也被无情地吞吃。忠实的臣民灰色在这一过程中，以为靠自己的"别出声"就能侥幸逃脱覆灭的命运，实在是不知道强权的残忍和贪婪。它恐惧的是：强权和暴政会蛮横地将自身的存在制度化、合法化。这样，如果有人胆敢对他的野蛮行径进行起诉和抗议，那么服务于暴政的律法将会直接把这个不屈的生命吞噬。委琐而胆怯的灰色正是由于这个原因而不敢作声。

可是，灰色与蓝色、绿色不同的地方在于，后者知道，独裁和强权是不会有臣民的。连好奴才最终也会一点不剩地在这头巨兽巨大的臼齿间粉身碎骨。

这本童话是作者胡里埃自己动手画的插图，写的字。那块卑微的灰色，几乎就成了黑色。

幸好，它最后成了讲这个故事的人——因为耻辱令它再也不会忘记"别出声"后的命运。

那块圆滑的灰色，你在哪里的人群中、在每个人身上的什么地方藏匿着？孩子们，这本书能教会你们真正地救自己——反正很多大人已经没救了。

法国 | 杰侯姆 · 胡里埃

黑色的国王

有一天，黑色的于布吃掉了国王。

于布说："知道我是谁吗？我是你们的新国王。现在，我要把你们都吃掉！"

红色家族的人哀求道："尊贵的陛下，请您放过我们吧！"

可是，于布非常饿，他一个接一个地，吃掉了红色家族的人。

我对自己说："别出声，还好，我不是红色家族的人。"

蓝色家族的人愤怒地对于布说："你太过分了！"

可是，于布还是很饿，他又一个接一个地吃掉了蓝色家族的人。

我对自己说："别出声，还好，我不是蓝色家族的人。"

绿色家族的人气得大喊："你是什么国王？你想把我们都吃掉！"

于布还是很饿，他继续吃掉了绿色家族的人。

我对自己说："别出声，还好，我不是绿色家族的人。"

最后，只剩下于布和我。

我对自己说："别出声……"

可于布还是一口吃了我！

于布大声说："知道我是谁吗？我是一个没有臣民的国王！"

于布吃得太多，走路不稳，摔了一跤！

"嘣！"于布爆炸了……

所有被于布吃掉的人，都逃了出来。

大家都回到了原来的地方。

所有人都忘掉了黑色的国王于布……除了我。

从那以后，为了不让人们忘记那段历史，我就成了一个讲故事的人。

（谢逢蓓　译）

爱的悲伤

知道麦兜吧？——"知道。一头卡通小猪。"

真的知道麦兜吗？——"……不知道。"

如果我够诚实，我就会这么回答。

麦兜太流行了。我对所有流行的东西都没有兴趣。流行和时尚令我想起那些努力想要出人头地的东西。没错，流行事物最初的欲望正是要和其他人拉开距离、建立等级，树立自己的优越感；但同时它又希望身后会有一大群追随者和模仿者——它想不到的是，恰好是流行毁了它自己，正像德国哲学家齐奥尔格·西美尔说的那样："时尚的发展壮大导致的是他自己的死亡，因为它的发展壮大即它的广泛流行抵消了它的独特性。"

可悲的是，某些真正有价值的东西也这样被一起牺牲掉了。譬如，多年来被我完全忽略的麦兜。有那么几年时间，我在大街的书报摊上、书店的架子上、电视机里，到处都能看到那只胖胖的小猪。说"看"太正式了，我仅仅是"瞥"——瞥见而已。偏见使我像忽略所有娱乐节目里的陈词滥调一样，完全对麦兜视而不见。除了他是一只小猪，其他的故事我根本没有兴趣停一下脚步，认真地看上一眼。

于是，麦兜带给我的快乐就推迟了很多年，它以给我一次哽咽悲伤的机会——这样奇特的方式，赠予我模糊了眼睛、让泪珠滚落下来的快乐。

前不久，作为一对双胞胎女儿的谦卑的母亲，我从另一对双胞胎儿子的伟大的父亲——黄集伟先生那里搬回了一摞和孩子教育有关的书籍。

其中就有一本关于麦兜的书《这是爱》。书里有很多插图，也有很多小孩或者小猪的稚语。《我来，是要给大家幸福》，是我无意中翻到的一篇。

自从看了这篇故事后，我逮谁就跟谁讲这个故事。

第一个听我讲这个故事的，是个诗人。在电话里，我说了很久。我认为我选对了人。

第二个听我讲故事的，是两个人——应该这么说：是第二个和第三个人，她们是我的双胞胎女儿。吃晚饭的时候，她们端了碗不动，听我讲，嘴里咝啦咝啦，脖子伸着，像是吞咽下苦东西。

第四个听我讲故事的，是我妹妹。前文学女青年和业余诗人。完了她瞪着眼睛说："那只火鸡真好呀。"她夸自己的丈夫时也是这样："老陈真好呀。"

第五个听我讲故事的，是大名鼎鼎的蒙古族作家鲍尔吉·原野先生。看他听完故事后愣愣的神情，我有些暗自得意。要知道，他是我见到过的第二个会讲故事的人；第一个是邹静之先生。

原野先生沉默了一会儿，先问："作者是香港的？"

得到肯定的回答后，他又沉默了一会儿，说："他真会写。写得真悲伤。他真懂孩子的心。"

在打算写这篇文章的时候，我搜集了一些关于麦兜和火鸡的资料，才知道，麦兜原本极其喜欢吃火鸡，曾专门有篇故事（拍成了动画电影）讲麦兜和他的妈妈把一只圣诞火鸡吃到了端午节，最后不得不让妈妈把火鸡肉扔掉。但在《我来，是要给大家幸福》这个故事中，来自养鸡场的一只火鸡成了麦兜的朋友。麦兜很快意识到这个天真质朴的朋友来得不是时候——再过两周就要过圣诞节了。更要命的是，老师给火鸡起了个名字叫"小庄"。有了名字，它就不再是一只普通的火鸡。看过《怪物公司》的人应该都记得，大怪物苏利文给人类的小孩起名字叫"阿布"时，绿色独眼怪麦克是如何吃惊地阻拦他说："不要给她起名字，否则你就会对她产生感情！"……随着麦兜和小庄愈来愈亲密，麦兜听小庄认真地给大家介绍怎么到超市挑选火鸡、怎么样才能烤好火鸡时，他和所有的小猪们都惊呆了。麦兜不再嘲笑小庄不会 123 和 ABC，开始紧张地策划漏洞百出的计划，想在圣诞到来之前帮助小庄逃走，不料小庄却平静地说："我来，是要给大家幸福。"

小庄的坦然令麦兜不知所措。小庄说自己生下来只有一个目的，那便是成为圣诞火鸡。"这不是大家盼望着的吗？闪亮的夜，闪动的人，映照在那金黄色的鸡胸肉上，香气跟圣诗卷进了回忆……我已经是最幸运的了，我学会了 ABC，也得到了你的关怀。世上没有比我更幸福的火鸡。"说完，小庄被带走了。

读到这里，我和小猪麦兜一样"哭得说不出话来"。

世界上的爱有许许多多，但不是所有的爱都能给人带来幸福、快乐。有的爱会让人窒息——当它以占有和支配别人为目的；有的爱会让人产生仇恨——当它没有教会人奉献、宽容和等待。但是，能给人快乐和幸福的爱同时也会使人悲伤——当我们失去它的时候。

这不是悲伤的爱，这是爱的悲伤，也是爱的幸福。

唯有曾经的幸福，才会使我们悲伤。但幸福在我们身边时，却是那么平常，尤其是当爱我们的人把自己所有的一切都给了我们时，就像小庄最后说的话："我来，是要给大家幸福。现在，我有了名字，给大家带来点儿哀伤。"

中国香港 | 谢立文

我来，是要给大家幸福

（一）

圣诞节前的两个星期学校来了只火鸡，他说："我来，是要给大家幸福。"

火鸡连名字也没有。他说他是从鸡场来的。鸡场里的鸡，都是没有名字的。Miss Chan给他起了个名叫小庄Jonathan，他很感激。

由ABC到123，小庄什么也不懂。他说他是从鸡场来的。鸡场里的火鸡什么也没学过。小庄被一个"愿望成真"的计划选中，因此可以尝到学校上课的滋味。他看来也很珍惜这个难得的机会，虽然什么都不懂，但什么都很专心地听着，很用心地学。唱游时间，我们一起跟着音乐跑啊跑，一头毛毛都湿了。

我们取出手帕抹汗，小庄没有手帕，只一边喘气，一边傻笑。他说鸡场里是没地方可以乱跑的。Miss Chan给他几张纸抹汗。

Miss Chan赞小庄是个好学生，不用一星期，就已经学会了二十六个字母。Miss Chan在小庄的手册上盖了三个红兔印。我们有点羡慕，也有点不服气。因为小庄实在有太多太多东西不认识。那天画图画，小庄歪歪斜斜地画了一个黄色的圣诞老人。我们说圣诞老人都是红色的。他笑着笑着又画了一棵黄色的圣诞树。

（二）

其实小庄也不是什么都不懂，起码有关于火鸡的种种，他肯定是个专家。有一次他教我们选火鸡的方法，如何解冻，还讲到腌火鸡的配料、烤火鸡不会过熟的秘诀等等。他指着自己的胸口说："当插在鸡胸肉上的温度计噗的一声弹起，火鸡便熟了。"我们听着，嘴也合不起来。小庄看见我们的表情，也就不再说下去。

但我还是感到很不安。妈妈骂学校整蛊作怪，搞什么"愿望成真"。她说："其实这是每天都发生着的事。差别不过是我们不认识他们，他们亦没有名字。"我不明白妈妈的话。

第二天回到学校，我已经想好了一整套帮助小庄出走的计划。我拉小庄到一角落，一口气说了其实漏洞百出的大计。小庄听完，鸡翅尖拉着我的猪手，说："我来，是要给大家幸福。"

他说："我生下来，就只有一个目的。没这目的，便没鸡场，没有人喂饲，没成长，甚至没出生。圣诞火鸡！这不是大家盼望着的吗？闪亮的夜，闪动的人，映照在那金黄色的鸡胸肉上，香气跟圣诗卷进回忆，恋恋不去，你的生命，也因此而丰盛……这些，不都是大家盼望着的吗？"我傻愣愣，竟点点头，又猛力地摇头。

他说："我已经是最幸运的了。我学会了 ABC，也得到了你的关怀。世界上没有比我更幸福的火鸡。"我已经哭得说不出话来，Miss Chan 看见，把我抱走。

（三）

明天是圣诞假期前的最后一天，学校将有一个圣诞派对。我用我有限的零花钱，买了条手帕。妈妈见我闪闪躲躲在找针线盒，一眼便把我看穿。她问："你的新朋友叫什么名字？""小庄 Jonathan。"妈妈花了一晚上，把名字绣上手帕。

小庄拆开礼物，捧着手帕，看见自己的名字。之后我们唱圣诗，玩游戏，吃布丁。校长在门外，与一位姨姨握手。姨姨走进来，跟我们说了声"Merry Christmas"，把小庄带走。

（画外音）……之后我们唱圣诗，玩游戏，吃布丁。我第一次吃布丁。我拆开礼物，看见一条手帕，上面绣着小庄 Jonathan，我的名字。我来，是要给大家幸福。现在，我有了名字，给大家带来点儿哀伤。

通向艺术之路

1892年，对于基督教新教牧师约翰·黑塞来说，注定是一个不平常的年头。就在这一年，他最器重的儿子赫尔曼·黑塞在他的逼迫下，进了玛尔布隆神学院学习。老黑塞的理想是希望儿子像他和他的父母一样，作为上帝的追随者——传教士，度过"高尚"的一生。不料，他的梦想以儿子翻墙从神学院逃跑而落空。被关了禁闭、以沉默抗拒父权的赫尔曼·黑塞对父亲进行了极端的威胁：若要再强迫他回到神学院，他就立刻开枪自杀。就这样，赫尔曼·黑塞换来了自己的自由。老黑塞做梦也没有想到，正是他自己早年在印度传教游历的经历，和他自己对东方文化的迷恋（老黑塞写过一本《老子——基督诞生前的圣人》），影响了小黑塞的一生。

赫尔曼·黑塞对于东方文化的神往在他的作品中比比皆是。1907年，老黑塞把自己研究中国哲学的文章推荐给儿子读，同时，小黑塞得到了一本汉学家汉斯·贝特格翻译出版的诗集《中国牧笛》，这本诗集里李白等人的作品对他影响至深。1913年，他写的童话《诗人的帽子》讲的就是一个中国诗人的故事。同年，他还写过一首诗，题为《献给女歌手婴宁》，有方家认为这位女歌手就是《聊斋志异》中的狐女婴宁。1923年出版的《悉达多》写的是释迦牟尼悟道的故事，但是，黑塞在给好友茨威格的信中明确表示："我笔下的圣者虽然穿着印度袈裟，但他的智慧更接近老子而非释迦牟尼。"他还根据《东周列国志》中"幽王烽火戏诸侯"写出了《周幽王的故事》。

在这些与东方有关的作品中，童话《诗人的帽子》是我最早看到的作品。有意思的是，这篇童话的题目有不同的版本，有译为"诗人"，也有翻译为"通向艺术之路"。我读到的是杨志军翻译的《黑塞童话选》，1990年版本。读完这个童话我发现故事和"帽子"完全没有任何关系，或许，作为一个隐喻，黑塞童年的理想是当个魔术师，而魔术师的帽子是最神秘的东西，所谓"帽子戏法"大约指的就是这种神秘莫测的变化。显然，"诗人的帽子"这个题目寄托了黑塞的某种理想，笔者不懂德语，因而无法判断这几种题目的译法到底谁更准确，但有一点可以认定，这个故事取材于中国《列子·汤问》。

还记得第一次读完这篇童话后我曾经苦思冥想："我一定在哪里听到过这个故事。"几年后，我忽然想起老父亲很早以前跟我讲过"薛谭学讴"。这则故事的原文就出自《列子·汤问》："薛谭学讴于秦青，未穷青之技，自谓尽之，遂辞归。秦青弗止，饯于郊衢，抚节悲歌，声振林木，响遏行云。薛谭乃谢求反，终身不敢言归。"

在黑塞的童话里，学习唱歌的薛谭变成了年轻诗人韩福克，歌唱家秦青变成了隐居山林的"语言大师"。六十余字的故事，在黑塞笔下扩展成三千余字的童话。作为一个小有名气的诗人，韩福克苦于无法表达出他在元宵节看到的火树银花的美妙景象，也无法描绘出歌女们曼妙的歌喉和舞姿，深感自己被欢乐抛弃，因为"只有当他的诗能出神入化地反映世界时，只有当他的诗万古流芳时才是他的幸福"。此时出现了一位老人，几句吟哦便完美无瑕地把韩福克眼中的美景表达出来。年轻诗人佩服得五体投地，决定离开家乡和美貌的未婚妻，追随"语言大师"学诗。语言大师惜字如金，并不教他作诗法，只是默默通过弹琴让韩福克自己去体悟音律。每当他写出一首自己满意的诗，语言大师都不加评论，只是悠然弹琴，却将韩福克诗中的内容和意境表达得更完美和生动。沮丧的韩福克除了佩服别无他想。

两年后，思乡心切的韩福克向老师请假，回到了家乡。晚上，他看到自己的父亲在呼呼大睡；他翻墙爬上一棵梨树，看到未婚妻在梳头——"他把自己看见的这一切和他在想家时眼前的画面相比，觉得只有在诗人的梦中才有美和魅力。"韩福克现在面临的问题和两年前的元宵节不同了。以前是苦于不能表达现实之美，现在却发现艺术之美高于现实。他立刻不辞而别，回到了语言大师身边继续自己的艺术学习。

以后，他多次想逃跑，但每一次都会被老师充满魔力的琴声吸引回来。他开始恨这个老家伙，甚至想杀了他，认为他毁掉了自己的生活和幸福。这些心思都被语言大师知晓，大师微笑着告诉他：你做什么都可以，杀了我也没问题。韩福克激动地喊："我怎么会恨你呢？我这是在恨上天呀。"

韩福克继续留下来学习，很多年过去了，最后，他终于把诗写得无与伦比，而他也感到：年龄和时间的增长与消失已没有了意义。某天，在语言大师神秘地失踪后，韩福克回到了家乡。他的父母和未婚妻早已离开人世。又一个元宵节到了，站在河岸上，韩福克神思恍惚，"他也分不出这是上次元宵节还是又一次元宵节。那时他还年轻……"故事就结束于这辨不清时光的记忆之中。

黑塞笔下的韩福克是一个负有特殊使命的人，他自觉地担负起这一使命，便注定了要过与众不同的一生：所有世俗的欢乐几乎都与他无缘，他的欢乐全部来自于对语言的学习和创造。唯有通过这一创造，他才能拥有属于自己的幸福，唯有通过这一既寂寞又充满活力的创造，他才会战胜时间，留住那些永生不死的快乐时光。而后一种快乐，是普通人完全无法想象和享受到的，它只会赐予那些以牺牲了世俗的快乐为代价的创造者们。

黑塞"从十三岁就明白自己要么就成为诗人，要么就什么都不是"，这一点和韩福克对自己的期许如出一辙。一旦选定了这条艺术之路，便意味着要放弃太多普通人应该拥有的东西——对韩福克来说是故乡、父母、未婚妻、后代的繁衍；对黑塞来说同样也要放弃父母的期望、故乡、正常的婚姻和社交生活——第一次世界大战开始使他不再相信德国，从而投身反战运动，却遭受围攻，1923年他放弃德国国籍，加入瑞士国籍。他的第一个妻子因他遭受德国狂热战争分子攻击的牵连，罹患抑郁症，导致精神分裂，夫妇双双接受心理治疗；而他与第二个妻子露特·温格尔离婚时，法院的判决书这样写着："被告人（黑塞）……倾向于过一种隐居的生活，不能按照别人的意志行事，仇恨社交和旅行。他在那些文字里（《疗养院》和《纽伦堡之行》）称自己为隐居者和怪人、失眠者和心理病患者。相反，女原告人年轻，热爱生活和社交以及热烈的家庭生活。"

黑塞创作《诗人的帽子》时三十六岁，他大约已经开始看到自己走上艺术之路后所付出的巨大代价，所以童话里才会出现想要杀死"语言大师"的念头。不可否认，艺术之路虽然艰巨坎坷，但远非逼出人命的罪魁祸首。须知，令黑塞命运多舛的根源不是文学和诗歌，而是惨绝人寰的世界大战和所有反人类的思潮。反过来说，正是伟大的文学和诗歌，拯救了黑塞濒临崩溃的精神世界，使他创作出众多为人类的文明增添光荣的作品——至今，他还活在我们的阅读之中，活在滋养我们心灵的思索里——艺术，使黑塞永生。

瑞士 | 赫尔曼·黑塞

诗人的帽子

有人讲了这样一个故事：有个中国诗人叫韩福克，年轻时一心学习，并要在作诗上达到"语不惊人死不休"的地步。他住在黄河边上，父母非常疼爱他。父母亲按照他的愿望给他和一位出身好的姑娘订了婚，并准备选择一个良辰吉日办喜事了。那时韩福克大约有二十岁，长得一表人才，谦虚知礼，爱谈诗论文。虽然还很年轻，却已写出一些在诗界颇有影响的诗篇了。他的未婚妻有一笔数目可观的嫁妆，人出落得如同天仙一般，又很贤惠，和诗人真是天生的一对儿。但是诗人并不满足，因为他想成为一个真正的诗人。

一天晚上，黄河上人们在庆祝元宵节。韩福克独自一人在河那边徘徊。他靠在一棵大树上，树枝伸到了水面上，看着河面上万灯齐明的倒影，看着船上、木排上的男女老少互相问候，穿着节日的盛装，犹如百花争妍。他听到歌女们歌声嘹亮，琴声悠扬，笛手们奏出悦耳的乐声。诗人的心在激烈地跳动，思潮像万马奔腾，他也非常想到人群中去，和未婚妻与朋友们共同享受节日的欢乐。可是他更想详细地观察这一切，把它写下来，用一首完美的诗来反映它：淡青色的夜，明亮的水面，欢庆节日的人们，静静的旁观者的热望，靠在树干上的诗人。他发觉，自己虽然身在节日中，但当人们欢乐的时候，却不能共享其乐。他赞叹山河的秀丽，却感到自己好像是局外人。他很伤心，思考着这件事。他想，只有当他的诗能出神入化地反映世界时，只有当他的诗万古流芳时才是他的幸福，才能使他的内心感到满足。

韩福克不知道自己是清醒的，还是在睡梦中。他听到有响动，在树干旁出现了一个陌生人，是一位穿着紫色长袍的老人，脸上现出庄严的表情。他站起身，向这位老人问好。老人面带微笑地说出几句诗，把年轻人刚才心中的情绪都说出来了。诗完美无瑕。犹如一个大诗人的杰作，年轻人佩服得五体投地。

他深深地鞠了一躬，大声问："你是谁呀？怎么会用这么优美的诗句把我心中的感受淋漓尽致地表达出来，而且比我所有的老师的诗句还要美呢？"

老人笑了，笑得如同一位智者。他说："如果你想成为一位诗人，就到我那儿去吧。我住在西北方的大山中，在大河源头的竹屋里。我的名字叫语言大师。"

说着老人走到窄窄的树影中去，一晃就不见了。韩福克睁大眼睛也找不到一点儿老人的影子。他想，这一定是因为自己累了以后产生的幻觉。他赶忙来到船上，和大家一起庆祝元宵节。但是在谈话和笛声中，总有一个陌生人的神秘声音在他身边响起。他的心好像也随那人去了，因为他坐在那儿，就好像是在一个陌生的地方，那梦幻般的眼睛好像看见兴高采烈的人们在友好地和他开玩笑。

节日过去几天了。韩福克的父亲想把亲戚朋友们找来，把办喜事的日子订下来。年轻人反对说："对不起，父亲，我不能听您的话。您知道，我是多么想成为一位出色的诗人啊！虽然很多朋友交口称赞我的诗。但我明白，我只不过是个初学者，刚刚走上学诗的道路。所以我请求您，让我独自一人潜心学习。在我看来，如果我先成家，就会断送掉我的事业。现在我还年轻，没有什么负担，还要用一段时间来学习作诗，诗会使我得到欢乐。"

他的话使父亲很惊讶。他说："你把作诗看得比什么都重要，为了它甚至可以推迟婚期。是不是你和那位小姐闹别扭了？告诉我！我帮你调解，调解不行就再找一个。"

儿子发誓说，他一直很爱那位小姐，也从没闹什么别扭。他告诉父亲，就在元宵节那天，有一位语言大师托梦给他，现在做他的学生就是儿子的最大幸福。

父亲说："好吧。我给你一年时间，在这一年里你可以实现自己的愿望。"

韩福克有些犹豫地说："也许要两年时间，谁说得准呢？"

父亲有些忧伤，但毕竟让他去了。年轻人给未婚妻写了告别信后就走了。

他走了很远很远，来到大河的源头，在十分孤寂的地方找到了竹屋。竹屋前的竹席上坐着一位老人，正是他在河岸边大树下看到的那位。老人在弹琴。他看见年轻人怀着敬畏的心情走近了，也不站起身来施礼，只是微笑着，灵巧的手指在琴弦上上下下拨动，迷人的琴声如同山泉一样叮咚作响。年轻人站在那儿欣赏音乐，听得那么入神，把周围的一切都忘了，直到语言大师把琴放到身旁，走进竹屋里去。韩福克才毕恭毕敬地跟进竹屋。从此他就伺候老人，并做他的学生。

一个月过去了。他学习了很多知识，已经看不上过去自己所作的那些诗了，便把它们都忘掉。又过了几个月，他又让自己把在家中向老师学的那些诗都忘掉。语言大师一句话也不和他说，只是默默地教他弹琴，直到他懂得了音律。有一次，他写了一首小诗，描写了秋高气爽、两只鸟在天空翱翔的景象。韩福克很喜欢这首小诗，但他不敢给语言大师看。一天晚上，他在竹屋旁唱起了这首小诗。语言大师听见了，但还是不加评论，只是在琴上轻轻地弹奏，这时天变凉爽了，天空昏暗，刮起一阵大风。正是夏天，灰蒙蒙的天上飞着两只苍鹭，飞得那么急，这画面比学生的诗要动人多了。学生忧心忡忡，不说话了，感到自己的诗没有价值。他每作一首诗，语言大师就这样做。一年过去了，韩福克的琴弹得十分熟练了，然而作诗对他来说却更难、更崇高了。

两年过去了，年轻人十分想家，想亲人，想未婚妻。他请求语言大师让他回家。

语言大师微笑着点了点头："你自由了，愿意去哪儿就去哪儿吧。"

诗人的帽子 | 217

学生启程回家，日夜兼程。一天早晨，他终于回到故乡。他悄悄来到父亲的院子里，隔着卧室的窗子听到他呼吸的声音，他正在酣睡。韩福克又来到未婚妻家，爬上一棵梨树，透过树梢看见未婚妻站在屋里梳头。他把自己看见的这一切和他在想家时眼前的画面相比，觉得只有在诗人的梦中才有美和魅力。他从树上爬下来，跑出院子过了故乡的桥，回到高山峡谷之中。语言大师还在竹屋前的凉席上坐着，用手指击着琴弦，他没有问候，又说出两句令人喜悦的诗句，它的内容深沉悦耳，年轻人的眼泪都流出来了。

韩福克又在语言大师这儿住下来，老师照常教他弹琴。几个月很快过去了，学生又有两次想家。一次夜里他跑了，还没拐过最后一道峡谷，琴在夜风中又响了，声音传到他的耳中，他忍不住又跑了回来。第二次他做梦，梦见他在院子里种树，他的妻子站在一旁，孩子们在用酒和奶浇树。他醒了，月光照到屋里，他迷乱地起了床，看见语言大师在隔壁躺着，白胡子在颤抖。他忽然感到十分恨这个人，好像是他毁灭了自己的生活，葬送了他的锦绣前程。他想扑上去，杀死他。这时老人睁开了双眼，微笑了，笑得那么悲哀、那么微妙，这微笑解除了学生的武装。

老人轻声地说："你想想，韩福克，你愿意干什么就干什么。你恨我，要杀死我，这和我并没有关系。"

诗人十分激动地喊："我怎么会恨你呢？我这是在恨上天呀。"

他又留在这儿，接着学弹琴，学完琴又学吹笛子，最后和老师学作诗。慢慢地他学会了这种神秘的艺术，就是要把话说得简单明了而朴素无华，要在读者心中掀起波澜。他在诗中描写初升的太阳，它在山峰上冉冉上升；鱼儿在无声地游戏，一会儿就不见了；杨柳在春风中飘动。这诗不只是写太阳、写鱼、写柳条儿，而且在描写广阔的天空，描写无垠的大地。每个人在读诗时，忽而快乐，忽而悲哀，这里有他们的爱和恨。孩子在想游戏，年轻人在想爱人，老人在想着生与死。

韩福克也不知道自己在这儿，在大河的源头，在语言大师身旁待了多久。他常常感到自己才来不久，老人在用琴声欢迎他。有时他又觉得，年龄和时间的增长与消失已没有了意义。

一天早上，他在竹屋中醒来，发现老师不见了。只过了一夜，却好像已经是秋天了，一阵狂风摇撼着破旧的竹屋。山峰上有鸟群飞过，而这时还不是鸟儿远去的季节。

韩福克拿起琴，踏上了回故乡的路。他见到的人都像对尊敬的长者那样问候他。家乡到了，可是父亲、未婚妻和亲戚们都死了，住在他家中的是别人。这天晚上，人们又在河上庆祝元宵节。诗人站在黑暗的河对岸，靠着那棵老树，弹起琴，妇女们听到琴声，向夜空中投去惊喜的目光。年轻的姑娘们在叫弹奏者，但却找不到他，她们喊着告诉他，还从没人听过这么动听的琴声。韩福克会心地笑了。他向河中看去，千万只灯在游动，分不出哪些是灯，哪些是影。他也分不出这是上次元宵节还是又一次元宵节。那时他还年轻，听到了一位陌生人的话。

（杨志军 译）

宫泽贤治的猫

说说猫吧。

曾经，我喜欢并养过好几只猫。和我感情最深的是一只名叫老虎的猫，死后我把它写进了一篇名叫《小狗老李》的童话中。它在里面是配角，却是非常重要的配角。我很想念它。我还养过一只大花猫，有点神经质，喜欢拨弄吉他，在我家待的时间最久。二十年前，我养过两只白色波斯猫，很是疼爱。但有一天，我最喜欢的一只突然发狂，窜到我身上一阵凶狠抓咬，那时我正在喂它。它抓够了，优雅地跳下来去吃东西，一副温柔无比、惹人疼爱的样子。我遍体鳞伤，恐惧颤抖。这件事完全改变了我对猫的看法。

以后的日子，我养过狗、刺猬、鸟、蜗牛，但我再也不会养猫。有段时间，我常把日本动画片《猫的报恩》误当作宫泽贤治的童话，因为里面有一个"猫的律师事务所"，直至静下心看了宫泽贤治的童话，才知道那原本就不是同一个故事。

猫在宫泽贤治的童话里有点诡异，似乎那不是人类可以养的动物。在《小提琴手高修》中，大花猫偷了他种的还没有成熟的西红柿，又步履蹒跚扛着去当礼物送给他，像长辈般不生分地跟他抱怨："啊，累死我了！搬这东西可真不是件轻松的活儿。"吃惊的高修对于猫的嚣张轻慢，用一曲暴风骤雨般的《印度狩虎曲》报复了它——那只喜欢舒伯特小夜曲的猫，被高修的小提琴演奏完全弄疯了，它上蹿下跳，不断求饶，最后以落荒而逃告终。看来，猫有一种不讨人喜欢的自以为是和老于世故，宫泽贤治到底对它有些警惕。

在《山猫和橡子》的故事里,一郎被穿金色披肩、瞪着一双滴溜圆绿眼睛的山猫请去当法官,在一群穿红裤子、自吹自擂的橡子们面前判定到底谁是最厉害的橡子。聪明的一郎说:"长得最丑、最笨、最难看的就是最厉害的橡子!"这一招令山猫佩服得五体投地。山猫在橡子面前装模作样、趾高气扬,在一郎面前察言观色、虚荣贪婪,使一郎颇觉厌恶,最终他拒绝了山猫继续请他出任法官"明日必当出庭"的请求。这个故事里,猫的色厉内荏和外强中干被宫泽贤治写得淋漓尽致。宫泽贤治最直接拿猫来比喻人类官僚体制的童话,就是《猫的事务所》。这些身穿黑色缎子背心的猫公务员隶属第六事务所,所长是只老黑猫,眼睛"像撑着几重铜钱一样有架势",手下的书记员分别是白猫、虎斑猫、花猫和灶猫。它们的工作就是负责帮助其他猫咪调查历史和地理。灶猫因为其出身卑微而备受歧视,其他的猫想尽办法排挤算计灶猫,老奸巨猾的所长坐山观猫斗。这群机关里靠搬弄是非、勾心斗角度日的家伙们,哪里能做真正有意义的工作?就在它们几乎把倒霉的灶猫逼走之时,一头威严赫赫的狮子的金色脑袋出现在窗口。他用浑厚的声音吼道:"住手!听好了,我命令你们解散!"

这篇童话是宫泽贤治少数几篇生前发表的作品,经常被人们拿来批评那些腐朽的官僚机构。猫的狡猾、心计以及伪装,在这篇童话里几乎和人际关系画上了等号。而令我脊背发冷、毛发倒竖的故事,当数宫泽贤治脍炙人口的童话《规矩特别多的饭店》:两个出门打猎的绅士在荒郊野外迷了路,饥寒交迫中忽然看见一座饭店,门口写着"西洋饭店——山猫轩"。房子里看不到人,但出现一个牌子,上面写着"不管是谁,都请进。千万不要客气",话语非常温暖,令人宾至如归。于是,他们照着房屋不断出现的牌子上的温情脉脉的指示,按顺序理好头发,刷掉鞋上的泥巴,放好步枪和子弹……脱掉外套、帽子和鞋子——这时牌子上出现"请把罐子里的奶油均匀地涂到脸上和手脚上"的字样。两位绅士猜测这大概是担心客人皮肤过于干燥而想出的体贴温馨的服务吧,于是照办(我顿时倒抽一口冷气)。接下来更多的指令来了——把耳朵也仔细涂上奶油,把瓶子里的香水喷到头上(一股浓浓的醋味),把坛子里的盐搓到身上,请搓满……等到两个人醒悟过来,已经来不及逃走。紧闭的大门上的钥匙孔里,一双青色的猫眼睛目光炯炯地盯着它的猎物。两只猫在门后商量着是把他们当色拉生吃还是油炸,并准备着刀叉和餐巾。就在这时,他们丢失了的猎犬突然闯了进来,一阵狂吠追咬,猫没了声息——饭店像雾一样消失不见了。

这个近乎欧洲黑童话的故事,令人毛骨悚然,也将猫这种动物象征的阴险叵测表现到了极致。宫泽贤治对猫最深的嫌恶,则写进了《蜘蛛、鼻涕虫和狸猫》这个童话里。作者开头就设问,这三种动物都是非常厉害的选手,但它们比赛什么呢?不知道。接下来作者讲了蜘蛛张网捕猎的从容,一口咬掉蜻蜓脑袋的残忍,开着玩笑吞噬可怜的瞎子蜉蝣的冷酷——蜘蛛最终死于自己的贪婪。而鼻涕虫这种软体动物,猛一看憨厚老实,逢人开口便笑,深得其他动物们的信赖。善良忠厚的外表,使得它轻而易举便能获得自己想要的一切——蜗牛在它嘻哈逗乐的笑声里丧命,受伤的蜥蜴在它充满善意温情的安抚中化为一顿美餐。"虽然鼻涕虫总是'哈哈'笑着,用憨厚的声音说话,可是据说他心地不好,比蜘蛛之类更坏。"多行不义的鼻涕虫,最后在蒙骗一只聪明的雨蛙时,终于失手毙命。至于狸猫,宫泽贤治放在最后写:"狸猫从不洗脸。他是故意不洗的。"这是一个擅长"阳谋"的老练的家伙。他温和的眼神、悲天悯人的脸,都会使人想到"大救星"这样的词。快要饿死的兔子来向狸猫求救,狸猫一边用"猫神的旨意"安慰兔子,一边毫不留情地吃掉了兔子的耳朵。它的本事在于,被吃的兔子不仅不挣扎愤怒,而且对狸猫感激涕零,把自己能被猫吃掉视为恩典。自然,在狸猫同情悲悯的哭声里,兔子一点点进了他的肚子。更令我吃惊的是，狸猫用这个方法居然吃掉了一头比它大很多倍的狼！

这只猫身上集中了人间最恐怖的东西：伪善、贪婪、冷酷。其中，伪善最具欺骗性，它使受害者麻痹，使人们无知，而麻木无知则令人善恶不分、黑白颠倒、认贼作父——真是可悲之极。宫泽贤治最后写出这三种动物狠毒的共性和必死的原因——它们在举行一场通向地狱的马拉松比赛，死于一种"体内不断积存泥、水之类的、身体过度膨胀的毛病"。

虽然，我心仪于宫泽贤治悲伤但优美的《银河铁道之夜》《小提琴手高修》等童话，我也喜欢《茨海狐狸小学》《风又三郎》和《夜鹰之星》中对其他动物的尊重赞美和对神秘自然的敬畏之情，但是，他的童话阴郁色彩之浓也是举世公认的，忽视这一点也就是忽视这位只活了三十七岁的童话巨匠伟大的想象力。恐怖和黑暗元素在童话和民间传说中早已有之，无论是欧洲黑童话、格林兄弟童话，或是自安徒生开始的原创童话，包括卡尔维诺整理的意大利童话，都会有一些阴郁压抑、恐怖神秘的故事存在。一位诗人曾经问我这些童话是否适合儿童阅读，我还没有想清楚。但不可否认的是，所有的孩子都喜欢听恐怖故事，喜欢阅读诸如吸血鬼之类的书籍，这里面有没有反映出某种残忍的心态，抑或渴望了解神秘事物的好奇、对超越四维空间世界的神往？——这些都有待于专家学者给予更好的研究和解释。而对于我来说，通过细察宫泽贤治对猫的描写，至少能够了解他对人性和人类关系阴暗面的洞悉。虽然本人对猫避而远之，但我依然尊重每一样生命，毕竟生活中的猫是无辜的。

日本 | 宫泽贤治

规矩特别多的饭店

两个全然一副英国军队士兵样子的年轻绅士，扛着锃锃发亮的步枪，带着两条大白熊似的狗，一边说着话，一边从山林深处走下来，踩得山路上的树叶沙沙作响。

"这边的山里真奇怪。到现在，连一只鸟、一头野兽都没碰上。打什么都行，只要快让我放两枪，手痒痒啊。"

"要是能冲着野鹿黄色的肚子放两三枪，一定很痛快。那头笨鹿一定会原地转两圈，啪地倒下。"

这里还真是深山老林，连给他俩带路的老猎人都有点慌慌张张，不知道去向了。

这山里实在太可怕了，弄得那两条大白熊似的狗都头昏眼花。只听得它俩吼了一阵，就口吐白沫、一命呜呼了。

"天哪，我一下损失了两千四百元啊。"其中一人翻了翻倒下的狗的眼皮，叫道。

"我可是损失了两千八百元啊。"另一个绅士歪着脖子懊丧地说道。

刚才先开口说话的那个绅士突然脸色阴沉起来，直勾勾地看着另外那人说道："我想回去了。"

"是啊，正巧我也觉得有点冷了，肚子也饿了，我们回去吧。"

"好，那就到此为止吧。回去时在昨晚住的那家旅店买上十元的山鸟带回去就行了。"

"说是那里还有野兔卖的。这样的话，反正都一样。回去吧。"

但是该怎么走才能回去呢？这可难倒两个绅士了。

风越刮越大，吹得野草、树叶沙沙作响，连树都被吹得摇摆起来了。

"肚子饿了。刚才肚子两边就开始疼了，受不了了。"

"我也是。我都走不动了。"

"我也不想走了。要是有吃的就好了。"

"想吃想吃。"

两个绅士一边穿过沙沙作响的芒草丛，一边说着。

这时，两人回头一看，突然发现身后是一座气派的西洋式的房子。门口挂着一块牌子，上面写着：

西洋饭店——山猫轩

"你看，太巧了。这家店开得正是地方。我们快进去吧。"

"咦，这种地方怎么会有这样的饭店？真奇怪。不过话说回来，里面总该有吃的吧。"

"当然有得吃。门口的牌子上就是这么写着的。"

"进去吧，我都饿得不行了，再不吃点什么就要倒下了。"

两人来到门口。这房子的正门是用濑户陶瓷砖砌成的，很气派。玻璃门上是用金箔做成的几个字：

不管是谁，都请进。千万不要客气。

两人看了十分高兴。

"看，世道果然还是好。今日一天弄得焦头烂额，这回好事终于来啦。这房子虽然是饭店，可是却能白吃白喝！"

"好像是这么回事。'千万不要客气'就应该是这么个意思。"

两人推开门，走了进去。一进去就是走廊。玻璃门的里侧用金箔字写着：

我们热烈欢迎体格敦实的客人，同时也热烈欢迎年轻的客人。

两人看到"热烈欢迎"几个字已经高兴得不得了了。

"你看，我们可是大受欢迎的啊。"

"是啊，因为我们又敦实又年轻。"

两人快步走过走廊，来到一扇涂成淡蓝色的门前。

"这房子有点怪。为什么有这么多门啊？"

"这是俄罗斯式样。寒冷的地方或者山里的房子都是这样的。"

两人正想推门进去，发现门楣上用黄色字体写着：

本饭店规矩特别多，敬请谅解。

"这还真了不得。居然在深山里有这样的饭店。"

"这有什么可奇怪的。你想想看，哪怕在东京，大饭店也都不在大路边上。"

两人边说边推门进去。门背面写着：

本店规矩很多，万望——忍耐。

"这是怎么回事？"一个绅士皱起眉头来。

"唔，这肯定是'顾客的点单实在太多，要花很长时间准备，对不起'的意思。"

"看来是这样。很想快点进房间里去。"

"要能快点坐到餐桌旁就更好了。"

但是，令人不快的是眼前又出现了一扇门。门旁边还有一面镜子，镜子下面放着长柄刷。门上有一排红色的字：

尊敬的客人，请在这里整理好您的头发，刷掉您鞋子上的泥。

"这是理所应当的。我刚才在大门口时心想，这里只不过是深山里的一家饭店，看来是小看它了。"

"这家店很讲究礼节啊。这里一定时常有很了不起的大人物光临。"

于是，两人把头发梳理整齐，刷掉了鞋上的泥。

他们刚一把刷子放到地板上，门上的字就模糊起来、消失不见了。一阵风猛地吹了进来。

两人一惊,靠到一起。这时门"咣当"一下开了。两人心想:再不快点吃些热的东西,补充补充能量,可真要坚持不住了。于是他们相依着走进了下一个房间。

门背面又写着一行奇怪的要求:

请把步枪和子弹放在这里。

两人定睛一看,门边就有一个黑色的台子。

"的确,带着枪吃饭不合规矩。"

"啊,果然是有大人物经常来光顾啊!"

两人放下步枪,解下装子弹的皮带,把它们放到了黑台上。

眼前又是一道黑色的门。

请脱掉帽子、外套以及鞋子。

"怎么办?脱吗?"

"没办法。在里头的确是实打实的大人物啊。"

两人把帽子和外套挂在钉子上,脱下鞋子,"吧嗒吧嗒"地光脚进了门。

门背面写着:

领带夹、金属扣、眼镜、钱包以及其他金属物品,特别是尖利的东西,请统统放在这里。

门边就有一个涂成黑色的、很像样的保险箱张着"嘴巴",候在那里。钥匙也在边上。

"看来,有的菜品是要通电的。怪不得说金属的东西太危险,特别是尖的玩意儿。"

"我看也是。这样的话,吃完应该是在这里结账了吧。"

"应该是。"

"嗯,肯定是的。"

两人摘下眼镜，摘下金属扣，把它们全都放进保险箱里，"啪"地上好锁。

稍微往前走了一会儿，眼前又是一扇门。门前放着个玻璃罐。门上写着：

请把罐子里的奶油均匀地涂到脸上和手脚上。

两人仔细一看，罐子里确实装着牛奶做成的奶油。

"怎么让我们涂上奶油？"

"这还用说嘛。外面很冷吧。屋子里太暖和的话，皮肤会开裂的，这是预防开裂用的。里头一定来了大人物。说不定这回我们能和贵族交上朋友呢。我们真是走运了。"

两人将罐子里的奶油涂到脸上、手上，还把袜子脱下来，涂到脚上。涂完之后还剩下些奶油，于是两个人就都装出一副往脸上涂的样子，偷偷地往嘴巴里塞。

弄完后，两人急匆匆地打开门，只见门背上写着：

奶油涂好了吗？耳朵上也涂了吗？

旁边还放着个小奶油罐。

"对了，我还没涂耳朵，耳朵差点就冻出口子了，真不小心。这家主人想得真周到。"

"是啊，连细小地方都能注意到。话说回来，我真想早点吃到东西。什么时候才能走到吃饭的地方啊？都是走廊可叫我受不了。"

说着，在他俩眼前马上又出现了一扇门。

饭菜马上就要准备好了。不会让您等上十五分钟的，马上就能吃了。请快把瓶里的香水喷到您的头上。

那金光闪闪的香水瓶就放在门口。

两人"嗤嗤"几下，把香水喷到了头上。

但是，这香水的味道闻起来像醋。

"这香水味道真怪，跟醋似的。这是怎么回事啊？"

"搞错了。一定是女佣得了感冒之类的,所以把醋和香水装混了。"

两人推开门,走了进去。

门背上写着几个大字:

规矩太多,让您不耐烦了吧。深表歉意。但是,到此为止了。没有其他规矩了。请把坛子里的盐搓到身上,请搓满。

定睛一看,门口放着一只高档的濑户青盐坛。这回两人大吃一惊,相互看了看彼此涂满了奶油的脸。

"真怪啊。"

"我也觉得。"

"说起来'这么多规矩'是对方在向咱们提啊。"

"所以,依我之见,所谓'西洋饭店'不是让来客享用西洋菜,而是把来客做成西洋菜吃掉的地方。也就是说,我……我……我们……"其中一个绅士说着,不停地颤抖起来,话都说不好了。

"那……我……我们……哇哇哇。"另一个绅士也打起寒战来,吓得说不出话了。

"快逃……"一个绅士颤抖着想要去推身后的门,可是怎么也推不开。

里头还有一扇门,门上有两个大钥匙孔,形状像银色的刀叉。门上写着:

辛苦啦。两位做得真不错。好了,快进到我的肚子里来吧。

两只青色的眼睛透过钥匙孔正朝这边张望。

"哇哇哇……"

"哇哇哇……"

门里边窸窸窣窣地传来两个声音:

"不行啊,他们已经察觉到了。身上的盐要抖落下来了。"

"废话。头儿的写法可不高明。你看,'规矩太多,让您不耐烦了吧'、'深表歉意'。这话傻透了。"

"管他呢。反正头儿是连骨头都不会让咱们舔的。"

"就是。不过要是他们不进里边来，这可就是咱们的责任了啊。"

"要不招呼招呼他们？唉，尊敬的顾客，快请进快请进快请进。碟子也洗干净了，菜叶也用盐搓好了。剩下的就差把两位和菜叶搭在一起放到雪白的碟子上了。快请进。"

"唉，请进请进。两位是不是不喜欢沙拉啊？那样的话，我来生火做成油炸的也行啊。总之，快点进来吧。"

两位绅士无计可施，脸像皱成一团的废纸。两人相互看着对方的脸，哆哆嗦嗦地小声哭了起来。

里面的声音扑哧笑了起来，又叫嚷开了：

"请进请进。再这么哭下去，好不容易涂好的奶油不是要被洗掉了嘛……唉，我回来了。马上端上来……好啦，快进来吧。"

"快请进。头儿已经围好餐巾拿起刀叉舔着嘴唇，正等着客人们。"

两位绅士哭啊哭啊哭啊哭啊。

这时突然身后传来"汪汪汪"的声音。那两条大白熊一般的狗冲开房门跳了进来。钥匙孔里的眼睛立刻消失了，两条狗吼叫着在屋里转了一会儿。只听见"汪"的一声高叫，两只狗突然冲向里面的门。门嘭的一下开了，两条狗像是被吸进去了一般跳了进去。

门里一片漆黑，只听见一阵"呜啊……汪汪……咕噜咕噜"，然后是一片沙沙声。

房间像烟雾一般消失了，两位绅士站在草丛中，冻得瑟瑟发抖。

仔细一看，外套、鞋子、钱包和领带夹不是挂在那边的树枝上，就是落在这边的树根上。大风吹来，草丛、树叶沙沙作响，树干"嘎嗒嘎嗒"。

狗咕噜着回来了。

规矩特别多的饭店 | 231

后面跟着这么个叫声：

"先生，先生。"

两位绅士马上恢复了生气，叫了起来：

"唉唉，在这里呐。快来。"

戴着蓑帽的猎人哗啦哗啦从草丛走了过来。

两人终于放心了。

两位绅士吃了猎人带来的丸子，在回去的路上买了只值十元的山鸟，回东京去了。

但是，哪怕回到东京舒适地泡了澡，两人那皱成一团、活像废纸的脸也没有恢复原状。

（黄叶娟　译）

我们的诺亚方舟在哪里？

大洪水要来了，诺亚方舟就要起航。负责传递消息的鸽子，终于找到了最后一对儿企鹅，并把两张船票送给了它们。两只企鹅展开了激烈的争论，因为它们还有一个伙伴，虽然它是只品行有点问题的企鹅。怎么办？最终，"种族"和"责任"使它们清醒，为了不让同伴被淹死，它们冒着被赶下诺亚方舟的危险，把小个子企鹅藏进行李箱，偷偷带上了船。

《八点钟的诺亚方舟》讲了一个末日和拯救的故事。即便是世界末日就要来临，诺亚方舟上的居民也照样会发生可笑的争吵和纠结。除了狮子和羚羊必须挨在一起睡觉，长颈鹿晕船、蚂蚁在找走失的另一只伙伴外，鸽子突然发现其他的动物都是成双成对，唯有她自己忘掉了最重要的事情——没有给自己找一个伙伴。两只企鹅也必须要把小个子企鹅藏好，而那是一个自负又懦弱的家伙，不断地制造各种麻烦，令它们苦不堪言。

尤利西·哈勃是德国著名的剧作家和演员，《八点钟的诺亚方舟》是他创作的第一本小说。在我看来，它却是一本极幽默极深刻的童话。在这本仅有两万多字的书中，作者借三只企鹅和一只鸽子之口，提出了许多重大的哲学、宗教和伦理问题。譬如，小个子企鹅想杀死蝴蝶的时候，另两只企鹅提出："上帝说不许杀生！"小个子企鹅马上追问"上帝是谁？"因为没人看到过上帝，所以小个子企鹅认为——"没人能确定，他是不是真的存在"。但它们看到周围的冰雪世界时，又开始怀疑：是谁创造了这一切？

面对洪水，小个子企鹅开始忏悔，或许正是由于自己杀了一只蝴蝶，才给世界带来了灾难。而另外两只企鹅则认为"我是最优秀的，正因为这样我才获救了""我们碰巧在正确的时间出现在正确的地点，真是太幸运了！"但无论怎样，它们既然在一条船上，就必须靠克服各自的弱点、接纳对方才能共同获救。虽然它们不停谈论上帝，但整个诺亚方舟上根本看不到上帝的影子。然而，上帝无处不在——鸽子意外地听到了"上帝"在箱子里对她说话，而匆忙中躲进箱子里的企鹅和它的伙伴则为自己的谎言惶恐不安，认为上帝绝对不会饶恕它们。自然，掀开箱子后的鸽子终于发现居然多了一只企鹅，她立刻愤怒地喊道："惩罚将是非常恐怖的！"

就在企鹅们焦虑不安地陷入"等待惩罚本身就是一种惩罚"的境地，雨停了，大洪水结束了。大家都在欢呼着离开，庆祝新世界的诞生，唯有鸽子悲恸不已，盖因只有她是孤零零的一个人。无奈中，她竟然听进去了企鹅的建议，把小个子企鹅乔装打扮成新娘，顺利地下了船。

《八点钟的诺亚方舟》在封面勒口上印着两句对话，一只企鹅说："如果没有上帝的话，为什么大家总在谈论上帝？"另一只回答："这样人们才不会感到孤单。"在这本谈论信仰的小书中，每个人物都是那么可爱和可笑，每当危急关头，它们各自的表现都会让人捧腹，几乎和日常生活中的人们一样：忽而自私忽而善良，忽而勇敢忽而软弱、自以为是、互相抱怨……但是面对必需的选择时，"上帝"就出现了——是否应该撒谎？是否可以背叛？什么才是正当的行为准则？良知、争执、责任，面对这些闹心的问题，从不露面的上帝是以什么方式来帮助它们的？方舟在茫茫大雨中行驶，企鹅们依旧在吵架，也依旧互相温暖和依赖。有意思的是，直到最后作者也没有让上帝显身，但是，鸽子却和异类的小个子企鹅厮守到一起——"尽管有些动物认为，这种事情绝对不靠谱"，可每个读者都会知道，它们是真心相爱。更不靠谱的是，在它们离开方舟的时候，诺亚老人搞不懂为什么企鹅也要上船，因为即使洪水滔天它们也不会淹死。任何一个读者在哈哈大笑之后，都会为这本书巧妙的构思、深邃的思想所折服。

一次荒诞的末日旅行，一只健忘抓狂的鸽子，三只荒唐可笑、亦正亦邪的企鹅，充满深刻寓意的方舟——本书幽默地融进了人类的困惑和对爱的思考，告诉我们没有信仰是多么可怕。动物们之所以得救，全仗着它们对"上帝"的信仰，即使它们也像人类一样充满缺陷和弱点。如果说上帝意味着爱，那么《八点钟的诺亚方舟》则说明，上帝就在每个人与他人的联系之中具体可感地存在着，正如西蒙娜·薇依所言："人的生命是卑微短暂的，生活不可避免地充满荒谬，而人拥有的最大的特权是，我们处在爱恰恰可能之处。爱的可能性，高于恶的现实。"而我边读边笑的同时，也不无沉重地思索着：在社会和人生凶险的洪水中，我们的诺亚方舟在哪里？我们身上的坏企鹅如何得救？

德国 | 尤利西·哈勃

八点钟的诺亚方舟（内容梗概）

三只企鹅在冰天雪地里玩，显然，其中的小个子企鹅有点暴力倾向，他经常会用"踢"对方来代替说话。当他发现一只蝴蝶的时候，居然想弄死她。

另外两只企鹅阻止了他："上帝说不许杀生！"

小个子企鹅问："上帝是谁？"

另外两只企鹅回答不出来，只是说："上帝有个缺点，那就是谁也看不到他。"这让小个子企鹅感到失望：那就是说，谁也不能确定上帝是否存在。

他们都没有想到，蝴蝶的出现是个灾难，有企鹅的地方怎么会出现蝴蝶！

这是因为，大洪水就要来了。

一只胖鸽子从云层里飞来，她带来了上帝的消息：上帝要抹去人间的一切，然后重新开始。鸽子带来了两张诺亚方舟的船票，并说，船上每种动物只允许上一对儿，以便继续繁衍。

虽然小个子企鹅不知道这些，但两只企鹅在经过激烈的内心斗争后，决定把这一切告诉小企鹅，然后把他藏进行李箱，带到船上去！

八点钟到了，他们准时登上了诺亚方舟。

诺亚方舟起航了。

藏在箱子里的小个子企鹅总是不安分，他们吵架争执不断。企鹅们知道，一旦被发现，他们可能都要被赶下方舟。而鸽子已经发现了他们的动静，觉得十分蹊跷。

小个子企鹅开始为自己对待蝴蝶的暴行感到害怕，他认为一定是上帝要惩罚他，他开始相信上帝是存在的，抱怨上帝为了惩罚他一个人却要让所有人遭殃。另外两只企鹅安慰他说，上帝没有看到这一切。小个子企鹅则反驳说："上帝什么都知道。"

藏在箱子里很憋闷，于是他们轮流躲进箱子里，好让另一只可以喘口气。就在这时，鸽子发现了箱子里的动静，她问："什么在箱子里？"

小个子企鹅赶紧说："上帝。"

箱子里的企鹅马上对企图打开箱子的鸽子说："连你也是我创造的，你是一只漂亮的鸽子……如果你打开箱子，你的眼睛就要失去光明。"

鸽子相信了这是上帝在对自己说话，她激动万分，当然就不会去打开箱子了。

雨停了，鸽子从陆地衔来了橄榄枝。所有的动物都要一对一对儿地下船。就在这时，鸽子终于发现，船上居然有三只企鹅！而同时，可怜的鸽子也发现，她忙着发通知、送票，结果却把最重要的事情给忘了——她忘了给自己找一个伴侣！如今，她只是孤零零的一只鸽子了。

怎么办？

小个子企鹅想出一个办法，他把自己蒙上白纱，装扮成鸽子，和鸽子手挽手装作一对儿新婚伴侣，瞒过了诺亚老人。善良的老人感激鸽子所做的一切：蚂蚁找回了他的伙伴，长颈鹿不再晕船，狮子和羚羊相安无事地在一起睡觉，没有一只动物在船上吃掉另一只动物！这就是奇迹。

诺亚老人说："再也没有大洪水了，这是上帝郑重承诺过的。只是，他感到奇怪为什么船上会有企鹅，因为企鹅会游泳，再大的洪水也不会淹死他们。"

他们怀疑诺亚老人就是上帝，诺亚否认了，说："你们可以按照自己的想法去想象上帝，但上帝无处不在，在每个人身上，每个动物身上……"

走下船的小个子企鹅又开始和另外两只企鹅争吵，其中一只企鹅威胁道："我们如果再吵架，上帝还会再发一场大洪水。"

小个子企鹅说:"也许根本没有上帝,只是天气反常,雨下得太大了。"

"如果没有上帝的话,为什么大家总是谈论上帝?"另外两只企鹅问。

"这样人们才不会感到孤单。"

……不管怎么说,他们在一起仍然会继续吵吵闹闹,但鸽子和小个子企鹅真的相爱了,哈!他们再也没有分开过。

(陈琦 译,编者改写)

八点钟的诺亚方舟(内容梗概)

真假裤子

二十多年前的某天，从大学放暑假回到豫西小县的我，因为酷暑难耐，就穿上一条从沙头角买来的齐膝裤，正要出门去，却被父亲温和又严肃的眼神拦住了。"你就穿着它出门？露着腿？"他有着显然的不认同。我返身回屋，干脆换上一条上高中打篮球时的短裤，故意大摇大摆走了出去。这回父亲算是满意了，说："好歹这是条裤子。"

敢情，他老人家从没见过齐膝的裤子，便认为齐膝裤不是裤子，而运动短裤即便露出大腿，也是他观念中的正经裤子。我为老父亲的看法感到哭笑不得。

波兰哲学家柯拉柯夫斯基在《关于来洛尼亚王国的十三个童话》之《红斑点》中，也讲了一个和裤子有关的故事。关于这个故事，诸多评家除了都认可"卡夫卡式的荒谬"外，其余的说法各不相同，有猜测说是"形式主义的迷惑"，有认为是"目的和手段的断裂"，但大部分评者以一句"绕来绕去，太绕了"，便语焉不详地含糊过去。亦有论者写道："我最不理解的还是《红斑点》。你以为它什么都说了？但是似乎又什么都没说。更可恼的是，读罢还不觉得他是故弄玄虚的那种作者。"

那么，"红斑点"到底是在说什么呢？在"红斑点"中，小男孩埃坦为女孩尼塔爬树偷梨子时，不小心在裤子上沾染了一个红斑点。红斑点开始不断扩大，并且在全村所有少年的裤子上传染。这样一来，他们的裤子完全被无法洗掉的红斑点覆盖。贫穷使孩子们不能够再去买新裤子，只好穿着染红的裤子去上课。老师看到学生们时不禁大惊失色，认为他们根本没有穿裤子。孩子们据理力争，说自己穿的是红裤子。但老师则认为他们穿的是红斑点而非裤子，并以此为理由拒绝为孩子们上课。这样一来，连孩子们也开始怀疑自己穿的不是裤子了。最后，女孩子尼塔建议必须有一个少年再次爬上树，把裤子撕裂一个口子，期望覆盖上口子的红斑点继续传染，把每个人的斑点裤子重新变回裤子。但斑点虽然会传染，可裤子却不会传染，因此少年们只好每人都把裤子撕个口子。第二天，虽然孩子们都穿着带破窟窿的红斑点裤子回到了学校，老师却连连点头，认为他们今天穿的是有斑点的裤子，而不再是斑点了。

故事读来虽然有点绕，但作者提醒的关键却在于斑点能传染而裤子却不能互相传染。在这一点上，老师并未告诉孩子们到底是为什么，理由是他觉得孩子们无法理解。

遍寻关于这个故事的评论，我以为相当多读者也没有理解柯拉柯夫斯基到底想要表达什么。尽管我们都可以用最简单的思维来判定裤子和斑点的区别，但在逻辑上必须弄清楚裤子的真伪。在故事中，老师和孩子都轻易地将裤子和斑点在概念上做了一个对等的替换，也就是说，既然斑点遮盖了裤子，那么裤子就成了斑点，裤子不复为裤子。但常识告诉我们，染上斑点的裤子仍然是裤子，斑点是寄生于裤子之上的。倘若没有裤子，斑点则无法寄身。女孩尼塔识破了这一点，才想出撕破裤子以证明裤子存在的方法。

柯拉柯夫斯基在其重要哲学著作《形而上的恐怖》中指出"哲学家的任务不是传达真理，而是通过质问那些看上去明显的东西，怀疑任何问题都有另一面来建立求真精神，真正的哲学家应该以怀疑精神和谦卑来处理一切问题"。在这篇《红斑点》中，他故意设置了概念偷换的故事情节，并通过老师的言行诱导出孩子们的疑惑。我相信类似的事情在现实生活中也比比皆是：居住在大都市里的人们远离自然，天气预报和日历的更新替代了人们对四季最真切的感受——看不到种子发芽，小麦拔节，因而他们过了一个又一个抽象的春天和秋天，这就是"异化"最典型的呈现。

在柯拉柯夫斯基这本书的十三个童话中，他一再地"复制"了《红斑点》的故事——《罗锅》中愈长愈大的瘤子替代了人；《漂亮脸蛋儿》中保护脸蛋儿的面具替代了脸；《乔木如何装扮成老先生》中外衣、胡子、拐杖替代了人的年龄。小到以斑点替代裤子，以钟表替代时间；大到以抽象替代现实具体，以虚无替代存在，以政治替代道德等等，无不是某种意识形态的反映。裤子因为是真实存在所以"不能传染"，而斑点作为一种意识形态却能覆盖裤子的真实。一个人对社会现实提出批评，若按照这个故事的逻辑，就能推导出此人不爱国的结论。政治覆盖道德、民族意识替代人的伦理，都是"红斑点"故事所影射的例子。卡尔·曼海姆在《意识形态与乌托邦》中曾说过，"特定的意识形态对某种欺骗与谎言有特定的兴趣"，可惜的是，我们生活在"红斑点"到处传染的境地，以为抛弃它就会丧失我们的裤子，却看不到欺骗和谎言已经遮盖了我们的生活，而它才真正是意识形态的一块遮羞布。

波兰｜莱谢克·柯拉柯夫斯基

红斑点

"天气真好。"埃坦说。

"你裤子上有一个红斑点。"尼塔郑重地说。

"没有斑点！"

"有斑点！"

"没有！"

"有！"

埃坦在恼羞中走开了。他裤子上的确有一个红斑点，可是他认为尼塔真不应该明说，因为他在爬邻居家梨树为她偷梨时才把裤子弄脏了。

可是，更糟糕的是，那斑点不断扩大。早晨还只有李子大，下午就像大个儿西红柿，到了晚上竟成了大甜瓜的尺寸。埃坦眼见这斑点扩大，感到不安，又觉得这现象有点奇怪。于是他去见好友塞索，塞索是无所不知的。塞索仔细察看了越长越大的斑点，然后告诫说这是埃坦的过错，他没有必要去摘邻居园子里的梨。埃坦又一次恼羞成怒说塞索无知，根本不明白斑点为什么长大。到半夜时候，整条裤子全变成了一个大红斑点。就这么出去也行，可是问题是，凡是看见这裤子的人，都立刻看出这是斑点，不是红裤子，或者换个说法，是斑点变成的裤子，所以不是真正的裤子。埃坦没有别的裤子。现在已经没有裤子，只有斑点。

更恶劣的是，在埃坦离开半小时之后，塞索注意到，自己的裤子上也出现了红斑点，虽然他并没有从邻居家梨树上摘果子。这证明他简直是受到了同学的传染。他跑去向另一个朋友报告消息，却又传染了朋友。第二天早晨，村里全部的少年裤子上都有了红斑点,因为大家都互相传染了。斑点不断扩展,到晚上谁也再没有裤子了,每个人都只穿着红斑点。

情况变得很严重。不穿裤子是不行的。红斑点,真是又可笑、又不安全的东西。少年们集合起来研究这局面,想办法对付。塞索第一个发言。

"我认为埃坦应该对一切负责。是他把斑点传染给大家的,他因为偷邻居树上的梨弄出了红斑点。他应该给大家买新裤子。"

"我认为,"另外一个少年说,"尼塔应该负责,因为埃坦是为满足她的要求去偷梨的,所以尼塔应该给大家买新裤子。"

埃坦站起来说:"朋友们,给大家传染上了红斑点,我十分抱歉。很遗憾,我不知道会出这种事,也不可能预先知道。裤子,我是不会给你们买的,因为你们知道我没钱。连给我自己买裤子的钱也没有啊。"

说完他就坐下了。问题没解决,因为大家都知道,埃坦也好,尼塔也好,都没有钱,没办法给任何人买裤子。

"那该怎么办呢?"塞索大声问,"咱们不能不穿裤子呀!"

"让父母给买。"有个少年说。

"胡说八道,"塞索嚷起来,"没听说过让父母给买裤子的。不行,咱们应该自己解决问题。"

就在这一刻,尼塔也来开会。本来是谁也没请她的,但是也不愿意不理睬她。尼塔长得很好看,少年们都喜欢多看她一眼。现在他们都等她出主意,因为他们都认为,面对斑点传染和没有裤子的局面,她应该负一些责任。"喂,出个主意,出个主意。"他们开始呼唤她。

"我是有一个主意,"尼塔说,"把斑点看成裤子就没事了。"

"那是什么意思呀?"

"很简单嘛。咱们宣布:你们穿的不是斑点,而是普通的红颜色布裤子。"

"谁都看得明白,这不是裤子,是斑点。"

"没的事。看明白那是斑点，是因为记得斑点是怎么长大扩大的。可是我们就把斑点叫作裤子，是谁也不会留意的。"

少年们都喜欢尼塔这个主意，尤其是因为其他什么主意也没有。于是他们宣布，村里全部少年穿的都是红裤子，谁身上也没有斑点。他们的确也成功了。大人们都很快承认，少年们穿的就是红裤子。原来的问题很快被遗忘了。

可是，假期已经过完，少年们必须返校了。他们到校，在课桌旁坐下。老师来了，扫了他们一眼，惊奇得发呆了。

"同学们！"老师大呼，"这是怎么回事？你们来上学，都不穿裤子！"

"怎么没穿？"学生们陆续喊起来，"我们都穿裤子了。新的红裤子。"

"真不知羞耻啊。"老师严厉地说，"你们谁也没穿一丁点儿的裤子。你们穿的是斑点，我看得清楚。裤子连影儿也没有。回家去，马上穿好裤子回来。我不能教不穿裤子的学生，因为这有损于我的尊严。"

说完他就走出教室。教室里也乱嚷起来，全班同学都七嘴八舌地乱说，猜测老师是怎么看出他们没穿裤子、只有斑点的。

"麻烦一定是在裤子上，"埃坦忧虑了，"细看看，就知道是斑点染成的，不是真正的裤子。"

"那你说该怎么办？"

"我有个主意。"尼塔说。

呼叫声又起。少年们不想再听尼塔的话，因为她刚刚出了个坏主意，现在情况一点也没有好转。但是他们自己又想不出办法，只好先听尼塔的话。

"我的想法是这样的，"她说，"近来，谁也不爬树了，因为你们都怕擦破裤子。可是必须有一个人爬树，撕个窟窿，再用斑点补上。原来你们都受到斑点传染，现在就是在斑点上落斑点，就成裤子了。然后互相传染的是裤子，像以前传染斑点那样，你们就都又有裤子了。"

"试试吧,"塞索无可奈何地说,"没有别的办法。可是,谁去爬树?"

"还用问谁?当然是埃坦。"

就这样决定了。埃坦爬上树,裤子上扯开一个大窟窿。他好歹把窟窿补上,于是少年们就坐在一起等着互相传染。他们一等再等,可是毫无结果。他们对尼塔很气愤,因为她又出了坏主意。谁也没受传染。

他们正在水池边上坐着,邮差骑着自行车从旁边经过。众所周知,邮差是十分聪明的,事实上是世界上最聪明的人。于是,少年们想到,可能邮差能出个好主意。他们请他停住,把情况从头到尾说了一遍。

可是邮差却笑话他们无知。他说:"同学们,你们必须好好学习呀。学校里也许有人告诉过你们吧:斑点可以传染,整条裤子是传染不了的。"

可是少年们不知道这个道理。刚刚才有了这点知识。可惜还是没有结果。邮差说天很快要下雨了。他走了。

因为没有办法可想,又因为反正怎么办都一样,少年们便都往树上爬——他们好多天没爬树了。不用说,他们立即都在裤子上弄出大窟窿。不过现在怎么样都没关系。每个人都凑合着盖住窟窿。第二天早晨都到了学校,穿着他们所说的红裤子,这裤子现在却都盖着许多斑点。

老师来了,扫了全班一眼。少年们都在恐惧中等待着看老师说什么,因为现在的情况比昨天还糟:他们穿着同样的似是而非的裤子,根本就不是裤子,而且还是窟窿,盖满了斑点。

可是,哟,怪呀!老师细心观察了全班一番,连连点头,表示赞赏。"好,同学们,"他说,"我已经看出来,我说的话你们都记在心上了。你们都穿上了裤子。"

学生们惊愕得回不过味儿来。埃坦胆子最大,站起来说:"老师,我们穿得和昨天一样,不过是弄了好些窟窿,斑斑点点的。"

老师只是微微一笑。他说:"同学们,昨天你们谁都没穿裤子,只有斑点。请听明白，只有斑点，不是有斑点的裤子。今天你们穿的是有斑点的裤子。（一般是没有有斑点的）可是你们都有斑点。因此，你们必须有裤子。我关心的就是这一点。我没说你们不能有斑点，我只要求你们穿上现在你们穿的这种裤子。现在既然都穿了裤子，一切就都很好啦。"

接着上课，老师讲解鱼鳃的构造。少年们依然十分困惑，不知道该怎样评价老师的话，课间和课后都什么也想不出来。他们都各自回家，一直穿着有斑点的红裤子。

从此以后，尼塔以聪明闻名，因为有了她的主意，男生们才重新有了裤子。有斑点是有斑点，可是有有斑点的裤子总比没有强。为什么斑点能传染而裤子不能传染这个问题，老师许诺以后等学生们长大一点的时候再给他们解释。他解释说，他们现在还理解不了这件事。

亲爱的少年朋友们啊，这个故事在全部细节上都很真实，对你们是很有益处的。这个故事教导说，你们永远也不要偷摘邻居树上还没有成熟的梨，因为这样的行为会造成不必要的衣着麻烦问题。所以，不要摘邻居树上的梨。

（杨德友 译）

那时人人都是国王

长期以来，民间故事以一种神秘的方式表达着底层人民对幸福的渴望、对权势的憎恶。在统治者以各种手段公开压制民众呼声的时候，民间故事却在人们中间一辈辈地流传着，以寓言或者童话的形式滋养着孩子的心灵，培养着他们热爱平等和自由的观念。被誉为英国最具独创性的作家安吉拉·卡特，在她收集的《精怪故事集》中，有相当多用隐喻的方式传达民主思想的故事，譬如，来自希腊民间的《三把盐》就是如此。

《三把盐》基本上可以分成两个故事来读。前半部分讲的是有两个相邻的国家，一个国王有九个女儿，另一个国王有九个儿子。一开始，两位国王都诅咒对方的孩子永远不能找到妻子或者丈夫，如此一来，双方都被自己的诅咒带入了痛苦的陷阱。后来，爱子、爱女心切的两位国王想明白了，依靠唯我独尊的权势不可能使儿女们得到幸福，只有各自后退一步，为他人让出生存空间，才有可能使自己和后代繁衍生存，因为世界上还没有完全不靠别人的帮助和参与能够获得幸福的事情。于是，他们做了明智的选择，为各自的儿女定下了亲事，从此结为姻亲。

"那时候，人人都是国王。"作者意味深长地如是写道。显然，如果国王只有一个，那么除他之外的任何人都是被权势奴役者，甚至连他自己也概莫能外——孤家寡人则意味着断子绝孙。《三把盐》采集于希腊的纳克索斯岛，而希腊是世界上最早出现民主政治制度萌芽的国家，"民主"一词也源于希腊语"人民""统治"。早在公元前431年，希腊著名的政治家伯里克利在阵亡将士国葬典礼上，发表过一次演讲，对民主政治在国家事务、日常生活，乃至私人生活中的作用予以了详尽的解说。他认为，"我们的政治制度之所以被称为民主政治，是因为政权是在全国公民手中，而不是在少数人手中"。当时的雅典公民对官员和法律具有真正的控制权，他们通过法院实现这一权力。法院属于全体公民，法院总共有六千名陪审员，每年在各阶层选举产生。"既然每个公民都是自由的，那么任何人就不应受他人统治。"这一民主理念在雅典深入人心，因此，"人人都是国王"的说法出现在希腊民间故事里是最自然不过的事情。

《三把盐》的出色之处在于，它并非以抽象的理念来阐明要民主、反独裁的道理，而是将国王之间的斗争化解为老百姓日常生活中婚丧嫁娶的纷争，通过这样一种连国王也不能免俗的家事，拉近了"民主、自由"和每一个普通人生活的距离。如果说《三把盐》的前半部分涉及了"民主"，那么它的后半部分则是一个关于时间、梦幻、自由及其限制的故事。

和公主结婚后的王子，因为询问公主要在他头上揉三把盐却不能被他发现的原因不得，一怒之下去了萨洛尼卡、艾伊娜和威尼斯。公主在一位老妇人的帮助下，乔装打扮，每一次都提前到达王子要去的地方，并使王子与自己相爱，分别生下了两儿一女。王子最后依然不能得到答案，于是决定和另一个女子结婚。在婚礼上，公主携带三个孩子出现，王子才发觉自己先后爱上的是同一个人，而"三把盐"也就隐喻着这三次遭遇，于是放弃婚礼，和公主重归于好。在这个故事里，男性极其恐惧于女性身上的神秘力量，努力要挣脱受女人控制的命运，却不知道自己所谓的"自由"，却恰恰是对自由的伤害，因为最终爱和责任才是自由的体现，是对自由最完整的诠释。

自由是这样一种东西：它的本质在于能够对自由本身进行限制；因而，从来就没有为所欲为的自由。古希腊人在讨论民主和自由时有一个最大的问题，就是如何对民众的自由既给予保护、同时又给予限定，苏格拉底就死于这场论争。另一方面，故事里的公主先后扮作三个女子被王子爱上，想必王子最后知道真相时会产生一种梦幻般的感觉。既然三个女子都是她的幻影，那么她的本体到底是什么呢？几年过去后，三个孩子出现在王子面前，过往的岁月也如梦如幻，三段不同的时间因为公主"真身"的不在场而变得虚无，时间的持续性在这里发生了断裂。唯一能证明这一个公主也同时是另外三个女子的，只能是她和王子生下的三个孩子。孩子们保障了时间的持续——由此，公主的存在才有可能是真实的存在，这也是他们能够重归于好的基础。

这一段故事和纪晓岚《阅微草堂笔记》卷一中的一则狐女的故事极其相似，只不过狐女的故事更虚幻，因为她不断化身为喜新厌旧的宁波吴生所喜欢的各种女子，虽然终使吴生"遂不复外出"继续寻花问柳，但她也告诉吴生："握云携雨，与埋香葬玉，别鹤离鸾，一曲伸臂顷耳。"时间的易逝，令人的存在恍如电光石火，充满幻灭，因此在狐女走后，"吴生竟绝迹于狎游"就不奇怪了。倒是《三把盐》里公主对王子从没有停止的爱，战胜了虚无，拯救了他们的爱情，最终也拯救了时间。

英国 | 安吉拉·卡特

三把盐

　　从前有个国王，他有九个儿子，他们国家的对面住着另一个国王，他有九个女儿。那时候，人人都是国王。每天早晨，两个国王都会去边境问候对方。有一次，他们在边境相遇互致问候的时候，有九个女儿的国王说："早上好，有九个儿子的国王陛下，希望你一个儿媳妇都找不到！"另一个国王听了深感痛心，坐在王宫的角落里陷入了沉思。他的一个儿子走过来问："父亲，您为什么这么悲伤？""没什么，我的儿子。"另一个儿子也问他，他回答说："没什么，我的儿子，我只是有点头痛。"第三个儿子也来了："但是您为什么不告诉我们出了什么事呢？"国王一言不发。长话短说，他们全都来问他，但是他没有对其中的任何一个道出原委。儿子们离开了他。中午到了，国王没有胃口吃饭。上帝让夜幕降临，然后又唤来黎明，但是国王还是一筹莫展。大儿子又来到他身边："父亲，不能再这样下去了，您一天一夜没吃东西，在这里独自难过却又不告诉我们发生了什么。"国王说："可我又能说些什么呢，儿子？"他把发生在自己和另一个国王之间的事情告诉了大儿子："昨天早上他看到我的时候对我说：'早上好，有九个儿子的国王，希望你一个儿媳妇都找不到！'""就是这个让您如此痛苦吗，父亲？明天见到他的时候，您应该对他说：'早上好，有九个女儿的国王陛下，希望你一个女婿都找不到。'"第二天一大早国王就去了边境，他看到另一个国王，说："早上好，有九个女儿的国王陛下，希望你一个女婿都找不到。"那个国王听了恼火得要命！他也回去坐在王宫一角，心中满是忧愁。

　　他的一个女儿走过来问："父亲，您怎么了？""没事，我的女儿。"然后另一个女儿也来问他，他说："什么事也没有，只是有点头疼。"然后第三个女儿也来了。国王说："我都和你们说了，什么事也没有。"长话短说，九个女儿全来问过他了，但是他对谁都没有说。于是女儿们离开了他。中午到了，但是他不想吃饭。上帝让夜幕降临，然后又唤来黎明，可是他还是忧心忡忡。最后他的女儿们说："不能再这样下去了，他独自坐了一天一夜，连教堂的面包也不吃一口，对发生了什么只字不提，只是编故事来打发我们！"大女儿又来到父亲身边，说："亲爱的父亲，求您了，为什么不告诉我们发生了什么呢？""要是你想知道，我的女儿，事情是这样的，那边的国王对我说：'早上好，有九个女儿的国王陛下，希望你永远都没法儿为她们找到婆家！'"大女儿是个聪明的姑娘，她说："您就是为那个难过吗，父亲？明天你得回答他说：'既然我的女儿找不到丈夫，你何不给我一个儿子呢？我的大女儿能轻易在他脸上揉三把盐，而且不让他发现。'"他按照大女儿的话做了。

　　第二天，他们早早问候了彼此，他对另一个国王说："既然我的女儿全都找不到丈夫，不如把你的一个儿子给我。我的大女儿好和他相配，她可以轻易地在他脸上揉三把盐，而且不让他发现。"于是他们商定了婚事，让大儿子和大女儿结婚。第一天晚上两人上床以后，王子对他的新婚公主说："你的办法很不错，聪明的姑娘，现在我们结婚了，但是告诉我，你说你要在我头上揉三把盐，而且不让我发现，这三把盐到底是什么？"她说："我不告诉你。""你要是不告诉我，我就要出远门，离开你。""那你去啊，只要告诉我你去哪里就行了，这样我可以偶尔给你写封信。""我去萨洛尼卡。"于是这个年轻人做好了一切准备。公主也坐船去了，而且赶在他之前到达了同一个地方。

　　她在岸边遇见一个老妇人，老妇人对她说："你一定是新来的。你要是愿意，我有一幢靠海的房子可以让你住，那是一幢给国王的女儿住的房子。"姑娘来到房子里，对老妇人说："过一两天会有个王子抵达此地，您必须把他带到我这里。""遵命，夫人。"老妇人说。第二天王子到了。老妇人去了岸边，对他说："我可以带你去一幢与王子的身份相称的房子，那里还有个姑娘让你亲吻。"他来到那幢房子，见到了公主。"你好，你长得真像我妻子，这是怎么一回事？""哎呀呀，我的好基督徒，"公主说，"人和人，物和物，相似的地方处处有。"当然了，这个女人就是王子的妻子。他们整日谈天，夜晚就睡在一起。公主怀孕了，然后生下一个男孩。男孩降生的时候，整个房间都充满了光，因为他一边的眉上有颗启明星。一年没满，王子就要回去了，公主说："你难道不留个礼物给你的孩子吗？"于是他拿出自己的金表，挂在孩子身上，又给了老妇人一千枚金币。他走以后，他的妻子也上了船，并且赶在他之前回到自己的国家。她把儿子交给一个保姆，这个孩子被放在地下的金房间里抚养，房间是公主在父亲的宫殿里建造的。她告诫所有的女仆说王子回来以后千万不能提她外出的事情，只说她得了感冒，一年都在生病。第二天王子回来了，他问起妻子怎么样了。她们说："糟糕得很——真希望病成这样的是您的仇人，这都是因为您不在的缘故。"于是他来见了公主，两人互相亲吻之后，他说："听说你因为我俩分离而生了病，但这都是你的错，因为你说你要在我头上揉三把盐而不让我发现，但又不告诉我那究竟是什么。好了，告诉我吧。""不，我不告诉你。""你还真是顽固啊？好，我也和你一样。要么你告诉我，要么我就出远门，离开你。""那你去啊，只要告诉我你去哪里就行了，这样我可以偶尔给你写封信。""我去艾伊娜。"他说。

他走以后，公主也顺着另一条路出发了，坐着船，赶在王子之前到了艾伊娜。上岸之后她碰见了同一个老妇人——这真是她的宿命——于是又和她去了一幢海边的房子。第二天，王子也到了，老妇人把他带到同一幢房子里，留下他就走了。王子一见到屋里的女人就跑过去亲吻她。女人说："你为什么一见到我就这么热情？""我有个长得和你一模一样的妻子，我一时想起了她。""人和人，物和物，相似的地方处处有。"他们整日谈天，夜晚就睡在一起，而且每夜如此，直到她怀了孕，生下一个男孩。男孩降生的时候，整个房间都充满了光，因为他一边的眉上有轮银闪闪的月亮。一年没到头，王子就留下自己的金手杖给孩子做纪念，他吻了吻孩子，又送给老妇人一千枚金币，然后离开了。就这样，他前脚刚走，妻子后脚就跟着去了。公主先回到自己家，把第二个孩子交给同一个保姆，然后给仆人们一件礼物，让她们不把她外出的事情说出去；回到宫里，她又扮演起伤心的妇人。第二天她的丈夫回来了，他向仆人们打听自己的妻子，她们说她因为悲伤，一整年都把自己关在房间里。仆人退下了，王子来到妻子身边说："不管你遭了怎样的罪，都是夫人你自己的错。但是现在还是告诉我吧，你说你要在我脸上揉三把盐，而且不让我知道，那究竟是什么？如果你不说，我可又要走了。""那么祝你旅途愉快，只要告诉我你去哪里就行了，这样要是什么时候我想捎信给你，就知道该往哪里寄了。""我去威尼斯。"

于是就和先前一样，他上了船，她也跟着去了，并且赶在他之前到达了目的地。同一个老妇人出现了，领着她去了岸上一座雄伟的宫殿。过了两三天，王子也到了。老妇人对他说："王子，欢迎您。请您大驾光临我的房子，想住多久就住多久，因为我为您准备了一个姑娘。""太好了。"他说。然后他去了，并且又见到了同一个女人。他说："哦，你长得多像我妻子啊！""人和人，物和物，相似的地方处处有。"长话短说，公主又怀孕了，然后生下一个女儿。孩子出生的时候，整个房间都充满了光，因为她的额头上有一轮金闪闪的太阳。他们为孩子施洗礼，叫她作亚历桑德拉。一年没有过完，王子就要回去了，公主对他说："你至少应该给孩子留个礼物，让她记住你吧？"他说："当然，就算你不跟我说，我也一直在想这件事。"他去商店买了一串各种各样的宝石，那是一件无价之宝——既然说是在威尼斯买的，你就能想象它是怎样的了——然后他把宝石挂在宝宝的脖子上；除此之外他还买了一条纯金的连衣裙，并且脱下自己的戒指送给了女儿。他吻了吻宝宝，送给老妇人一千枚金币,然后离开了。公主比他后走,但是却赶在他前面回到自己家。她把孩子交给保姆,给她一些钱作为酬劳,然后给女仆们一件礼物,让她们保守秘密。她又把自己关在王宫里,假装悲痛万分。过了两三天,她丈夫回来了,问仆人说:"我的妻子怎么样?""糟糕得很——真希望病成这样的是您的仇人,这都是因为您不在的缘故。"他来到她身边,发现她很悲伤。他说:"你能怪谁呢?你遭的罪都是自找的。你说你要在我脸上抹三把盐,而且不让我发现,但是你为什么不告诉我那究竟是什么?现在就告诉我吧。""我是不会说的。""不能再这样下去了,要么告诉我,要么我就离开你,再娶一个妻子。""好啊,那你就走吧,再去结一次婚好了,我会来送上祝福的。"于是王子和附近的另一个公主订下婚约,安排接下来的那个礼拜天举行婚礼。

当天所有的人都去送上祝福,各种乐器正在演奏。王子的第一任妻子穿上最好的衣服,又帮三个孩子盛装打扮起来:她把表交给长子,手杖交给次子,又为小女儿戴上那串宝石和那枚戒指。保姆领着三个孩子,他们全都去参加婚礼的祝福。所有女人都在大厅里跳舞,她们的眼睛盯着三个孩子和他们的母亲,因为孩子额头上的启明星、太阳和月亮照得整个房间亮如闪电。所有人都说:"愿生育他们的母亲幸福欢乐!"王子也离开了将要娶的姑娘,目不转睛地看着孩子们。年轻的新娘忌妒极了。然后人们就听到两个男孩在跟他们的妹妹说话,我猜小姑娘还不到一岁吧,当时正被保姆抱在怀里,两个男孩站在她前面。"小小姐,小小姐,"男孩们说,"小亚历桑德拉,听听手表的声音,嘀嗒嘀:母亲在金地金墙的房间里。"王子听了再也无法忍受了,婚礼正举行到一半,他就撇下新娘,跑到孩子们跟前。他打量着他们,然后看到那串宝石、那块表和那个戒指,于是认出他们来。

他之前的妻子就站在旁边,于是他问这些是谁的孩子。"你的和我的。老大是我们在萨洛尼卡生的,老二是我们在艾伊娜生的,小女儿是在威尼斯生的。你在那三个地方遇见的女人,她们每一个人都是我;我离开的时候,又总是赶在你的前头。想想看,你竟然连自己的孩子都不认识!这就是我要抹在你脸上而又不让你发现的三把盐。"王子抱起孩子们,高兴地把他们全都亲吻了一遍,然后领着孩子和他们的母亲回了原来的家。就这样,新娘子被留在原地,沐浴的水凉了,婚只结了一半。

(郑冉然 译)

傻子和天真

和我国的很多作家不同,在俄罗斯众多大名鼎鼎的文学大师都写童话。从普希金到托尔斯泰,从高尔基到鲍·谢尔古年科夫,都曾经留下数量众多的童话作品。除了诗人和"专业"写童话的作家,我国鲜见有成就的作家愿意写童话,或者说,他们写不了。

我曾经问过一些著名作家为什么不写童话,他们多沉吟一会儿,笑着说:"童话太难写了。"而前不久我到外地做讲座,在宾馆的房间茶几上,看到用镀金的底版刻着一些令我暗自吃惊的字眼,譬如"瞒天过海,笑里藏刀,上屋抽梯,无中生有,借刀杀人",原来是"三十六计"。这就是我们传统文化中被广泛使用的名言,连孩子们从小都知道这些可怕的词语。肚子里塞满这些人心机巧的垃圾,怎么能去写童话?写童话不仅仅要有想象力,更要有天真。天真不是幼稚,天真是一种高贵的品质,是一颗透明的赤子之心。唐朝诗人王维在《偶然作》中称赞陶渊明的天真,盖因天真直率而不虚伪,善良智慧又远避世俗玷污,无怪在庙堂上的王维羡慕老陶可以不事权贵的天真自尊之态了。

高尔基有著名童话《小傻子伊凡奴希卡》,"傻子"一词多符合人们对于天真的看法,而高尔基则通过这个故事告诉我们,天真是如何无往而不胜的。

在一个村庄里,小傻子伊凡奴希卡虽然是个美男子,但无论他做什么都显得滑稽,不像一般人。有个农民带妻子进城帮工,就委托伊凡奴希卡照顾自己的孩子，并叮嘱说："要把门看好。"伊凡奴希卡满口答应。顽皮的孩子们跑到森林中去，他就把门卸下来背着去找，结果遇到了一头熊。熊看到他背着一扇门，感到奇怪，知道了缘由后大笑不止。熊的妻子见他老实厚道，就不想吃掉他，建议他帮自己家干活。伊凡奴希卡走到哪里都背着农夫家的大门，即便是为熊采马林果也背着。他匪夷所思的举动令熊的一家人感到好笑，也不知不觉中愿意帮助他去寻找孩子们，甚至在找到孩子们后，让他领着孩子们回家，由熊替他背着沉重的木门回到村庄，结果村民们看到这一幕，吓得抱头鼠窜。看来，不但伊凡奴希卡有些傻，熊不吃他也有点傻。

关于傻和聪明，伊凡奴希卡和熊有一段对话。当他看到三只小熊崽在窝里欢天喜地地抢吃马林果，不禁脱口而出："哎呀！可惜我不是熊，要不然我也有孩子喽！"他不但没有被眼前的危险吓住，反而因其内心善良的本性，对异类的和睦家庭充满温情，以至于熊惊讶地说："你太傻了！"他却反问道："那你聪明吗？"熊老老实实地说："我不知道。"伊凡奴希卡继续追问："那么你凶吗？"熊的回答也出人意料，它说："不凶。"伊凡奴希卡就得出一个结论："我认为，谁凶，谁就傻。我也不凶。那么可能你我全不是傻瓜！"

在伊凡奴希卡天真的心里，残暴是愚蠢的，善良才是聪明的。他能够临危不惧，不是因为傻和蠢，而是他要实践对"看好家门"的承诺。一诺千金在他是本性，大于对死亡的恐惧，大于保命的本能。趋吉避凶在俗世是常识，不会有人因为他丢弃一扇木门而指责他，然则其有无邪之勇，守信之心，因此天真质朴也收服了凶猛野兽。

高尔基曾说："一切出色的东西都是朴素的，它们之令人倾倒，正是由于自己的富有智慧的朴素。"在他笔下的小傻子伊凡奴希卡的天真朴素，可谓大智慧，却因为伊凡奴希卡一派"不自知"的天真无邪而更加可贵。

天真是宇宙的真理，这话虽然听上去"不靠谱"，却大有深意。春天时，万物复苏，大树萌芽，连一寸长的小草都要拼死冒出地面，细想想，你说为什么？群山会隆起，大海有潮汐，你说为什么？

孩子小时，拉灭了灯让她睡觉，屋里一片漆黑，她会大哭，控诉道："我没有了……我去哪儿了？"等你把灯拉亮，她破涕为笑，欢呼道："我有了，我又回来了！"孩子会没来由地担心种种大人绝对不会恐惧的事情，譬如她非常担心黑人，"要是天一黑，黑人就没了"。并为自己是"黄人"感到大松了一口气。

天真是幽默，是洞察，有智慧，有善良，无法模仿，无法造伪。高尔基有则逸事，说他出访意大利，偶见一海报，言称高尔基有一出戏要在大剧院上演，并要会见观众。于是他便混进剧院，待观众离开剧院后，便上台和假冒高尔基握手。后者大吃一惊，窘不能言。高尔基问他为何要冒充自己，他回答说："饥饿。您可以骂我一顿了。"高尔基并未骂他，只是说："为什么要骂你呢？如果假冒能为你改善生活起点作用，那我是非常高兴的。不过，我还是建议你尝试一下光明正大地公开模仿，走出一条真善美的艺术之路。"

在这件事情上，高尔基"不凶"，因此他不是傻子，而是仍保有天真的智慧的人。

苏联 | 高尔基

小傻子伊凡奴希卡

以前有个小傻子伊凡奴希卡，他虽然是个美男子，但是不论他做什么，都做得很滑稽，不像一般人。

有个农民雇伊凡奴希卡去帮工，自己准备带妻子进城去；他临走时向伊凡奴希卡说：

"你留下来看管孩子吧，要给他们吃饱！"

"给他们吃什么呢？"伊凡奴希卡问道。

"你把水、面粉和剁碎的土豆和在一起，熬成稀粥给他们吃！"

农民还吩咐他说：

"要把门看好，别让孩子们跑到树林里去！"

农民和妻子乘车走了。伊凡奴希卡爬到高板床上，叫醒了孩子们，把他们拖到地板上，自己坐在他们后面，说：

"好啦，现在我看着你们！"

孩子们在地板上坐了一会儿，就要东西吃。伊凡奴希卡把一桶水提进屋里来，往水里倒了半袋面粉、一斗土豆，用扁担把这些东西搅拌了一阵，然后一边想一边说出了声：

"应该把谁剁碎呢？"

孩子们听见他这样说，吓坏了，说：

"他大概是要把我们剁碎！"

于是孩子们偷偷从家里逃出去了。

伊凡奴希卡望着他们的背影，抓抓后脑勺，想道："现在我怎么看管他们呢？我还得看门，不能让门跑了啊！"

他往桶里瞧了一眼，说：

"稀粥，你就熬你的吧！我得去看管孩子！"

他把门卸下来，扛在肩上，向树林里走去。这时，熊迎面走来，看见他，觉得很奇怪，便吼叫道：

"喂！你干吗往树林里搬木头？"

伊凡奴希卡把自己遇到的事情讲给熊听，熊坐下，哈哈大笑，说：

"你真是个小傻瓜！为了这个，我就得把你吃掉！"

伊凡奴希卡说：

"你还不如把孩子们给吃了呢，免得下次他们不听爸爸妈妈的话，往树林里跑！"

熊笑得更欢了，笑得满地打滚！

"我从来没见过这么糊涂的人！走，我带你去让我的妻子瞧瞧！"

熊把伊凡奴希卡领到自己的窝里去。伊凡奴希卡一边走，他扛的那扇门一边不断挂住松树。

"嗐！你把它扔下吧！"熊说。

"不行，我得守信：我答应看好门，那就得看好门！"

他们来到了熊窝里。熊对妻子说：

"玛莎！你瞧，我给你带来个什么样的小傻瓜！简直太可笑了！"

伊凡奴希卡问母熊：

"大婶，瞧见孩子们没有？"

"我的孩子都在家里睡觉呐。"

"来，让我看看，是不是我们家的孩子？"

母熊让他看了三只小熊，他说：

"不是这三个，我们家是两个。"

这时，母熊也看出他是个小傻子，也哈哈大笑，说：

"你们家的孩子是人的孩子呀！"

"算了吧，"伊凡奴希卡说，"这么小的孩子，哪儿分得清，谁的孩子什么样！"

"滑稽透了！"母熊觉得很惊讶，对丈夫说："咱们别吃他了，让他住在咱们家里干活儿吧！"

"好的，"熊同意道，"虽然他是个人，可真一点坏心眼儿也没有！"

母熊递给伊凡奴希卡一只篮子，嘱咐他：

"去采一篮树林里的马林果，等孩子们睡醒了，我给它们点好吃的！"

"好吧，这我能做到！"伊凡奴希卡说，"不过，你们得看着这扇门！"

伊凡奴希卡到树林里的马林果灌木丛里去，采了满满一篮马林果，自己也吃了个饱，然后回到熊窝里去，一路上放开嗓门高声唱：

嘿！花大姐儿

笨手笨脚！

蚂蚁和蜥蜴

可不像它们！

伊凡奴希卡走到熊窝，大声喊道：

"马林果来啦！"

三只小熊跑到篮子前，吼叫着，你推我挤地翻着跟头——高兴极了！

伊凡奴希卡瞅着它们，说：

"哎呀！可惜我不是熊，要不然我也有孩子喽！"

逗得熊夫妻俩笑个不停。

"哎呀，我的爹呀！"熊吼着说，"没法跟他一起过日子，得笑死！"

"我说,"伊凡奴希卡说,"你们在这儿看着门,我去找孩子,不然主人准得给我个厉害瞧!"

母熊要求它的丈夫说:

"米沙,你帮他找找多好!"

"应该帮助他,"熊表示同意,"他实在太滑稽了!"

熊和伊凡奴希卡一起沿树棘里的小路走去,一边走,一边友好地谈天。

"你太傻了!"熊表示惊讶地说。伊凡奴希卡却问熊:

"那你聪明吗?"

"我吗?"

"是呀,你!"

"我不知道。"

"我也不知道。那么你凶吗?"

"不凶。怎么?"

"我认为,谁凶,谁就傻。我也不凶。那么可能你我全不是傻瓜!"

"瞧你,怎么得出这样一个结论!"熊奇怪地说。

这时,他们突然发现,两个孩子坐在灌木丛下睡着了。

熊问:

"这是你们家的孩子么?"

"不知道,"伊凡奴希卡说,"得问问他们自己。我们家的孩子刚才肚子饿了。"

他们把两个孩子叫醒,问道:

"你们饿么?"

两个孩子嚷道:

"我们早就饿了!"

"对了,"伊凡奴希卡说,"这么说,他们是我们家的孩子!现在我带他们回村里去。大叔，请你把门给我送来，因为我没有工夫，我还得去熬粥！"

"好吧！"熊说，"我给送去！"

伊凡奴希卡跟在孩子们后面，看着他们，眼睛盯着他们后面的地，就像主人吩咐他的那样，嘴里还唱着：

稀奇，真稀奇！
甲虫捉小兔儿。
狐狸坐在小树下，
荒唐，真荒唐！

等他走到农舍里时，主人夫妻俩早已从城里回来了，他们看见屋子当中摆着一只水桶，桶里的水一直满到桶边，桶里倒了许多土豆和面粉，孩子们不在，门也丢了，他们就坐在板凳上，伤心地哭开了。

"你们哭什么呀？"伊凡奴希卡问他们。

这时，他们一眼看见两个孩子，不由得喜出望外，赶紧把孩子搂在怀里。他们指着桶里煮的东西问伊凡奴希卡：

"你这煮的是什么呀？"

"稀粥啊！"

"难道是这样煮的吗？"

"我哪儿知道该怎么煮呀！"

"门哪儿去了？"

"马上就给送来——喏，这不是门吗！"

主人朝窗外一看，只见熊拖着那扇门走在大街上，人们被它吓得向四面八方逃去，有的爬上房了，有的爬上树了！狗也吓得躲起来了，有的钻进了

篱笆,有的钻到院门底下。只有一只火红的大公鸡雄赳赳地站在街中心,对熊大叫一声:

"我我我……把你扔到河里……喔喔喔!"

(王汶 译)

泪水和孩子的诚实

某天,我参加孩子学校的家长会。班主任照例分析介绍了学生们考试分数等"重要"情况后,为家长们放了一个视频,主题是请几位班干部讲一讲自己心中最想说的话。第一个出现在镜头前的是一位小姑娘。她说:"我最想要感谢的是我的老师和我的妈妈。亲爱的老师,您像阳光雨露滋润着我们的心田,我们是稚嫩的幼苗,在您的照耀下茁壮成长……"她的情绪越来越激动,最后热泪盈眶、几乎泣不成声地说:"妈妈,老师,我爱你们!"

接下来的两三位初中生的表达几乎如出一辙,其中一个唇上已经有了绒毛的男生哭得涕泪横流。实话说,我在下面听得浑身起鸡皮疙瘩——这些孩子平时不这么说话,我经常在孩子和她的同学打电话时听到他们对某位布置作业多的老师的诅咒,对家长的埋怨,那些对话才是真话,而且妙语连珠。忽然,我在屏幕上看到了自己的女儿,顿时倒吸一口冷气,心想:"天啊,你可千万别这样!"

还好,她平静地说:"一个人如果没有理想,那他什么也做不成。……我感谢我的好朋友某某和某某,他们经常帮助我学习,我也感谢母亲的操劳!"她说完了,我心里的一块石头落了地。

我算了一下,几位班干部中,只有两个孩子讲话朴实平静,其余的大多情绪高昂,措辞也雷同。我感到难受的是,这些孩子不诚实。尽管我从未怀疑过他们对老师或者家长的感情,但我也不相信他们说的都是实话。

我们的课本、报刊电视的教育，使这些孩子从小就知道，只有说这些陈词滥调，老师才会喜欢，大人才会欣赏。他们面对镜头的时候，表演大过了真情实感的流露，夸张成为赢得赞赏的必须。这样的教育除了能培养说假话大话之外，还能有什么益处？

想起一个故事：1929年夏天，德国的一家出版社收到了来自波茨坦警察局长的命令，上面写着：诗人和画家约阿希姆·林格尔纳茨的《神秘的儿童游戏集》，内容有害于儿童的道德观念，极有腐蚀性，警方是不能容忍的。但是，出版社的人都知道，这是一本美妙的、专门用来对付家长、对付那些向无忧无虑的儿童施暴之人的小书，充满了幽默和各种窍门。譬如，在一首名为《金龟子作画》的诗中，诗人从儿童的视角，描写了一个孩子把金龟子蘸上墨水，放在一张纸上，金龟子爬过的痕迹创造出奇怪的图画和句子，"有一次为我写了一首完整的诗。/ 若是你母亲来了，就做个怪脸；/ 干脆就说：不是我干的！"

这种把戏估计很多孩子都干过，其中有好玩的天性、好奇和期待意外结果的欢乐，想必大多数的家长不会因此而大惊小怪。诗人还写了一首两只蚂蚁要从汉堡到澳大利亚旅行的诗，只有六行，两只蚂蚁因为腿疼，明智地放弃了继续行走。这首诗中动物的人格化能够使孩子们感同身受地关心爱惜生命，充满了童心和幽默。林格尔纳茨还写过一首《我们正在旅途中》：

一枚男邮票
在粘贴前，经历了美事。
他被一位公主舔了一下。
心中的爱被唤醒了。
他想再吻她，

但他必须旅行了，

他白爱了她一场。

真是生活的悲剧！

这一首美妙的童诗，却被纳粹攻击为道德败坏之作。诗人的书被扔进了闻名世界的柏林歌剧院广场的焚书大火中，和诸如托马斯·曼、雷马克、茨威格、海明威等文学大师的作品一起，化成了灰烬。从此以后，他不能发表作品，不能登台演出，不能参加画展；贫困交加中得了肺结核，最后悲惨地死去。

纳粹在"振兴民族"和"爱国"的幌子下，不仅仅烧掉了犹太人的作品，也烧掉了所有宣扬和平、反战、贬低国家崇拜、宣扬人道主义和民主思想的作品，这些书都被视为"非德意志精神"的危险书籍。凡是突出个性、有悖纳粹国家主义思想的，统统都属于被烧毁之列。纳粹出于愚民的考虑，打着国家民族至上、道德至上的旗帜，铲除异端，剥夺大众的民主对话权利，从而巩固自己的权力和独裁统治。所以，像林格尔纳茨这样教孩子说真话，表达童真、好奇心和想象力的诗人，肯定会被统治者视为眼中钉除之而后快。

在我五六岁刚上小学的时候，和同学一起参观"收租院"雕塑展，随着讲解员声泪俱下的讲解，老师们率先痛哭失声。周围的小朋友也都嘤嘤而泣。除了知道大地主刘文彩欺压老百姓是个坏蛋外，我没有更多"深刻的感受"，反而被周围的情景弄得莫名其妙，想笑，只好紧紧捂着脸，唯恐老师看见了骂我。事实上，参观一结束，孩子们放了学就在大街上哈哈大笑，互相讥讽着刚才一幕各自伪装的表现。时间过去快四十年了，我悲哀地发现，弄虚作假、不诚实的教育，仍然在戕害和影响着孩子们，而他们有一天会成为这个国家的建设者甚至是管理者。谁能相信那些充满了谎言和陈词滥调的心灵？陀思妥耶夫斯基曾说："人是卑鄙的东西，他什么都能习惯！"这是对人们麻木不仁的强烈控诉——或许，做一个诚实的人，就要从儿童最日常的真实表达开始。

德国｜阿希姆·林格尔纳茨
金龟子作画

把金龟子放进墨水（苍蝇也行）。
两瓶墨水更好，黑色和红色。
时间勿太长，
不然便没命。
不要撕翅膀。
投到纸张上，
用铅笔来驱赶，
让它们创造奇怪的图画和句子。
有一次为我写了一首完整的诗。

若是你母亲来了，就做个怪脸；
干脆就说："不是我干的！"

（陈钰鹏 译）

别出卖你的无价之宝

如果有一天，某人告诉你有人愿意出一笔你意想不到的大价钱买你的沉默，你愿意吗？

"他们让权贵们出钱买他们的沉默，这些权贵对老百姓实行愚民政策。"——难道真有此事？只要你保持沉默，你将应有尽有，一个银行账户，用不完的钱！

十几年前，我第一次读到《出卖笑的孩子》时，上面的那些话我几乎没有注意过——它们夹在精彩的故事中最不起眼的角落里，我一下子就忽略了过去。我被作者詹姆斯·克鲁斯写的故事迷住了。十多年间，我一直放不下对它的琢磨，我对那些奇妙的情节、诡异的人物以及完全出人意料的命运的改变念念不忘。我一直想为这本书写点什么，但一直迟迟没有动笔——一直到最近两天，我再一次拿起这本书，我的眼睛忽然被本文开头的那两行字刺中。我忽然明白，我要去做些什么，这本书最终告诉了我什么。

世界上总有一些十分不幸的人。假如你从小没了母亲，你有一个只愿意用斥骂或耳光向你表达感情的继母，你在家里甚至没有地方写作业，只能像个小奴隶一样干沉重的家务活，而你贫苦善良的父亲又在你上小学四年级时不幸病逝——你会怎样活下去呢？

我们的蒂姆就是这样可怜的孤儿。他希望有朝一日自己很有钱，可以买个大房子，这样的话他就可以有一间自己的屋子写作业，而不是被继母赶来赶去，像是惹人讨厌的耗子。而他的异母兄弟或许可以从他这里拿到零花钱而不必用拳打脚踢问候他。虽然蒂姆过着孤苦伶仃的生活,但他却拥有最甜美最好听的、咯咯的笑声,这天真的笑声甚至能让老师原谅他的过错。

终于有一天,蒂姆在赛马场遇到一个怪老头。怪老头被他的笑声深深吸引,于是引诱他签订一份合同,合同的内容是——蒂姆把自己的笑出卖给老头,老头则使蒂姆每打一次赌都会赢。这意味着蒂姆立刻就能在赛马场拿走一大笔钱,以后每次都能——只要他愿意来打赌。

蒂姆有了钱,却再也没有了快乐和笑容。当他最开心的时候,譬如给爸爸重新竖了一块墓碑,他也没法笑出来——像一个永远阴沉沮丧的人。没有人喜欢这样的人。

《出卖笑的孩子》的作者詹姆斯·克鲁斯是德国人,1997年去世时,国内刚刚出版了这本书。他获得过安徒生文学奖,而且他是诗人,在德国影响巨大——他参与的电视节目曾使数以千计的德国孩子爱上了诗歌。他生性幽默顽皮,有一次他收到了一笔稿费,他坐上公共汽车,把钱全部分给了车上的乘客,并看着大家惊喜的神情哈哈大笑。这样一个作者,绝对不会让蒂姆失去那天真美好的笑声。当初我第一次读这本书的时候,压根儿没有想到可以用如此简单(太简单了!)的方法,就可以讨回蒂姆被出卖的笑——蒂姆跟人打赌说:"我一定能赢回我的笑!"果然,他赢了!因为怪老头的合同里规定:蒂姆每一次打赌都要赢,否则被出卖的笑就回归蒂姆所有。如此一来,不管蒂姆打赌是赢还是输,他都能赢回自己的笑声。

这不可思议的构思——简直太奇妙了!

这本书里,我看到还有一个人因为贫穷,曾把自己的眼睛卖给了怪老头。当然,他也想办法重新要回了自己的眼睛。怪老头死后,还会继续出现各种购买者,他们想收购他们没有的东西——你的手,你的耳朵,你的几年时光,信任和爱,你的真话、书稿,你的经历……包括我们文章开头记下的——买下你的沉默，你的嘴巴。只要别开口，只要保持沉默，你就会腰缠万贯。或者正好相反，你要为那些黑暗契约到处演讲、写书、出版——只要按照怪老头的心愿来便可。

只是，詹姆斯·克鲁斯告诉我们，再也没有像蒂姆那样可以永远打赢的赌。永远没有了。

德国 | 詹姆斯·克鲁斯

出卖笑的孩子（内容梗概）

　　蒂姆是个可爱的小男孩，但很不幸从小失去了母亲。父亲再娶后，他经常受到继母的虐待，这令他感到痛苦和压抑，只有当星期天来到时，由爸爸陪着去赛马场的时候他才会感到快乐，因为只有那时他才能和爸爸单独待在一起。几年后，在他上小学四年级时，他的爸爸在建筑工地上被木板砸死了，他失去了唯一的亲人。从此，每当继母虐待他、他感到伤心委屈的时候，他就独自一人去赛马场散心，重温和父亲在一起的快乐时光。

　　小蒂姆的生活虽然很悲惨，却拥有世界上独一无二的笑。他的笑快乐天真，能感染所有的人，连严肃的老师听到这笑声，也会原谅他犯的小小错误。

　　继母经常找他的碴儿，继母的儿子也欺负他。他根本没有地方写作业，只能东躲西藏躲开他们，一个人悄悄地啜泣。

　　他想，要是我有很多很多钱，我就能买一个大房子，有我自己的房间，继母也能喜欢我。

　　有一天，蒂姆又来到赛马场，看人们在那里赌马。在那儿他遇见了一个神秘老头，老头故意丢了五个马克，让蒂姆捡到。老头以"让蒂姆每赌必赢"为条件，想要蒂姆把自己的笑声出卖给他。生活在不幸中的蒂姆意识到自己的命运如此悲惨，没有什么值得留恋，于是边疑虑边答应了他，并和老头签了出卖笑的合约。果然，蒂姆去赌马的时候，每赌必赢。但从此，他失去了他那感人的笑声，这笑声却从怪老头的脸上和喉咙里发出来了。

　　善良的蒂姆有了钱，他把父亲的墓重新修整了，这是他最高兴的事情，但是即便在那一刻，他也无法笑出声来。蒂姆第一次感到没有笑的悲哀。由于他整天沮丧着脸,以前喜欢他的人们也把他当成了一个不近人情的孩子。生活中没有笑声的痛苦,使蒂姆明白:"把人和动物区分开来的是笑。"于是,他决心向这位富有的、阴险狡诈的怪老头赎回自己的笑。

一位曾被怪老头买去一双蓝眼睛的人,在这时帮助了他。他告诉蒂姆,只要和怪老头打赌,想要回自己的笑,他就能把笑赢回来,因为怪老头和他定的合约是:"蒂姆每一次打赌都要赢,否则被出卖的笑就回归蒂姆所有。"也就是说,他只要让蒂姆输了,那么合约也就宣布无效,蒂姆依然可以赢回自己的笑。

在朋友们的全力相助下,蒂姆最终战胜了怪老头,夺回出卖了的笑。他重新又成了一个能发出清脆、美好笑声的孩子了。

(李墉灿 译,编者改写)

月亮和熊，生日快乐

这些天，我一直在琢磨诗人兰波的一句话："我是另外一个人。"这句话来自1871年5月兰波在给他的启蒙导师乔治·伊让巴尔的信中，在这句话的后面他接着写道："如果一棵树发现自己是可塑之材将是多么痛苦啊。"

很显然，这两句话前后联系起来所表达的意思很清楚，那就是兰波不满意法国的教育模式，他认为引导人们走向自我实现的道路才是教育的目的。在一种教育所强调的"做有用的栋梁之材"的观念里，每个人早已被翻制好的模具预先阉割剪裁，按照模具制造者的好恶，提前结束了个性自由发展的可能。这句话引起了很多学者们的注意。譬如遗传学家、法国前教育部长阿尔贝·雅卡尔在一次重要的讨论会上引述兰波这句话后分析道："让一个孩子明白，像兰波所说的那样，'我是另外一个人'，这里诗人翻译了《圣经》中上帝所说的'我是那个是我的人'，这说到底是同样的东西。"这些，都在围绕着教育谈论。当然，对于他们的想法我毫无疑问持赞成态度，但是我想单独把"我是另外一个人"这句话拿出来考量。我承认有一天它像闪电一样照亮了我的大脑。我想到有许多思想家、诗人，包括一些普通农夫和工人，在一生的某些时刻都努力想要成为"另一个人"，虽然他们在这样做的时候并未考虑到它的深意，而兰波也可能没有意识到这句话所隐含的重要价值。

我在一本《世界图画书》里读到过美国作家法兰克·艾许写的童话故

事《月亮，生日快乐》：一只小熊想给月亮送一个生日礼物，担心月亮听不到他的声音，就爬到高山顶上，对月亮喊："告诉我，你的生日是哪一天——"他听到月亮回答道："告诉我，你的生日是哪一天——"他们的对话就这样开始了。小熊说什么，月亮就说什么。熊不知道这些都是山谷里他的回声，认为是月亮在和他说话。于是，当月亮重复了小熊"你想要什么生日礼物？……我想要一顶帽子"时，小熊便去买了一顶帽子挂在树枝上，作为送给月亮的生日礼物。风把帽子吹掉到地上，第二天小熊看到了，以为这也是月亮给他的生日礼物，于是非常高兴，但是一阵风把帽子刮走了，他很伤心，就对月亮喊："我把你送我的那顶漂亮帽子搞丢了！"月亮也如此回答，小熊便说："没关系，我还是一样喜欢你！生日快乐！"当然，月亮也这么回答了小熊。

在这个故事里，回声充当了重要的角色，它使小熊的声音变成了月亮的声音，也就是说，月亮奇异地成为小熊——他们发现对方像自己对待对方那样对待自己。"我"还是我，但"我是另外一个人"。当一个人成为"另一个人"时，他们的生命便重合在一起，或者说，他们既是单独的一个人又同时是另一个人。这意味着：让他人的生命进入自我的生命，消除自我中心带来的隔阂。自我中心的人一般不会想到他人的存在是自我存在的条件，如此一来，"我"远远大于他人，"我"的意志便要粗暴地覆盖他人的意志。我曾在一篇文章里谈到过这一点：人类所有人为的灾难，莫不源于自我中心主义。自我中心、利己主义也是各种野蛮制度、独裁威权的基础。记得曾听到一则逸闻，美国前总统克林顿被人问到"你怎么理解自由"这个问题时，克林顿的回答是："我的自由到别人的自由开始为止。"我以为他的回答起码体现了"自我"和"他人"关系最基本的公正和伦理。但是，我依然相信还有更好的人际关系能够超越这一基本伦理，那便是"成为另一个人"。

当人们津津乐道于"主体性"的时候,拉康提出:"主体是由其自身存在结构中的'他性'界定的,这种主体中的他性就是主体间性。"也就是说,若没有他人,便没有自我的主体。而法国哲学家列维纳斯则进一步从伦理学观点来考察人与人的关系,他把每个人的主体性看作一种对他人的责任,认为只有在对他人负责时,他人也才实质性地向自我开放和容纳。他的这种观点,肯定了绝对他性的地位。在我看来,自我作为一个获得安全感的边界,同时也是自我的监狱和囚室。可以想象,倘若上述故事里的小熊没有打破这种边界的愿望,这个故事便不会开始。小熊如果得到的回答是另外一种充满月亮主体特征的话语,那么,我们也就不可能看到故事温暖的结局。回声的出现,是作者高妙的构思,它使小熊听到了完全去自我中心化的回答,这唤起了小熊更多地向月亮敞开自我,使得爱和信任的可能性真正得以实现。

或许,当我们遇到自我的高墙铁网时,只要还有"成为另一个人"的愿望,那么我们得到的很可能就是另一个生命的祝福和拥抱——熊和月亮,生日快乐!

美国 | 法兰克·艾许

月亮，生日快乐

小熊想送一个生日礼物给月亮，他爬到树上喊："你好，月亮！"可是月亮没答应。他想：也许我离得太远了，月亮听不到。

小熊爬到高山上，这下离月亮近了。他喊："告诉我，你的生日是哪一天——""告诉我，你的生日是哪一天——"月亮回答说。小熊不知道这是山的回声，他说："我的生日刚刚就是明天耶。"月亮说："我的生日刚刚就是明天耶。"小熊问月亮："你想要什么生日礼物？"月亮问小熊："你想要什么生日礼物？""我想要一顶帽子。"小熊说。"我想要一顶帽子。"月亮说。

小熊买来一顶漂亮的帽子，挂到了树上。月亮慢慢爬到树枝头，戴上了那顶帽子。小熊睡觉时，帽子掉到了地上。第二天早上，他捡了起来，以为月亮也送了他一顶帽子。可这时来了一阵风，把帽子吹飞了。

晚上，小熊对月亮说："我把你送我的那顶漂亮帽子搞丢了。"月亮对小熊说："我把你送我的那顶漂亮帽子搞丢了。""没关系，我还是一样喜欢你！"小熊说。"没关系，我还是一样喜欢你！"月亮说。"生日快乐！"小熊说。"生日快乐！"月亮说。

（高明美 译）

一封信和一篇童话

二十多年前，我找到一位曾经留苏的农业专家，请他翻译我写的一封信寄给基辅的作家鲍·谢尔古年科夫。我不认识谢尔古年科夫，只读到过许贤绪先生翻译的他的散文《五月》，此文发表在1986年的《世界文学》上。这是我第一次想到要给一个素不相识的作家写信，而且还是外国人，而且我根本不知道他的地址。我只知道他那时有六十多岁，基辅大学毕业后做过记者，后来独自一人去林区做了守林员，在森林里住了很多年。《五月》便是选自他的作品《秋与春》。自然，这件事情因为不可能而作罢，在我心中留下深深的遗憾。

后来，一位我尊敬的学者送我一本童话《狗的日记》，我惊喜地发现作者就是谢尔古年科夫。再后来，我在一本纪念圣彼得堡建城三百周年的选集里再次读到他的童话。一年半前，我得到了他另一本童话集《战士与小树》，我在故乡的海边读完了这本小书。最近，一个朋友居然帮我找到了他——他在遥远的圣彼得堡，他的院子里种了八棵苹果树，他八十四岁了，身体健康，写了很多的童话，在俄罗斯受人尊敬——我读到他的第一封回信时，快乐得快要哭了。

一个人的来历多么奇妙，遥远异域的某一个人可能就会成为你心灵隐秘的哺育者，其间的万水千山、星移斗转都无法阻隔你与他的联系。俄罗斯评论界评价谢尔古年科夫是"擅长描写人的心灵、对自然景致具有罕见洞察力的作家"，而在我看来远远不止如此，他的童话也极具想象力，有着无限温柔的抚慰人心的力量。

《姑娘和三个朋友》是他写的只有几百字的短童话，故事里讲到一个"世上没有比她更美的"姑娘，但她却对自己的美貌一点也不知道，也没有人发现这一点。她认为自己并不好看，因此很痛苦。一天，她遇到了三个人——一个盲人，一个聋子，一个哑巴。盲人说："你是世界上最美的姑娘。"聋子说："你的嗓子比黄莺的嗓子还要甜美。"哑巴把手贴在心口，表达了如下的意思："你像太阳，像月亮，像美丽的大千世界。"姑娘满心欢喜，相信了他们的话。这时，所有人忽然发现，她真的是世界上最美的姑娘。自此以后，盲人重见了光明，聋子听到了歌声，哑巴说起了话。

我不知道盲人、聋子和哑巴何以坚信他们各自没有的东西——双眸、耳朵和话语——会在另一个生命中存在，不知道他们何以能够以自己的缺憾祝福他人拥有那些他们不曾拥有的东西。中国民间有句俗话："瘸子最狠，哑巴最毒。"说的是身有残疾的人，其心灵也会有残缺，盖因他们会拿自己的残缺来丈量他人，以致到了腹黑歹毒的地步。我也不知道是何人发明了这种可怕的谚语。我只知道有信仰的人是那些明知生命或许虚无但却依然在虚无中追寻意义的人，只知道唯有爱和信任才能使生命充满意义。盲人、聋子和哑巴坚信世界上一定有比他们更完美的存在，值得爱和尊敬的存在，即便姑娘本人和其他人都不知道她是美的。显然，美并不是来自虚无的想象，美来自善意、肯定、祝福和爱，来自对未来坚定无疑的美好信念，这信念能产生奇迹，能将不可能变成可能，它像祈祷，它是愿望，也是愿望的结果，在达成愿望的过程中它是无形的行动力，是完全的托付和参与。

祝福所携带的这一切美好的元素——视力、听觉、话语——业已存在于盲人、聋子和哑巴的精神世界，因而他们绝不匮乏，他们向姑娘给出这些，使姑娘辨认出自己身上的美，也同时使自己更加完美无缺。这绝对的信任和给出不带有任何回报的目的，它是善良意愿的心理倾向，不是交易，不是赌博，只是给出，因而它干净高贵——任何信仰都有如上的特征。持有此信仰的人，更容易拥有巴巴莱特所说的"社会情感"——自信、信任和忠诚所构成的社会生活的基础情感。而谢尔古年科夫的书，也是给我们的祝福，是对人向善向美的完全信赖，我是多么愿意终生保有这一份温柔的情感啊！我也愿意以这篇短文，就像二十年前那封信，和二十四年后的回信一样，寄达那善良的心灵，盼望他能够听到源自他那温柔的低语在人间的回声。

俄罗斯｜鲍·谢尔古年科夫
姑娘和三个朋友

　　从前有一个姑娘，世界上没有比她再美丽的人了。她对自己的美貌却一点也不知道，因为谁都没有对她说过，人们也没有发现她美，认为她是一个普普通通的不好看的姑娘。小姑娘自己也以为自己是个不好看的姑娘，为此，她感到非常痛苦。

　　有一次，她走在路上，看到三个朋友，一个盲人，一个聋子，一个哑巴。

　　盲人对她说：

　　"你是世界上最美的姑娘。"

　　聋子补充说：

　　"你的嗓子比黄莺的嗓子还要甜美。"

　　哑巴将一只手贴在心口，对小姑娘表示了这样的意思：

　　"你像太阳，像月亮，像美丽的大千世界。请接受我的这些话语，为大家的欢乐而生活吧！"

　　姑娘满心欢喜，她相信自己是最美的人。这时候，大家都发现，她的确是世界上最美的姑娘。

　　打这以后，盲人重见了光明，聋子听到了声音，哑巴说起了话。

（陆永昌　译）

普通人和国王谁伟大？

古今中外的童话故事里经常出现国王、王后、王子和公主这样的角色。他们拥有英俊美丽的外貌，通常也都有不可思议的权力、神力，并常常在危急时刻显示出非凡的力量，所以他们也经常代表着正义、幸福、勇敢。当然，有时候在另一些童话故事里，他们也会变成愚蠢、残忍、恶毒的角色，这要看讲故事的人想赋予这些并非普通老百姓的人以什么样的品格了。一般而言，谁不想当国王和王后啊？因为即便是一个坏国王、坏王后，也有着比老百姓更多的财富和权力，这些财富和权力最起码不会让他们受穷、受人欺负剥削。不过，在很多现实生活中，有相当多的国王和王后死得很惨，下场还不如一个贫穷但自由的乞丐，比如英国国王查理一世、法国国王路易十六、俄罗斯沙皇尼古拉二世，都是被处死的，有的甚至是全家老小全被杀掉。所以说，拥有权力是一件非常危险的事情，稍有不慎就会带来恐怖的厄运。

有个童话作家陈诗哥就写了一篇很有意思的童话——《几乎什么都有国王》。看这个名字，就知道他要给故事里的每个人物都赐予国王的称号和权力。对，正是这样——

"这个星球上，几乎什么都有国王，这点你是知道的：鸟国国王、蚂蚁国国王、乌龟国国王、青草国国王、风国国王、树国国王、大象国国王……没完没了。"

这个星球是按照我们人类的统治管理结构组织起来的，因为连蚂蚁、乌龟、风和青草都有了等级和特权阶层。既然是这样，接下来就会有人来挑战众多的国王了。这人是一个神秘的外星人，他想知道这个陌生的星球是不是很有趣，如果是个无聊无趣的星球，他就打算毁灭它。消息传开来，无数的国王们顿时紧张起来。他们立刻召开了一个大会，把所有国王召集起来，商量如何应对这个可怕的灾难。每一个物种的国王都表示要拿出自己的绝招，来抵御来犯的敌人，一时间开会的国王们摩拳擦掌，跃跃欲试，似乎胜券在握，但在部署陆军战术的时候，他们产生了极大的分歧，譬如说，他们很难界定"乌龟国是属于水军还是陆军"这样的问题，以及谁来当先锋的问题，而所有陆地生物的国王们——鸡鸭猪羊、狼熊虎豹等等，都认为绝对不能把当先锋的伟大荣誉交给别人。此时，所有的国王们吵成了一团麻，每个在平时颐指气使、认为只有自己才绝对正确、别人都要顺从的国王，怎么能受得了来自别的国王的反对呢？我们可以想象当时的混乱和分裂，由于所有人都是傲慢的国王，是要去征服别人、让所有人绝对顺从自己的人，所以他们肯定互相为敌，绝对不会团结起来找出一个拯救星球的方法。

这些国王之所以会这样，归根结底是因为他们拥有绝对的权力。权力，是一种可以支配和改变别人命运的能力，这种能力的来源分好几种。一种是用暴力攫取的，一种是由某个集团、某部分人推举的，还有是全部人们选举出来的。

有人研究权力有三种来源，即权力神授学说体系、契约学说体系和阶级斗争学说体系。但不管是哪种方式取得权力，如果没有对它的约束和监督，什么样的国王都有可能成为独裁者。独裁者遇见独裁者，就是我们在这个童话里看到的情形——每个国王都只考虑自己，完全不会为所有人、为他者考虑的。幸好，有意思的事情出现了：

"因为当大家都是国王的时候，那大家都变成平常人了。现在，我们就用平常人的标准衡量他们，好吗？"

　　故事从这里开始反转。因为独一的权力开始受制于其他的权力，当所有的权力都被制衡被约束的时候，权力就失去它的绝对支配性，它的骄横和为所欲为不能施行了，就像作者说的那样，所有的国王都成了普通人。既然是普通人，事情一下子就好办了。第一个放弃征服别人力量的国王是玫瑰女王。这真是太好了！玫瑰是花朵，代表着美和女性，她厌恶战争和争吵我觉得非常合情合理。玫瑰女王停止了国王们的吵闹，她建议用"美人计"，这是用美来影响别人的计策。接着青草国王带来了乐队。于是，音乐、歌声在这个星球上响了起来，人们唱着，跳着舞蹈，一片美丽祥和的景象。这些美妙动人的情景甚至感动了凤凰国国王，他飞过来在天空展开迷人的凤凰舞，并在最后露出了真实的面目——我暂时保密，不说了。最后的结局是什么，各位朋友可以去读一下《几乎什么都有国王》这个童话。

　　我想告诉大家的是，为所欲为的权力永远无法给人类带来和平，并且大多数时候它只能带来灾难。真正能够使人们彼此尊重的只有爱、温柔和美，而很多艺术家创造音乐、诗歌、舞蹈和美术，就是为了培养我们对于他人的想象力，也就是能够想象别人的喜怒哀乐，能够真正站在别人的立场上想问题。这，才是人类能够自我拯救的道路。

中国 | 陈诗哥

几乎什么都有国王

这个星球上，几乎什么都有国王，这点你是知道的：鸟国国王、蚂蚁国国王、乌龟国国王、青草国国王、风国国王、树国国王、大象国国王……没完没了。这些国家发生了许许多多的事：家事、国事、天下事、大事、小事、怪事、趣事、破事、没事找事……嘿，至于他们到底能有些什么事情，我们就看看吧。

一个外星人降落在地球上，他想知道这个星球是否有趣，如果不有趣，他就要攻打它。

国王们收到情报，都紧张起来了，不停地举行各种名目的会议：巨人国召开部长级会议，蚂蚁国举行全民公投，螃蟹国开始了大规模的水军军事演习，青草国国王则提出，要求举行联合国大会，共同商讨大计。

这一号召得到国王们的响应。于是，一万多个国家的国王纷纷从各处赶来，还有众多小国暂时无法统计，哎呀，这个星球上，几乎什么都有国王。他们来的热闹情景你是知道的，风国国王骑在云国国王的肩膀上，一路谈笑风生；鸵鸟国国王一手提着青蛙国国王，另一只手提着鼹鼠国国王，施展出草上飞的轻功；而蚂蚁国国王、屎壳郎国国王、蜗牛国国王和蜘蛛国国王则舒舒服服地坐在大象国国王的背上，铺开一张湛蓝色碎花儿桌布，一边喝茶，一边欣赏沿路优美的风景，一边向喜马拉雅山的避暑山庄出发，留下一路灰尘。

"这个时刻我知道并不轻松。"主持会议的大象国国王站在避暑山庄的会场中央，庄严地说："我们受到了严重的挑战。"

狗国国王一拍桌子说："地球人民不是好欺负的。"

狼国国王的眼睛射出冷峻的光芒："狼国已经派出一千匹独狼出去侦察，我们掌握情况。"

鹰国国王缓缓地说："鹰国已经派出九千九百九十九名杀手。"

树国国王坚定地说："我们拥有最强的矛和盾。"

太好了，地球上国王们的聪明和勇敢你是知道的，他们是什么都不怕的。

还有还有，风国国王、雨国国王、雷国国王和电国国王一起站起来，朗声说："我们空军随时候命。"

在熙熙攘攘的会场上传来一个很小的声音，原来是蚊子国国王尖着嗓子说："蚊子国可以派出最高级别的 KK2008 战斗机。"

最老的恐龙国国王站起来，做一声吼叫，他们国家现在只剩下他一个人了，他说："我要战斗到最后一刻。"

对于国王们的勇气和热情，作为联合国秘书长，大象国国王深感欣慰。他把鼻子一伸，仰天长鸣："老夫虽老，还能吃饭！现在，我们要设计好战术。"

对于水军和空军的部署，大家很快达成了一致。

但对于陆军的部署，国王们发生了争议，起初是因为谁做第一步兵前锋的问题，乌龟国国王坚持了乌龟国勇敢作战的优良传统，他认为乌龟国必须接受这个光荣的使命。但很快，国王们对"乌龟国是属于水军还是陆军"提出了疑问，并引起争论。

接着，狗国国王、虎国国王、豹国国王和熊国国王也站起来，他们不允许这一至高的荣誉落到别处。

而猪国国王、羊国国王和牛国国王也蠢蠢欲试。

鸡国国王、鸭国国王和鹅国国王也想站起来。

就是这样，联合国大会上发生了严重的分歧。有了分歧，国王们的骄傲是很难平息的，这点你也是知道的。起初，国王们还保持着自己的威仪，庄严地发表自己的演说。可是，到了后来，他们吵得脸红耳热，甚至摩拳擦掌，一点也不顾自己的身份。大象国国王挥了几次鼻子都没有用。但这一点我们也是不能责怪他们的，因为当大家都是国王的时候，那大家都变成平常人了。现在，我们就用平常人的标准衡量他们，好吗？

那时，身着盛装的玫瑰国女国王站起来，风情万种地说："不用争吵了，我们可以用美人计嘛。"说完，她的手轻轻地一挥，一群穿着白色舞衣的绝色玫瑰女子娇滴滴地走到会场中间，跳起婀娜多姿的舞来。

见此情形，青草国国王眨了两下眼，也大手一挥："我们有音乐！"二十人的青衣乐队鱼贯而出，吹起了悠扬的笛子。

如此优美的音乐和舞蹈迷倒了所有的国王。会场顿时安静下来，大家用最低的声音对这些崇高的艺术进行点评。

鸟国国王此时也按捺不住了，他情不自禁地站起来，表演了一首诗朗诵。

而青蛙国国王紧随其后，他是一位优秀的歌唱家，他用雄浑低沉的声音唱了一首《今夜无人入眠》：

美丽的江河水

我们轻轻地歌唱

今夜无人入眠

我们相聚在一起

于是，他们全忘了，大敌当前也忘了。不知是哪个国王说了一句："不如先举行一场宴会吧。"

大家都安静下来，望着大象国国王。

大象国国王沉吟了一会，把鼻子一挥："嗯，就先举行一场宴会吧。"

马上,他背后的一群大象举起鼻子,奏了一首《蓝色多瑙河》,拉开宴会的序幕。

你知道,举行宴会这些国王们是擅长的。欢乐的气氛一下笼罩了整个喜马拉雅山山脉,也让国王忘记了自己的身份,他们三三两两聚在一起,有坐在沙发上搭着肩膀聊天的熊国国王和鼹鼠国国王,有坐在地上弹琴的蟋蟀国国王,有系着围裙准备烤面包的狐狸国国王,有像服务生一样送酒的蜗牛国国王……

迷人的时光就是这样一点一滴地流淌过去的。

在宴会就要结束的时候,凤凰国国王飞到会场中心,他是全世界最高贵最英俊的国王。只见他一边伸展美丽的翅膀,跳着庄严优美的凤凰舞,一边唱着优美庄严的凤凰歌,五彩的光芒在会场静静地流淌,流出喜马拉雅山,流向宁静的宇宙。

国王们鸦雀无声,都陶醉在深深的喜悦中。

就在表演将要结束的时候,会场上却突然爆出一阵烟雾,等大家清醒过来才发现,高贵的凤凰国国王变成了一个眼睛突出、耳朵挂着两条迷人的青色小蛇的奇怪的人。原来,他就是那个外星人!他把凤凰国国王囚禁了,然后乔装成他,一直跟大家待在一起。

在国王们的目瞪口呆中,那外星人跳上他的摩托车形飞碟,大声地说:"不会有战争了,那是一场误会,我欢迎你们到601B星球做客。"

发现命运的奇妙方式

意大利诗人蒙塔莱曾写过一首以《诗人》为题的诗。这位拒绝向法西斯政权效忠的诗人在诗里写道：尽管他气若游丝，但仍然可以把他的"颂歌"献给新的暴君。

独裁者不会像尼禄那样杀戮、草菅人命，但他会向诗人讨要发自内心的颂扬。而诗人也骄傲地承认，"不管怎样我仍然能够／留下永远不灭的痕迹"，这是因为蒙塔莱深深知道——"在诗歌中，最重要的不是内容／而是形式"。

相对于诗人的天职——用诗歌创造语言的存在，人们更容易关注他们表达的内容而忽略表达的形式。事实上，在真正的诗人那里，形式即内容，陈词滥调则是诗人最大的敌人。当人们对诗人贴上是否介入"社会政治"的标签时，他们大多不会意识到，权力最恐惧的还不仅仅是"介入"——否则标语口号来得更直接——而是诗歌本身所具有的基本元素：写作主体敏锐的感受力（无法忍受野蛮的现实）、隐喻（将喻词与喻体联系起来，万物是一个整体，这是爱）、感情（依然是与他者的联系）、语言与生命的意义，将一起诞生，不承认陈规陋习的合法性、敞开对世界的认识，以及它那永远呈现的在当下、也同时在过去与未来的存在。它几乎无用，自由，它呈现世界，拒绝成为工具。上述的每一点，在野蛮的威权看来都是巨大的威胁。

如此，形式的问题，便不是一个小问题。有个童话，便可说明形式与方式之重要：

在古老的黎巴嫩森林里，长着三棵高大的雪松。它们经历了好几个世纪，目睹过很多人间的沧桑变化。有一天，它们谈论起未来。第一棵雪松说："我想变成世上最为强大的国王的宝座。"第二棵雪松说："我愿意成为永远把恶变为善的某种东西的组成部分。"第三棵雪松说："我希望每当人们看到我的时候，都能想到上帝。"

后来，伐木人来了，将它们砍倒，又用船运往远方。它们没有想到，第一棵雪松被用来修建牲口棚和草料架，第二棵雪松被做成了一张简陋的桌子。第三棵雪松连买主都没有找到，被截断后丢弃到仓库里。三棵松树深感命运之不幸。

不久，有一对贫困夫妇路过用第一棵雪松建造的牲口棚，临产的妇人躲进来分娩，生下了一个婴孩，并把它放在了草料架上。若干年过后，几个男人围坐在用第二棵雪松做成的桌子旁，其中有个人就摆在他面前的面包和葡萄酒说了一些话，然后众人一起含着眼泪分享面包和酒。第二天，有人跑进几乎要废弃的仓库，取出用第三棵雪松切割的木料，将它们钉成了一个十字架。

现在，我们知道了耶稣就诞生在牲口棚，最后的晚餐就是在用第二棵雪松做成的桌子上进行的。看上去最没用的第三棵雪松，就是象征基督教信仰的十字架。

"所有的梦想总是如此，黎巴嫩的三棵雪松履行了它们所希望的天命，但是方式却与它们所想象的不同。"故事以这句话结束了。

由于这三棵雪松曾经"目睹了所罗门派遣的一支以色列远征军来到此处"，后又看到了与亚述人交战期间血染的大地；它们认识了耶洗别和先知以利亚以及"观察到字母的发明"，因此我们当然可以猜测这是三棵多么年长高大的雪松。用这样的雪松去搭牲口棚、做成简陋的桌子或者干脆扔进仓库，无疑就是把它们当成废物处理了。

但万物自有其时，如《传道书》所言："神造万物，各按其时成为美好。"倘若一开始三棵雪松就得知自己的愿望一定能实现，那么故事便无法展开讲述，因为一个提前知道未来结局的故事将不再是故事，它直接取消了故事结构之可能。即便按部就班地讲述下去，也无非是符合了平庸世俗的理性逻辑。况且，若雪松们有求必应，则必会骄傲，更会怀疑神迹何以出现在肮脏的马棚、简陋的木桌和零乱的仓库中。因为按照世俗的想象，这些地方绝对和它们所期望的神圣尊贵之处是不一样的。"骄傲"是《圣经》所列"七宗罪"中第一大罪，而"怀疑"存在，则信仰不存。如此，若按照世俗的方式实现三棵雪松的愿望，却都是先要把雪松置于"有罪"的情态中，这自然有违神意的慈爱。于是，三棵雪松对命运和神的安排一无所知，几乎在最绝望的处境下意外发现了神迹早已实现——上帝不在别处，上帝在最低贱最卑微的地方，也是在"期待"中。

上帝以这样的方式显现，以牲口棚、桌子、废弃的木料隐喻着神迹、信念、基督之爱，这也是诗歌的方式——它是语言的意外，但未超出心灵。它有违世俗常理，但却真切无欺。它在人们习以为常的平庸的叙事理性道路上拐了弯，却突然从诗歌隐喻的时间源泉中涌出。它让我想到《圣经》中的一句话："万事互相效力，叫爱神的人得益处。"这符合《圣经》的寓言性质，也符合一切神圣都蕴涵于平凡之中的真理。

《黎巴嫩的三棵雪松》的作者是巴西作家保罗·科埃略，他也是长篇小说《牧羊少年奇幻之旅》的作者。关于他的各种传闻和八卦非常之多，据说他少年时代曾因为举止过于叛逆而三次被送进了精神病院，这段经历大约和被扔进旧仓库的松树木料很相似，在很多人看来那时的他无异也是一堆"废物"，谁又能想到，这些经历也能成就一位以文字"侍奉"上帝的作家呢。

巴西 | 保罗·科埃略

黎巴嫩的三棵雪松

有一个著名的古老神话,说的是昔日美丽的黎巴嫩森林长出了三棵雪松。

众所周知,雪松长大需要很长时间,所以它们度过了整整几个世纪,对生命、死亡、自然和人类进行思考。它们目睹了所罗门派遣的一支以色列远征军来到此处,后又看到了与亚述人交战期间血染的大地。它们认识了耶洗别和先知以利亚,那是两个不共戴天的死敌。它们观察到字母的发明,并被过往的满载花布的商船弄得眼花缭乱。

风和日丽的某一天,它们就前程问题进行了一场对话。

"目睹了这一切之后,我想变成世上最为强大的国王的宝座。"第一棵雪松说。

"我愿意成为永远把恶变为善的某种东西的组成部分。"第二棵雪松说。

"我希望每当人们看到我的时候,都能想到上帝。"第三棵雪松说。

过了段时间,伐木人来了,三棵雪松被砍伐,一艘船把它们运往远方。

每一棵雪松都怀有一个愿望,然而现实却从不询问何为梦想。第一棵雪松被用来修建一个牲口棚,剩余部分则做成草料架。第二棵雪松变成了一张十分简陋的桌子。第三棵雪松因为没有找到买主,便被截断放进一座仓库里。三棵雪松都深感不幸,它们抱怨说:"我们的木质虽好,却没有人把我们用于某种美好的东西上。"

上帝却命令它们少安毋躁、保持希望,并应许说它们的梦想必将实现。

过了一段日子,在一个繁星满天的夜晚,有一对贫穷的夫妇在旅途上未能找到栖身之处,妻子却快要临产了。他们决定在路边那个由第一棵雪松修建的牲口棚里过夜。临产的妇人疼痛地不住呻吟，最后她在这里分娩，并将婴孩放在了草料架上。此时此刻，第一棵雪松明白了它的梦想已经实现：这个婴儿便是世上的万王之王。

又过了若干年，在一个简陋的房间里，几个男人围坐在由第二棵雪松制成的那张桌子周围。在众人开始就餐之前，其中的一个人就摆放在他面前的面包和葡萄酒说了一些话，然后众人一起含着眼泪分享面包和酒。于是，第二棵雪松明白了，此时此刻，它所支撑的不仅仅是一只酒杯和一块面包，而且还是世人与上帝的联盟。

第二天，有人取出用第三棵雪松切割成的两根木料，将它们钉成十字架的形状，随即将它扔到一个角落里。几个小时之后，士兵们强迫一个名叫西门的乡下人背起这个十字架，而走在前面的是一个被野蛮殴打遍体鳞伤的男人。在各各他，兵丁们把这个男子钉在了用第三棵雪松制造的十字架上。第三棵雪松感到毛骨悚然，对生活留给它的野蛮遗产感到伤心。然而，在三天时间过去之后，第三棵雪松明白了自己的使命：曾被钉在这里的男人如今已成为照亮那一切的光芒。用它的木料制成的十字架已不再是苦难的象征，却变成了胜利的信号。

所有的梦想总是如此，黎巴嫩的三棵雪松履行了它们所希望的天命，但是方式却与它们所想象的不同。

（孙成敖 译）

尝一下青葡萄的滋味

入夜，几个诗人坐在后海的酒吧露台上，谈论着生死。楼下是熙熙攘攘比赶大集还热闹的游客，情侣、老外、小贩儿以及不知道都是干什么的人。

"微博上看到的，某某跳楼了。"一个诗人说。

大家唏嘘了一番。

"生死观，这是一个好诗人必须考虑的！"在座年纪最大的诗人说。

楼下传来侍应生招呼人来酒吧喝一杯的声音。

我透过斑斓灯光遮蔽的头顶，默默看着高天一颗微弱的星星。

为什么活着？如何面对死亡？这些问题，平时也会想，遇到有放弃生命的事件时，想得更多。前不久看到女作家汤汤的童话《一只小鸡去天国》，湿了眼眶，感慨不已。

刚满月的小公鸡病了。母鸡妈妈带着其他的小鸡外出觅食，她知道，每一批孩子里总有几个不等长大便会离去。她似乎习惯了这一自然规律。

小公鸡孤零零地在草堆上做噩梦，这时，死神来了。小公鸡啜泣着说："别带我走，我还小。"死神不为所动。恰在此时，死神想起还有一件急事没办，于是就留下话："我过一会儿再来。"

无奈等死的小公鸡，忽然想起刚出生时在离家二百米处水沟那里有一架葡萄，那时候的葡萄只有米粒大。在死之前，他很想尝一尝葡萄的滋味。他挣扎着摇摇晃晃走过去，啄了一粒，虽然是青涩的葡萄，但今生他总算是知道了葡萄是什么样的滋味。

接着，他又钻进一个小山洞，虽然以前母鸡妈妈说过那里很可怕，没有任何鸡敢进去。小公鸡顺利地从洞的另一面走了出来。他比别的兄弟姐妹又多了一次体验。他甚至向一只别人家漂亮的鸡妹妹勇敢地说："我喜欢你。"

就这样，在死神还没有把他带走之前，他做了这一切，而且还为自己以前的错误向鸡姐姐道了歉，并亲了母鸡妈妈一下。这一吻，是他全部的爱。

小公鸡平静地跟着死神走了。他走的时候很快乐、安心。他活着的时候，每一分每一秒都是充实的。

其实，死神早已经回来了，他只是悄悄跟在这只小鸡崽的后面，看看在这个世上只活了一个月的小生命在临死前的最后时刻想干些什么。

人生天地间，忽如远行客。古诗里这么说。小公鸡以前的日子，都比不过在这短短几个小时里所经历的一切。我们也可以说，这也是漫长的一生，完整的一生。相比满足于口腹之欲，小鸡临死前的希望因为他的行动而拥有了意义。或者说，他以充满了意义的短短几个小时，延长了他的生命。在他唯一能确知的、能拥有的时间里，这个微不足道的小生命做了多么了不起的事情！他是一只能够知道天堂在哪里的小鸡，在他身上洋溢的蓬勃的精神力量，在他死后的世界里，仍然活在那些热爱生命的人们身上。

身边的诗人们不知道这个故事。他们也不知道作家汤汤是谁。

这个写出了《天子是条鱼》《到你心里躲一躲》《小耳有秘密》等优秀童话的小学老师，普通得不能再普通。她说："因为童话，我的内心一日一日多了与外部世界抗衡的力量，它便得一点一点强大。它让我保持我的本性不轻易迷失。"她希望自己"到八十岁，还能像个孩子一样，对这个

尝一下青葡萄的滋味 | 301

世界充满善意的幻想。我对这个世界怀有多少天真和善意，它就还我多少天真和善意"。

那一晚，当诗人们坐在后海酒吧的露台上谈论生死的时候，我只想到了《一只小鸡去天国》这个童话。当孩子们问什么是死亡、什么是活着的意义这样重大的问题时，我觉得就可以跟他们讲一讲这只小鸡的故事。

"世界上只有一种英雄主义，就是在认清生活的真相后依然热爱生活。"罗曼·罗兰的话，似乎正是对这只小公鸡的评价。

中国 | 汤汤

一只小鸡去天国

一只小鸡歪歪地伏在稻草上，这几天，他总是想睡觉，没完没了地想。

妈妈带着哥哥弟弟、姐姐妹妹野餐去了，他当然想跟去的。可是他的一双眼睛，竟然困得睁不开。妈妈说："你看起来是病了，你就在家睡觉吧，野餐嘛，隔几天就有一次的。"

妈妈带着一群孩子出门去，这是她的第七批孩子了。每一批孩子里，总有一两个爱生病，等不到长大，就会离开。她似乎已经习惯。

唉，那就睡觉吧。

如果不做噩梦，睡觉真是一件挺美的事情。

可惜，小鸡近来总爱做噩梦。梦里，总有一个可怕的、看不清模样的东西在追他，他一个劲儿慌慌地逃，没命地逃。逃着，逃着，就醒了。醒来的小鸡，脚是软软的，酸酸的，像搁在大缸里酱过的大白菜似的。

而且头也很沉，随时随刻都想要往地上扎。

他是一只刚满月的小公鸡。

现在他伏在稻草堆里，睁着眼睛，因为刚从噩梦里走出来，他不敢马上睡去。

有人轻轻地推了推他。

他看见一个黑黑的影子，若隐若现，飘飘忽忽的。那影子会说话，他说："嗨，小公鸡，跟我走吧。"

"你是谁？"

"我是死神。"

"死神？"小公鸡轻轻一颤。

"对，死神。跟我走吧。"

"可是我还很小啊。"小公鸡说。

死神慢悠悠地说："昨天，离你这里不远的地方，一只小鸡快从蛋壳里钻出来的时候，被一只大皮鞋'吱'地踩扁，我带他去了天国。你比起他，可不算小了。"

"可是比起我的爸爸妈妈、哥哥姐姐，我实在是小得可怜啊。"小公鸡几乎要哭了。

"说真的，你确实是小了点，但这是没有办法的事情。"

"一点办法也没有吗？"

"降临到这个世界，或者离开这个世界，都是没有办法的事情。"

"哦。"小公鸡难过极了，他忍不住啜泣起来。

他啜泣的时候，死神突然想起一件急着要办的事情。他一边离去一边说："我一会儿就会回来。"

"快吗？"小公鸡问。

"很快，当然很快！"

"我需要做点什么准备呢？"

"不，你什么也不用准备，到时候，你只要闭上眼睛跟我走就是了。"

死神离开以后，小公鸡抹着眼泪发了会儿呆。

很快？

是一个月，还是一天？是一个小时，还是一分钟呢？

他难过极了。

难过使他的双脚更软，脑袋也更沉了。

他伏在地上，难过了有五分钟那么久。

他起先是木木地等着死神回来。

然后，他想起家门前两百步远的水沟边，有株葡萄藤，藤上挂着一串一串的青葡萄，那是他出生第二天就见到的。妈妈带着他们一群孩子去散步，他第一个看见了它："瞧，那是什么？"

"那是葡萄。"妈妈说。

"可以吃吗？"

"当然可以吃，等它们成熟了，变得又大又紫了，那味道真是说不出的美妙啊。"妈妈一边说一边砸嘴巴。

小公鸡说："哦，我从来没有尝过葡萄的味道。"

妈妈大笑起来："你没有尝过的东西还多得很呢，你不知道的事情也多得很呢。不过，这有什么要紧的呢，你们迟早都会经历的。"

"现在可以吃吗？"小公鸡又问。

"现在啊，它们还没有熟呢，涩得很。"

"那得等多少时候啊？"

"再等一两个月吧。"

"那么久啊，怎么等得到呢？"小公鸡真有些着急了。

"当然等得到。"

……

小公鸡想，在死神回来之前，我应该尝尝葡萄的味道，不管它们熟了没有。可是，来得及吗？有两百步远的路呢。更何况，我的脚这么软，这么酸，根本走不快。说不定，我还没有看到葡萄，死神就把我带走了。唉，只要来得及吞下一颗葡萄，我就不会这么难过的。

他往两百步远的葡萄慢慢走去。

每走完一步，他都以为，下一步，死神就该到了。

他慢慢地走着，一直走到小水沟边，一直走到葡萄藤下。

比起上次看见的，一串串葡萄真是大了不少，虽然还是青青的，但透明多了。可惜，没有一个葡萄是紫色的。小公鸡仰起脖子啄下一个，哎呀，又苦又涩，又酸又麻，说不出的难吃。但小鸡把它整个儿吞下肚去。

真好，他对自己说，我知道了葡萄的味道，呵呵，是没有成熟的葡萄的味道。

葡萄很不好吃，他的难过却少了一大半。

如果还来得及进那个山洞里瞧一瞧，就更好了，小公鸡又想。

那个山洞，就在家的后面。后面有座小小的山，山脚有个洞。一个洞口在山的南面，另一个洞口在山的北面。看起来，特别神秘的样子。

爸爸妈妈吩咐了一百遍，孩子们，谁也别进那个山洞啊。

其他小鸡都会"哦哦哦"地点着头说："好的，妈妈，请放心吧。"

只有他一遍一遍地问："为什么不能进去呢？那里面有什么吗？"

"那里面有很可怕的东西。"妈妈用一种夸张的低沉的声音说。

"是什么可怕的东西呢？"

"这个嘛，我也说不清楚，反正十分可怕，反正不能进去。我们这里世世代代的鸡，谁也没有进过那个山洞。"

可是山洞里到底有什么呢？小公鸡总是独自站在洞口琢磨。

既然世世代代的鸡，都不敢进去，洞里面一定有可怕的东西了。可是，既然谁都没有进去看过，又怎么知道洞里的东西是可怕的？

小公鸡决定，等自己长大了，长到足够强壮的时候，一定要进洞去瞧一瞧。

可是，他等不到自己足够强壮的那一天了。

小公鸡决定，现在就走进去看一看。

只是不知道时间够不够？死神说过他很快就会回来。

吃了葡萄的小鸡，觉得脚不那么酸，头也不那么沉了，他加快脚步往山洞走去。

到洞口他停了停，然后，他毫不犹豫地往里边走去。

洞里边真黑。

小公鸡一会儿踩到湿漉漉的泥土，一会踩到硬邦邦的石头。里面凉凉的，静静的。只有滴答滴答的水声。他走到一半的时候，仰起脑袋，侧起耳朵，微微张开嘴，他想凝神听一听水的声音，结果一颗水珠恰好落进他的嗓子眼里，甜滋滋、凉丝丝的。

他不禁欢快地叫了一声"喔啾——"

不一会儿，他从另外一个洞口走了出来。洞里啥都没有，哈哈，更别说什么可怕的东西了。

现在，小公鸡一点都不难过了。

他想起爸爸说过，每只小公鸡长大后，都会拥有一身在太阳下闪光的羽毛。

拥有闪光羽毛的公鸡，要勇敢地对自己喜欢的小母鸡表白。

"我喜欢你，我们结婚吧。"

如果你足够帅气，足够勇敢，足够有魅力，那么，你的求婚就能取得成功。然后，你会有妻子，会有孩子，会经历很多美妙的事情。

他是等不到这一天了。

不过，他是不是还有时间，去和三百步远的两棵杨梅树下的她说句话呢？

她同他一样，也是刚刚满月的小鸡。

他是跟着妈妈散步的时候，见到她的。她看起来特别安静，人家在捉小虫子的时候，在蹦来跳去的时候，她只仰着头看云朵。

她看云朵的样子，实在有趣极了。

他很想走过去，和她一起抬头看。可是他的妈妈和她的妈妈曾经吵过嘴，据说吵得很凶，她们互不搭理已经有好些日子了。

她们甚至不允许自己的孩子来往。

所以，他一直都不敢走到她身边去。更别说，一起抬头看云朵，或者说句话了。

不过，他现在可不想去理睬妈妈们的矛盾，他只想去和她说句话。只是恐怕来不及吧。但是因为吃了葡萄，喝了洞里甜滋滋的水的缘故，他的脚步越发快了。

小公鸡往两棵杨梅树下走去。

路上，他遇见两只年轻的公鸡在打架，打得很勇猛，闪光的羽毛，通红的鸡冠。他们一进一退，一守一攻，扑棱着强有力的翅膀，伸长着脖子，跳得高高的，威武极了。小公鸡想，如果有时间，我也愿意这样打上一架的。

他走到三百步远的杨梅树下的时候，死神竟然还没有到，他无比庆幸地松了口气。

"咚咚"，他敲了门。开门的正是那个爱看云朵的小鸡。

"你比世界上任何一个鸡都可爱。"门刚开出一条缝，他便以最快的速度说，他怕说得慢一点，就会失去机会。

门里小小的她愣了愣。

"我喜欢你。"他又说。

她问："真的吗？"

"真的。"他用力点点头。

她红着脸说："我等着你长大，你也等着我长大哦。"

他一时间不知道说什么好，这时，她的妈妈跑过来，一边嚷嚷着"你和谁在说话呢？"一边就把女儿挤到了身后。

"是你呀，快走，快走！"

小公鸡离开两棵杨梅树，他的心里没有一丁点儿难过，只有甜蜜的东西。

好了，现在小公鸡眼巴巴地等着妈妈带着姐姐妹妹、哥哥弟弟回来。

他要亲一下妈妈。

自从他出生，他就从来没有亲过妈妈。其实所有的小公鸡都没有亲过妈妈。作为一个公鸡，情感是不可以这么丰富的。长辈们都这样教导。

可他就是特别想亲亲妈妈，因为他爱她。

妈妈呢，她的孩子太多，总说她的爱不够分了。从第三批孩子开始，她就没有给他们中的任何一个取过名字。反正取了也记不得。

不过，这不妨碍小公鸡爱他的妈妈。

有一次，他说："妈妈，亲亲我吧。"

"哦，我没有空。"

"那我可以亲亲你吗？"

"哦，不行。有出息的公鸡要善于把情感隐藏起来，藏得越深越好。"

……

我一定要亲亲妈妈，小公鸡想。可是他能等得到妈妈回来吗？

十二点，妈妈没有回来。

一点，依旧没有回来。

两点，还是没有回来。

三点，仍然没有回来。

他等得快要睡着了。

四点钟，妈妈终于出现在家门口，大家都回来了，一个个沉浸在兴奋之中叽叽喳喳。

妈妈说："你睡得好吗，看起来真精神，病全好了吗？"

小公鸡扑上去，踮起脚尖，又使劲儿跳了跳，亲到了妈妈的脸颊。他说："妈妈，我爱你。"

妈妈用翅膀一下一下摸着脸颊，她看起来惊讶极了，又幸福极了。

"我也爱你，宝贝。"

他偎依在妈妈身边享用晚餐。

晚餐过后，他又想到一件事情，必须马上做的事情。

对，他要向二姐道个歉。二姐因为玩得太累，晚饭都没有吃，就睡觉去了。

妈妈有一个玻璃瓶。以前玻璃瓶里装着满满的谷子，妈妈说，等到明年春天的时候，把它们种到土里去，他们就会有吃不完的谷子。她怕被嘴馋的孩子们偷吃，把玻璃瓶藏得可稳当了。

可是，还是被小公鸡发现了。

小公鸡喜欢吃谷子，他每天偷偷地吃上几颗。

谷子那么小，吃上几颗，谁也不会发现的。

但是，如果每天都吃，而且每次都忍不住多吃几颗，玻璃瓶里的谷子当然越来越浅。

怎么办呢？被妈妈发现，一定会生好大的气吧。

有一天，小公鸡又忍不住了，他偷偷地拿出玻璃瓶，正要往外倒谷子，二姐突然来了。

他慌得把玻璃瓶一丢，就从窗子里跳出去。二姐正捡起玻璃瓶纳闷呢，妈妈进来了。

妈妈把二姐痛骂了一顿。

还罚她一天不能吃饭。

两天不能外出。

三天不准说话。

他一直想说出真相，可是一直没有勇气，就这样一直让二姐替他背着黑锅……

他去推二姐，二姐睡得好香，怎么推也不醒。

"二姐，二姐。"

他真怕自己没有时间向她说"对不起"了，于是他趴在二姐的耳朵边用最大的声音叫："二姐！"

二姐才醒过来。

"你这个小坏蛋，你干吗呢。"二姐怒气冲冲地说。

"对不起，二姐，玻璃瓶里的谷子，是我吃的。"

"啊，原来是你，你真是太坏了！妈妈，妈妈，快来呀，谷子不是我偷吃的！是他！是他！"二姐一面叫，一面拿翅膀拍他的脸。然后妈妈跑过来，大家也都跟着围上来。妈妈把他狠狠骂了一顿后说："一天不能吃饭，两天不能外出，三天不准说话。"

二姐说："不够，不够。"

妈妈怕她在夜深人静的时候接着哭闹，只好说："两天不能吃饭。四天不能外出。六天不准说话。"

他一点也不难过，相反，他觉得心里轻松极了。

后来大家都睡了。

我们的小公鸡也感觉到疲倦了。其实他舍不得很快睡去，可是他的眼睛困得睁不开了，他的双腿又酸又软，像搁在大缸里酱过的大白菜似的。脑袋昏沉沉的，随时都要往地上重重扎去。

在睡去的前一秒钟，他对自己说，如果还来得及做个美梦，那有多好啊。

他马上睡着了。他果然做起了美梦，不是一个，是一个接着一个。

他梦见大颗大颗的葡萄紫莹莹的。

梦见自己长大了，又帅又强壮，羽毛在阳光下闪闪发亮。

梦见和两棵杨梅树下爱看云朵的她结婚了。

梦见率领着一百个孩子去散步。每一个孩子，都有不一样的名字。

最后，他梦见自己飞起来。

他出生才第三天的时候，便有个问题使他深深困惑。为什么他和鸟一样都有两只翅膀，鸟会飞，他却不会飞呢？

现在他终于飞起来。飞得很舒展，很惬意。他觉得快活极了。

飞着飞着，他撞上了一个黑黑的影子。

那影子说："嗨，你还记得我是谁吗？"

"你是死神呀，谢谢你回来得这么慢哦。"

"哈哈，我早回来了。那件事情我花一秒钟就办好啦，我只是悄悄地跟着你。可爱的小公鸡，现在跟我走吧。"

"就这样飞着走吗？"

"是啊，你想飞多高都行。"

小公鸡拍一拍翅膀，使劲儿飞到白云之上。白云上面的天，真蓝啊。这就是天国吗？

最大的敌人是谁？

伊塔洛·卡尔维诺生前最满意的工作，大约要数他收集、编写整理了一部厚厚的《意大利童话》。他自己承认，他也弄不清楚为什么要去完成一百五十年来从没有人能完成的工作。他甚至觉得自己被这种蜘蛛网一样的研究工作缠住了。尽管他一开始是想"呼唤意大利的格林兄弟"，但却并非仅仅从民族主义的立场出发。收集和厘清变化无穷的民间故事给他带来的动力和兴奋在于证实了他的想法：民间故事是真实的。

在此我愿意复述他写在前言中的一段重要的话："普通人受符咒支配的共同命运，或是让未知的力量左右个人的存在。这些复杂因素渗透整个人生，迫使人们为解放自己、掌握自己的命运而斗争；同时我们只有解放他人才能解放自己，因为这是我们自身解放的必要条件。这需要对奋斗目标的忠诚，需要纯洁的心灵，它们是获得解放和胜利的根本。此外，还必须有美，这种美随时会蒙上卑微和丑陋的蛙皮，但故事中最为重要的因素是无穷无尽的变化和万物的统一：这包括人类、动植物和无机体。"这段话基本上把童话对于人类的意义说了出来。《意大利童话》的第一篇是一个意味深长的故事《无畏的小乔万尼》。我大概能猜出来卡尔维诺为什么会把这篇童话故事放在第一的位置，下面我们就谈谈这个故事。

有个天不怕地不怕的小伙子叫乔万尼，他因为勇敢而名声在外。在一次游历世界的旅途中，他住进了一个恐怖的房间，房间的主人告诉他，没有一个人能从那里活着出来，每到早晨，修道士就带着棺材去给敢于在楼里过夜的人收尸。即使是这样，乔万尼仍然要住进去。当晚，他果然就遇到了神秘的、可怕的巨人。这个巨人从烟囱里不断掉出一只胳膊或者一条腿，不过，乔万尼自顾自地边吃边喝，根本不害怕他。直到这个巨人站在他面前，命令他拿起灯。乔万尼他毫不客气地反过来对巨人下命令，让巨人去拿灯，巨人竟然听从了。同样的情形又重复了四次——巨人命令他开门、朝下走、搬石板、抬金币，用的都是极其强硬的态度和口吻，但乔万尼也毫不犹豫地以同样强硬的口吻反过来命令巨人这样去做。巨人听从了，他们顺利地抬出了三罐金币。巨人沮丧地告诉乔万尼，他的魔法失灵了，说完就卸掉了胳膊和腿，脑袋升上了烟囱，消失了。故事的结局出乎所有人的意料：变得富有的小乔万尼有一天转身看见了自己的影子，被吓死了。

为什么勇敢无畏的小乔万尼会被吓死？他被什么东西吓死了？

作者说他是被自己的影子吓死了。真是影子吗？

多么可笑啊，但一个人真的会被自己吓死！

古希腊有个哲学家叫苏格拉底，他有一句著名的话被刻在德尔菲神庙的门口，这句话是："认识你自己。"因为，我们每个人都不会真正认识我们自己，我们通常会活在对自我的幻觉之中。小乔万尼前半段故事中的确非常勇敢，但他真的完全了解自己吗？

小乔万尼天不怕地不怕，是因为他一无所有，什么也不怕失去，也没什么可以失去，心地单纯才无所畏惧。可是当他有了金子，成了富人，有了一栋房子，他难道还愿意失去这些吗？他开始有了担心，有了恐惧——说到底，一个人最大的敌人不是别人，而是他自己。被自己的影子吓死是一个隐喻，他内心的恐惧才是真正的凶手。

犹太人有一部经典著作《塔木德》，里面有句话叫"人若克己，胜于攻城"，意思是，你若能战胜自己，比攻占一座城池还要了不起。我们自己身上深藏的欲望会控制我们，我们内心的恐惧会让我们战战兢兢、如履薄冰。物欲让我们不堪重负，患得患失，占有欲也同样让一个人变得胆小如鼠。就像这个小乔万尼，最终还是毁灭于自己之手，真是令人感慨万千！

　　这个故事实在是讲得太好了。好就好在它通篇都在展现乔万尼的胆大勇敢，却在最后一句轻飘飘地就把他吓死了，却根本不告诉你为什么。这个"为什么"正是要读故事的人自己去琢磨才有意思。难道不是吗？

　　收集这个故事的卡尔维诺早就说了：民间故事都是真实的。

意大利｜伊塔洛·卡尔维诺

无畏的小乔万尼

从前，有一个小伙子，天不怕地不怕，被人称作无畏的小乔万尼。他游历世界，有一次来到一家小店过夜。店主说："这里没有空房了，不过，你要是不怕，我带你去一幢楼住。"

"我为什么要怕？"

"因为大家都怕，没有一个人能从那里活着出来。每到早晨，修道士就带着棺材去给敢于在楼里过夜的人收尸。"

好小子！带着一盏灯、一瓶酒和一根香肠就去了。

半夜，他正坐在桌子旁边吃着，从烟囱里传来了一个声音："我下来？"

小乔万尼回答："下来吧！"

从烟囱上掉下来一条人腿。小乔万尼喝了一杯酒。

随后那个声音又说："我下来？"

小乔万尼说："下来吧！"另一条腿也掉下来了。小乔万尼咬了一口香肠。

"我下来？"

"下来吧！"掉下来一只胳膊。小乔万尼吹起口哨。

"我下来？"

"下来吧！"掉下来另一只胳膊。

"我下来？"

"下来吧！"

掉下来一个身子，与胳膊、腿接在一起，连成一个没有脑袋的人站立起来。

"我下来？"

"下来吧！"

脑袋掉了下来，蹦到了身子上。这是一个巨人，小乔万尼举起酒杯说："为你的健康干杯！"

巨人道："拿着灯，来。"

小乔万尼拿起灯，但没动。

"你在前边走！"巨人说。

"你先走。"小乔万尼说。

"你先走！"巨人说。

"你先走！"小乔万尼说。

于是，巨人先动了，一间屋挨一间屋地穿过这幢楼，小乔万尼跟在后边照着亮。来到楼梯下的一间小屋，面前出现了一扇小门。

"打开！"巨人对小乔万尼说。

小乔万尼说："你去开！"

巨人用肩膀撞开门。里边有一个盘旋式的小楼梯。

"下去。"巨人说。

"你先下。"小乔万尼说。

来到地下室，巨人指着地上的一块石板："搬起来！"

"你搬！"小乔万尼说。巨人像捏小石子一样搬开了石板。

下边是三罐金币。巨人说："抬上来！"

"你抬！"小乔万尼说。巨人一次一个地把它们抬了上来。

他们回到那个有烟囱的客厅，巨人说："小乔万尼，我的法力失灵了！"说着，一条腿卸了下来，踢上了烟囱。"这三罐金币中的一罐给你，"说着，卸下来一只胳膊，胳膊爬上了烟囱。"另一罐给那些来替你收尸的修道士，"另一只胳膊卸了下来，跟着前边那只爬上了烟囱。"第三罐金币送给从这里经

无畏的小乔万尼

过的第一个穷人,"另一条腿也卸了下来,巨人的身子坐在了地上。"这幢楼就归你了,"巨人的身子也卸了下来,只剩下脑袋立在地上。"因为拥有这幢楼的那个家族的人永远地消失了。"说完,巨人的脑袋升了起来,升上烟囱里了。

天刚亮,就听到有人在唱:上帝怜悯我们,上帝怜悯我们。正是那群教士带着棺材来收小乔万尼的尸首。——他们看见小伙子正在窗口抽烟斗呢。

无畏的小乔万尼有了那些金币成了富人,他快乐地住在那幢楼里。直到有一天,他仅仅因为一转身,看见了自己的影子,被吓死了。

(马箭飞 译)

编者说明

经过近三年的努力，《和孩子一起读童话》终于要跟读者见面了。

《和孩子一起读童话》寄希望于带领孩子领略童话世界的奥妙，通过阅读童话展开对人生、社会、世界命题的深度思考，陶冶性情，锤炼思维。

本书涉及众多中外作家及译者的作品，除已为公版的作品之外，活字文化编辑部竭尽全力联系分布于全球的诗人、译者和版权持有人。所收的大部分作品已获授权，但仍有少数著、译者一直未能联系上。特此祈请相关作者、译者、版权持有人见书后与我们联系，以便及时奉上稿酬和样书，并致以深深的谢意。

活字文化编辑部

2023 年 5 月

图书在版编目（CIP）数据

和孩子一起读童话 / 蓝蓝著. —— 石家庄：河北教育出版社，2023.7
ISBN 978-7-5545-7748-6

Ⅰ.①和… Ⅱ.①蓝… Ⅲ.①童话－作品集－世界 Ⅳ.① I18

中国国家版本馆 CIP 数据核字 (2023) 第 065448 号

书　　名	和孩子一起读童话
作　　者	蓝　蓝
出 版 人	董素山
责任编辑	赵　磊　白馨宇
营销推广	李　晨
出　　版	河北出版传媒集团
	河北教育出版社　http://www.hbep.com
	（石家庄市联盟路 705 号，050061）
印　　制	石家庄市西里印刷厂
开　　本	787mm×1092mm　1/16
印　　张	20.75
字　　数	260 千字
版　　次	2023 年 7 月第 1 版
印　　次	2023 年 7 月第 1 次印刷
书　　号	ISBN 978-7-5545-7748-6
定　　价	68.00 元

图书策划：活字文化

版权所有，侵权必究